KB009160

DREAMBOOKS★

DREAMBOOKS★

DREAMBOOKS★

신룡의 주인

태선 판타지 장편소설
FANTASYSTORY & ADVENTURE

dream
books
드림북스

신룡의 주인 11 (완결)

초판 1쇄 인쇄 / 2015년 12월 1일
초판 1쇄 발행 / 2015년 12월 11일

지은이 / 태선

발행인 / 오영배
책임편집 / 편집부
펴낸 곳 / (주)삼양출판사 · 드림북스

주소 / 서울시 강북구 도봉로 173
대표 전화 / 02-980-2112 팩스 / 02-983-0660
편집부 전화 / 02-980-2116 팩스 / 02-983-8201

등록번호 / 제9-00046호
등록일자 / 1999년 3월 11일

ⓒ 태선, 2015

값 8,000원

(주)삼양출판사 · 드림북스의 서면 허락 없이는 어떠한
형태나 수단으로도 이 책의 내용을 이용하지 못합니다.

ISBN 979-11-313-0166-1 (04810) / 978-89-542-4574-6 (세트)

* 지은이와 협의하에 인지는 생략합니다.
* 잘못된 책은 구입한 곳에서 바꾸어 드립니다.

이 도서의 국립중앙도서관 출판시도서목록(CIP)은 서지정보유통지원시스템홈페이지
(http://seoji.nl.go.kr)와 국가자료공동목록시스템(http://www.nl.go.kr/kolisnet)에서
이용하실 수 있습니다. (CIP제어번호: 2015032603)

신룡의 옷인 주인

태선 판타지 장편소설

FANTASY STORY & ADVENTURE

11

dream
books
드림북스

Contents

Chapter 1

영원의 끝자리

1.

별빛이 습한 공기 사이로 미끄러졌다.

"나는 바다를 건너는 나비가 될 거야."

그는 미쳤다. 누가 뭐래도 그 사실만큼은 부정할 수 없으리라. 그러나 그가 멍청한 건 아니다. 오히려 두뇌로는 티스와 겨뤄도 지지 않을 만큼 영민한 자가 아니던가.

샨이 어떻게 막을 새도 없이 티스의 채찍이 그의 가냘픈 목을 향해 날아갔다. 큰 일격이다. 기교가 들어 있지도, 검기가 들어 있지도 않은 단순한 후려치기. 그러나 그 일격에는 삶의 메아리가, 피맺힌 절규가 담겨 있었다.

샨이 눈물 맺힌 고함을 질렀다.

"그를 죽이면 네가 황제가 될 거야! 티스, 네가 그렇게 싫어하는 황좌에 앉아야 한다고!"

티스의 손목이 마지막에서 크게 꺾인다. 위력이 반감된 채찍이 그의 몸을 후려친다. 죽지는 않는다. 다만 류인 황자의 몸이 포물선을 그리며 날아가 굴렀다.

티스의 망막 위로 분노와 허무가 맺힌다. 쓰디쓴 살기가 대기를 울렸다.

"그깟 왕관, 그깟 자리. 부숴 버리면 그만이지."

류인 황자가 피를 토하며 깔깔깔 웃음을 터뜨렸다.

"그건 전쟁을 뜻해. 알잖아?"

"그깟 전쟁. 어차피 지금 이 순간에도 바스커빌가가 실컷 하고 있는 그깟 전쟁."

언젠가 지젤이 함께하고, 크롬이 함께할 그깟 전쟁.

류인 황자가 대답했다.

"알잖아. 영지전은 어디까지나 영지전일 뿐이야. 영주가 용병이나 전문 사병을 고용해서 하는 거지, 막다른 길에 몰린 영지가 아닌 이상에야 일반 농민까지 거둬서 영지전을 하진 않아. 어쩔 수 없어. 황제 입장에서는 제후들의 세력을 약화시켜야 하니까. 그나마 앞으로 10년 후면 영지전도 끝난다. 황권이 압도적으로 제후들의 세력을 찍어 누를 수 있고 사병을 금지시킬 수 있거든. 오백 년간의 평화가 올 거야. 티스, 너라면 오백 년이 아니라 천 년 평화의 기틀을 닦을 수 있을 거다."

"웃기는 소리."

티스의 목소리가 한탄에 젖는다. 류인 황자는 절망을 노래했다.

"하지만, 황제가 사라진다면 달라질 거야. 영주는 왕이 될 거고, 제국은 갈가리 찢어질 거야. 전국시대(戰國時代)지. 과거 구제국이 멸망했을 때 어떻게 되었지? 팔백 년의 싸움 동안 알테리온 소드가 어떻게 만들어졌는지 아나? 카이 알테리온이 만든 검은 유명하지만 그 검이 왜 뿔뿔이 흩어졌는지 알고 있는 이는 흔치 않지. 인간은 계속해서 싸우는 존재들이야. 이 세상에 단둘만 남아도 그들은 혼자 남을 때까지 싸울 거다. 그들을 이끌 지도자가 나타날 때까지."

티스가 그를 향해 성큼 걸어갔다. 샨은 그런 티스를 막아선다. 티스의 살기가 달콤하게 변화하기 시작했기 때문이다. 그게 무슨 뜻인지 알고 있기에 샨은 양팔을 벌린다.

"비켜."

티스의 말에 샨이 대답했다.

"죽이지 마."

"놈을 죽일 거야."

"그렇게 되면……."

"알아. 하지만 저 자식은 본인이 황좌에 오를 생각은 전혀 하지 않고 있어. 어차피 죽이든 살리든 나라도 황좌에 올라야 한다면 저 자식 죽이고 편해지련다."

"더 이상 손에 피를 묻히지 마."

"한 명이나 두 명이나, 두 명이나 세 명이나. 이미 더러워질 대로 더러워진 손이야. 우리 제국의 미풍양속을 지키려고 하는 거니까 비켜, 애기야. 마지막 경고다."

마지막 경고라고 했다. 부탁이 아니라 경고다. 티스는 이런 걸로 헛소리를 하는 이가 아님을 알고 있었다.

그가 덧붙여 말했다.

"샨, 너도 이젠 깨끗한 손은 아니잖아."

말이 흉기가 되어 심장을 찌른다. 그러나 샨은 움직이지 않는다.

"안 돼."

"무슨 생각이야? 설마하니 이제 와서 저 자식 편이라도 들겠다는 거야?"

그 말에 샨의 새카만 눈이 그의 붉은 눈동자를 마주했다.

"응." 샨의 말이 차가운 대기를 가르며 이어진다. "편이 되겠다는 거야. 저 사람은 내게 필요하니까."

그 순간, 티스의 살기가 붉은빛으로 폭발한다. 소년의 입술이 낮고 조용히 비틀렸다.

"무슨…… 개소리야?"

속삭이는 목소리가 살의를 타고 조용히 샨의 목을 비틀었다.

2.

류인 황자는 배를 붙잡고 웃음을 터뜨린다. 황자는 막간극에 흡족하다. 티스는 그런 샨을 응시했다.

"미친 거냐?"

"네가 어떻게 본다고 해도 상관없어."

샨은 티스에게 어떤 공격도 하지 않겠다는 듯 양손을 펴서 힘없이 늘어뜨린다.

'카이가 있었다면 이미 싸움이 났겠지.'

대화는커녕 서로 다짜고짜 살초부터 날렸을 거다. 티스는 채찍을 꽉 움켜쥐었다. 가죽이 팽팽하게 당겨진다. 당

장이라도 샨의 두개골을 쪼갤 것만 같았다. 샨이 말했다.

"정확히 말하면 이 사람이 내 편이 될 거야."

"그렇게 말하면 내가 널 안 죽일 거라고 생각하나?"

샨이 답했다.

"응, 넌 싫어하는 사람을 죽이기 위해 친구를 희생시키는 짓은 하지 않으니까."

"그러셔? 그러면 이번에는 실망 좀 하겠네."

"지금 네가 날 죽이면 세계를 지킬 대안 두 개가 한꺼번에 사라져."

티스는 어금니를 씹었다. 예상은 했다. 샨의 머릿속에는 그것밖에 없으니까. 류인 황자를 구해야 한다면 필시 그런 이유에서일 거라고 짐작했다.

"지금 널 죽이는 건 쉬워."

"알아. 하지만 넌 그러진 않을 거잖아."

조그마한 머리다. 손목 한 번 흔들면 박살 날 두개골. 그 후에 무방비하게 누워 있는 류인 황자 정도는 쉽게 요리할 수 있다. 샨은 눈을 감았다.

"나는 말할 테니까 그래도 화가 안 풀리면 언제든지 죽여도 돼."

그 순간, 샨의 옆으로 채찍이 날아갔다.

콰앙!

옆으로 조금이라도 움직였다면 이미 샨의 손목은 날아 갔을 것이다. 상관없었다. 샨은 계속해서 말했다.

"어차피, 류인 황자가 신이 된다고 해도 현재 상황을 타개할 수는 없어. 엘조차도 영원의 무게를 견딜 수가 없어. 류인이 아무리 천재라고 해도 그건 불가능해."

콰앙!

다시 채찍이 날아온다. 샨은 눈을 질끈 감을 뿐 미동도 하지 않는다. 겁은 나지만 움직이지 않겠다는 건가. 이런 종류의 위협이 먹히지 않는 녀석인 걸 이미 알고는 있지만 그래도 티스는 못마땅했다. 샨은 계속해서 말했다.

"그렇다고 에론 형의 방법대로 한다고 한들 엘은 구원받지 못해. 무의식은 계속해서 세계를 멸망시키고자 할 거야. 그러면 마왕이니 뭐니 계속해서 등장할 거고, 결국 부담은 알테리온 가문이나 제국에 대물림돼."

"알테리온은 그 대가를 질 수 있다고 했어. 어차피 그러기 위해 존재하는 가문이잖아. 그렇기에 알테리온 소드가 응답한 거고."

"지금은 그렇겠지. 하지만 백 년 후는? 천 년 후는? 그때도 우리의 정체성을 유지할 수 있을까?"

"넌 너 죽은 후를 걱정하냐?"

티스의 말에 샨은 고개를 끄덕였다.

"응, 걱정해. 그리고 아마 내 걱정은 사실일 거야. 이 세상에 쇠퇴하지 않는 건 없으니까."

"그래서 무슨 말이 하고 싶은 건데?"

"그나마 현실적으로 가장 나은 방법이 에녹 교수님이 말한 방법이지만, 그것도 무리야. 자아조차도 남기지 않으니 사실상 살인이나 다를 바 없잖아. 여태 이 세계를 유지시켜 온 분에게 할 짓은 아니지."

류인 황자는 갑자기 웃음을 터뜨리기 시작했다. 샨이 말하고자 하는 바를 알아차린 모양이다. 그가 말했다.

"샨, 샨 알테리온. 알테리온 가문에서 가장 미친 소년아. 이 몸이 그 말을 들을 거라 생각하나?"

샨이 말했다.

"응, 가장 현실적인 대안이니까."

티스가 물었다.

"그래서 무슨 말을 하고 싶은 건데?"

시작은 아르고 형의 제안이었다. 연대 보증에 대한 이야기. 그걸 기점으로 샨은 생각했다.

우리는 달을 영원이라고 부른다. 샨이 눈을 얻기 위해

달의 힘을 부를 때도 언제나 셋이 답을 했다. 셋이면서 하나. 왜 그들은 영원할까?

"세 명이서 세계를 지지하면 돼. 통상적으로 둘이 번갈아 가며 세계를 지탱하고, 다른 하나에게는 휴식을 주는 거지."

티스가 물었다.

"너 그게 말이 된다고 생각해?"

샨이 말했다.

"애초에 한 사람에게 세계의 무게를 모두 넘긴다는 것부터가 말이 안 돼."

"셋이면 부담도 더 커! 세 명이 언제까지나 모두 깨끗하고 정상적으로 이곳을 지탱하고 유지할 거라 믿는 거냐, 넌?"

샨이 속눈썹을 내리깔았다.

"물론 누군가는 미칠지도 모르지. 어쩌면 그중의 하나는 신의 지위를 버리고 다시 돌아가고 싶어 하게 될지도 몰라. 지금의 엘처럼."

"그러면 어쩔 건데?"

샨의 눈이 스산하게 빛났다.

"그때 죽이면 돼. 그리고 새로운 자로 교체한다."

류인 황자는 더 크게 웃었다. 티스는 결국 채찍을 놓았다. 어이가 없어 분노조차 치밀어 오르질 않는다. 그가 물었다.

"그게 가능은 하냐?"

샨이 대답했다.

"카이가 도와줄 거야. 물론 이것 하나만으로는 불가능할 거고, 엘의 도움도 있어야겠지. 그래도 없던 세계를 만드는 게 아닌 있던 세계를 인수인계받는 것뿐이니 엘이 있으면 가능할 거야. 그리고 류인 황자는……."

류인이 물었다.

"내 도움도 필요해?"

"당신이 가장 필요 없는 존재지만, 그토록 신이 되고 싶어 했고, 내버려 두면 혼자서라도 독차지하려 할 테니 어쩔 수 없지."

티스가 물었다.

"그래서, 네가 신이 된다고? 샨 네가? 네가 그 미친 짓의 제물이 되겠다고?"

류인 황자가 검지를 들었다.

"아 참. 샨, 너 모르고 있는 게 있는 모양인데 내가 왜 뒤늦게 황위를 포기했는지 아냐?"

샨이 그를 돌아본다.

"아뇨. 어째서 포기한 거죠?"

"이 세계는 누군가의 꿈으로 만들어진 세계야. 즉, 신이 되면 관측을 당하는 게 아니라 관측자의 입장이 돼. 세계는 그걸 기준으로 재편성되지. 그게 무슨 뜻인지 알겠어?"

샨의 머리가 빠르게 돌아간다. 류인 황자가 말했다.

"이론은 복잡하지만 결론은 쉬워. 신이 되면 모두에게 잊히게 돼. 모두가 널 기억하질 못해. 너희 아버지도 너희 형들도 친구들도. 죽은 사람이 된다는 게 아니야. 너는 그냥 없는 사람이 되는 거야."

샨은 티스를 바라보았다. 그러고는 류인 황자를 돌아본다. 티스가 말했다.

"나는 너 안 보낼 거다."

샨은 속눈썹을 내리깔았다. 그러고는 애교를 부릴 때의 얼굴로 그를 슬쩍 올려다본다. 티스가 버럭 소리 질렀다.

"예쁜 척해도 안 보내!"

"쳇."

"넌 진짜 나쁜 놈이야. 세계를 구한다고? 그래서 희생하겠다고? 왜, 너희 아버지가 그렇게 가르치시던? 알테리온 가문 놈들은 다 영웅병자던데 너 역시 그래? 그게 지금 널 아껴 주는 사람들을 초개처럼 버릴 이유가 돼?"

"나라고 좋아서 그러려는 줄 알아?"

티스가 말했다.

"꺼져. 어차피 절교할 자식이야. 나는 그런 미친 짓도 허락 못 할뿐더러, 만약에라도 그게 실패하면 너 살아 있긴 하냐?"

죽는다. 최악의 경우에는 육체뿐만 아니라 영혼마저도 소멸된다. 샨은 말없이 그냥 그 자리에 서 있는다.

"그래도 양심은 있어서 웃지는 않네."

그 말에 샨은 뒷목을 긁적였다. 화가 치밀어 올랐다. 티스는 그런 샨을 향해 소리도 지르지 못하고 샨의 근처 모든 것을 부숴야만 했다.

3.

샨이 기숙사에 돌아왔을 때 방은 멀끔하게 정리되어 있었고 율케스가 그 자리를 맞이했다. 샨이 물었다.

"카이는?"

"자고 있어."

과연 드래곤답게 몸을 둥글게 말고 폭풍 수면 중이다. 이 와중에도 인간의 모습인 게 귀엽다고 해야 할까. 샨은 작게 한숨을 쉬었다.

돌아오는 내내 샨은 티스와 한 마디도 나누지 않았다. 나눌 수도 없었다. 티스는 입을 조개처럼 다물고 샨이 묻는 그 어떤 말에도 답하지 않았으니까.

'이렇게 될 걸 애초에 몰랐던 건 아니지만.'

가슴이 답답한 건 사실이다. 티스가 말했다.

"야, 그거 에론 형은 절대로 허락 못 할 거다. 니 팔다리 하나 자르는 한이 있더라도 막을걸?"

미친놈아.

티스는 뒷말을 속으로만 뇌까린다. 샨은 어금니를 씹었다. 율케스는 고개를 갸우뚱한다. 티스는 그런 율케스의 어깨에 팔을 얹었다.

"너는 나랑 이야기 좀 하자."

둘은 그렇게 방을 나갔다. 아까의 이야기를 할 모양이다. 샨은 작게 숨을 토했다.

방 안에는 카이가 잠든 소리만이 가득하다. 샨은 무릎을 껴안고 웅크린다.

'나라고, 나라고 하고 싶어서 하는 줄 알아?'

그러나 그것 외에는 방법이 없었다. 아무리 생각하고 또 생각해도 답이 나오질 않는다. 결국은 이 세계를 류인 황자 손아귀에 두든가, 엘을 다치게 하든가 아니면 제3자를 희생할 수밖에 없었다.

우선 세계를 옮기기 위해서는 큰 마력과 방대한 계산량이 필요했다.

그 조건에 일치하는 건 신룡, 카이의 마력과 뇌 용량을 이용할 수 있는 자신밖에 없다.

아니, 딱 한 사람 더 있긴 하다.

'정령왕과 계약한 하이엘프인 에녹 교수님 정도겠지.'

그것도 샨이 입회해서 도와야만 가능할 거다. 그러나 그것 역시 타인을 희생하는 것일 뿐.

마땅한 대안이 없다.

'세계를 오래 유지할 수 있으려면 다른 방법이 없어.'

세 사람이 세계를 유지한다. 만약 한 사람이 미친다고 해도 다른 둘이 그 부담을 대신하면 된다. 또한 그때는 다른 둘의 힘으로 미쳐 버린 하나를 배제하고 새로운 사람으로 부품을 갈아 끼운다.

달이 영원할 수 있는 이유. 우리가 달을 '영원'이라 부르는 이유.

샨이 달을 끌어내릴 때, 셋이 응답한 이유.

처녀, 어머니, 할미의 신.

*'지젤에게 미안해. 나는 좋은 아버지는 되지 못할 거
니까.'*

과거 샨이 그리 답했을 때 카이는 작게 화를 냈다. 지금
의 티스는 그때의 카이와 같은 표정으로, 더 크게 화를 내
고 있다.

'화를 낼 만도 하지.'

이해한다. 만약 입장을 바꿔 티스가 그런 선택을 했다면
샨 역시 똑같은 표정으로 화를 냈을 테니까.

눈물이 심장을 가르며 쏟아진다. 한참을 숨죽여 울고 있
는데 카이가 천천히 눈꺼풀을 열었다.

"마마⋯⋯."

카이는 샨의 눈물을 핥았다. 어린 드래곤일 때의 버릇이
아직 남아 있는 모양이다. 드래곤의 혀와 인간의 혀는 모
양도 감촉도 다르다. 샨이 밀어내자 카이가 말했다.

"괜찮아."

"응."

샨의 기억을 읽어 낸 걸까? 아니면 그냥 제 주인이 슬퍼하는 걸 보며 안타까워하는 걸까. 샨은 구태여 묻지 않았다. 몰라도 알게 될 일. 카이는 샨을 끌어안았다.

"마마는 어쩔 거야?"

역시 기억을 읽어 낸 모양이다. 티스에게 그걸 말한 순간, 더 이상 그건 생각이 아니라 기억이 된다. 카이가 알게 되는 건 당연한 수순이다.

"해야겠지."

"다른 방법은 없어?"

샨이 입을 열었다.

"이 이상 좋은 방법이 있다면 나도 기쁠 거 같아."

카이는 한숨을 내쉬었다. 카이의 숨결이 밤빛에 부서진다.

"마마는 늘 그래. 다른 사람을 희생시킬 바에는 본인을 망가뜨리고 말지. 마마는 늘 기다렸잖아. 언젠가 타인을 위해 자신을 희생시킬 날만을. 몸이 약한 자신도 이 세상에 도움이 될 수 있다는 걸 입증하고 싶어 했잖아."

"난……."

카이는 샨의 말을 끊고 이어 나갔다.

"물론 그건 악한 일이 아니야. 오히려 의로운 일이지.

세상에서 가장 숭고한 일이야. 하지만 마마, 난 그런 마마
를 용서할 수 없어.”

“카이.”

샨은 카이를 끌어안았다.

“나는 용서할 수 없어. 마마도, 이 세계도 용서할 수 없
어. 마마가 이 세계에서 사라지는 그 날, 나는 이 세계에
단 한 마리의 동족도 남기지 않겠어.”

춤추는 천칭으로서의 사명.

종의 구원자이자 용왕계로 넘어가지 못한 동포들을 위
한 구원. 샨은 카이와 정식으로 계약했던 날 꾸었던 꿈을
떠올린다. 그리고 이서릴의 말들도.

“그러나 그렇게 되면 이 세계에서 드래곤이란 존재가
모두 사라져.”

“많이 혼란스러워질 거야, 마마. 크롬처럼 드래곤을 중
심으로 살아가는 수많은 자들이 멸망할 거야. 그래도 상관
없어. 나는 용서하지 않을 거야. 그러고 싶지도 않고.”

샨은 카이를 안은 손에 힘을 주었다. 지금의 자신은 카
이를 막을 명분도, 이유도 없었다. 카이가 덧붙여 말했다.

“그리고 그래야만 내가 마마를 기억할 수 있어. 마마가
제물이 되는 순간 세계가 재편성되고, 그 결과 이 세계에

속하는 모든 이들이 마마를 잊게 된다면, 마마를 기억하기 위해선 이 세계를 벗어나야 해."

샨의 눈이 커진다. 카이가 말했다.

"나만은 기억할 거야, 마마. 그리고 마지막까지 희망을 찾을 거야. 아직 아무것도 일어나지 않았어. 그렇다는 건 미래를 바꿀 수도 있다는 말이야. 그건 마마가 내게 가르쳐 준 첫 번째 교훈이니까."

샨은 아무 말도 할 수가 없었다. 그저 품 안에 있는 카이가 너무 크게 느껴져서 끌어안고 있는 것만으로도 벅찼기 때문이다.

이윽고 샨이 눈가를 닦으며 말했다.

"그러게. 미래는 어떻게 될까?"

카이가 답했다.

"마마가 예상하는 것보다는 더 나을 거야. 낫게 할 거야. 나는 마마의 운명을 바꾸기 위해 여기 있어. 그러니까, 끝까지 함께할 거야."

샨은 고개를 끄덕였다.

4.

이튿날 아침이 되어서야 티스와 율케스가 돌아왔다. 두 사람의 얼굴에 부은 자국이 있었다. 티스라면 모를까, 율케스는 인간이 아니다. 율케스의 재생력으로도 바로 회복이 안 될 정도로 티스가 후려친 모양이다. 둘이 대체 뭘 하느라 싸운 걸까. 율케스가 말했다.

"나는 샨을 도울 거다."

오랜 생각 끝에 낸 결론. 샨은 고개를 끄덕였다.

"미안해. 그리고 고마워."

티스가 말했다.

"나는 너희 형한테 이를 거다."

"티스……."

"지금 당장 편지를 쓰지는 않을게. 하지만 마주치는 순간 영웅소설 속에 나오는 악당 A처럼 아주 처음부터 끝까지 전부 읊어 버릴 거다."

이게 티스가 할 수 있는 최대한의 양보이리라. 샨이 물었다.

"그것 때문에 싸웠어?"

"그래! 이 멍청아!"

그러고는 몸을 팩 돌려 나가 버렸다. 샨은 그런 티스를 잡지 못하고 쳐다만 보았다. 율케스가 말했다.

"티스는 신경 쓰지 마. 저래 봬도 여린 녀석이니까."

티스는 자기 목숨 급하면 친혈육도 채찍 한 방에 두개골을 쪼개는 인간이다. 그런 녀석을 여리다고 평가할 수 있는 사람은 이 세상에 율케스뿐이리라.

"나는 그냥 티스에게 미안해."

샨은 그렇게 짧게 말을 뱉는다. 미안하다는 말 이상으로는 할 말이 없다. 율케스가 물었다.

"그러면 이제 어쩔 거야?"

샨이 답했다.

"정상적으로 나아가야지. 엘에게 연락하는 걸 우선으로. 애초에 내가 아무리 어떻게든 해 보려 해도 엘이 원하지 않으면 불가능하니까."

"그놈 제정신이 아닐 텐데."

그게 문제다.

한번 붕괴가 시작된 정신은 점점 더 가속화되고 있으니까. 그렇기에 이미 오래전, 엘 본인이 맨정신일 때 방책을 마련하지 않았나. 샨은 최대한 밝게 웃었다.

"그래도 괜찮을 거야. 최소한 아직은 이야기를 들을 정도의 이성은 남아 있을 테니까."

그때 나갔던 티스가 돌아왔다.

"아이, 쌍!"

욕설을 내뱉더니 옷 위에 있는 하얀 가루를 툭툭 털었다. 그 가루의 정체를 깨닫기까지 샨은 한참이나 걸렸다. 티스가 말했다.

"이 계절에 눈 내려. 날씨 미쳤네."

티스의 여름 옷 위로 눈송이가 후드득 떨어진다. 절대 일어나서는 안 되는 광경에 샨도 율케스도 아무 말도 할 수 없었다.

5.

이 계절에 눈이 내리고 있었다. 동네의 신록들이 빠른 속도로 얼어붙기 시작했다. 만약 전국적으로 이런 기후가 계속된다면, 추위를 걱정할 게 아니다. 굶주림을 걱정해야 한다. 이런 기후가 계속되면 당장 농작물이 문제다. 티스가 말했다.

"지금은 가끔 있는 이상 기후지만 앞으로 그 주기는 점점 더 빨라질 거야."

그동안은 기껏해야 때 아닌 장마가 내린다거나, 여름이 서늘하다거나 겨울치고는 덜 춥다 정도였다. 농작물에 영향이 있긴 하지만 이 정도론 아직 살 만했다. 하지만 선을 넘은 지금, 앞으로는 어떻게 될까.

엘을 만나기 위해서는 꿈을 통하는 게 가장 빠르다. 이 세계의 기반은 엘의 꿈으로 이루어져 있으니까. 이 세계는 기존에 알던 것보다 훨씬 얇은 두께로 이루어져 있었다.

'하지만 애초에 꿈이란 게 자기 의지로 돌아가야 말이지.'

거기다 엘이 미쳐 가는 이 상황에서 제대로 된 대화가 이루어질 수 있을까. 샨이 피로감에 지쳐 눈가를 문질렀다.

"차라리 마왕 강림이 낫겠어."

마왕이 강림하면 처치하면 그만이지만 날씨는, 날씨만큼은 누구도 어쩔 수 없는 영역이니까. 이것만큼은 인간의 의지와 기술로도 결코 해결할 수 없다. 그만큼 이제는 끝내고 싶다는 엘의 무의식이 단순히 무의식에서 끝나는 게 아니라 어떤 방식으로든 밖으로 표출되기 시작했다는 걸 의미했다.

샨이 말했다.

"라온 교수님이든 에녹 교수님이든 만나 봐야겠어."

끝이 다가오고 있었다.

라온 교수님은 연구실에서 마시멜로가 들어간 코코아를 마시고 있었다. 본격적으로 벽난로에 불까지 때고는 담요로 어깨까지 돌돌 말고 있다. 에녹 교수님은 아직 돌아오지 않으셨냐는 말에 라온 교수님이 답했다.

"네, 아직 안 돌아오셨습니다. 무슨 일이시죠?"

연구실 가운데에 거대한 수정구가 하나 있었다. 수정구 안에는 검은 액체가 들어차 있고, 수정구 표면에는 마법진이 빼곡하게 세공되어 있었다. 한눈에 봐도 심상치 않은 물건이다.

'그것도 완성을 코앞에 둔 물건.'

무엇일까. 검은 액체가 흔들리는 모습이 마치 살아 있는 생물이 꿈틀거리는 것 같았다. 샨은 목울대로 침을 꿀꺽 삼킨다.

라온 교수님이 말했다.

"할 말 있으면 전해 드리겠습니다."

샨이 얻은 결론을 라온 교수님께 말씀드리는 게 과연 옳은 일인가. 샨은 잠시 뜸을 들인다. 티스가 퉁명스럽게 끼어들었다.

"말할 거면 하고, 아니면 난 간다."

애초부터 티스는 이 일에서 관심을 놓고 싶은 모양이다. 그나마 여기까지 와 준 것도 실낱같이 남은 의리 덕분이겠지.

샨은 결국 입을 열었다.

"할 말이 있어서요."

"뭐죠? 혹시 샨 군이 찾겠다는 그 '해답' 때문인가요?"

눈치 하나는 귀신이다. 샨은 라온 교수님 앞에 앉았다.

"들으시겠어요?"

"네, 듣겠습니다. 제가 동의하는 것은 별개의 문제지만요."

"그뿐만 아니라 경우에 따라서는 훼방도 놓으실 거죠."

"잘 알고 계시네요, 샨 군. 제가 반대하는 의견이라면 그렇게 되겠죠."

샨은 크게 심호흡을 했다. 이게 약이 될지 독이 될지는 아무도 모른다. 하지만, 샨은 이미 생각할 수 있는 모든 것을 생각했다.

'그래, 그거면 됐어.'

각오는 짧았다. 그러고는 천천히 말을 이어 나갔다.

6.

이야기를 하던 와중에 티스가 말했다.

"난 나간다."

그러고는 뒤도 돌아보지 않고 밖으로 나갔다. 티스로서는 최대한 참아 준 것이리라. 같이 와 준 것만으로도 대단한 일이라 샨은 고맙다는 말을 잊지 않았다.

그 말에 티스는 주먹으로 벽을 찍었다.

쾅!

벽면에 금이 갔다. 벌점이니 뭐니 이미 티스는 개의치 않았다. 류인 황자가 그렇게 나온 이상, 티스가 이 학교에 머무를 수 있는 시간도 얼마 남지 않았으니까.

율케스는 샨의 어깨를 단단히 붙잡아 주었다.

티스는 그게 마음에 들지 않는지 세차게 문을 닫고 나가 버렸다. 라온 교수님은 이 광경을 보며 감흥이라고는 한 톨도 없는 목소리로 답했다.

"와…… 세 사람의 청춘이 눈물겹네요."

그러고는 기계처럼 박수를 쳤다.

"그래서 본론은요?"

차라리 그냥 아무 말도 꺼내지 말아 줘라, 이 인간, 아

니 다크엘프야. 샨은 이 말을 꾹 삼키고는 마저 말을 이어
나갔다.

이야기가 끝나고 나서 라온 교수님이 답했다.

"샨 군, 진짜 공부 많이 했군요?"

"감사합니다."

"세븐 드래곤즈 북스는 둘째 치고 신록의 서까지 익힌
후에 이론을 교차 접목시킨 거잖아요. 이건 저희 교수진들
도 못 따라갈 만큼의 방대한 지식량인데요?"

"고맙습니다."

"순수한 칭찬이에요. 기쁘게 들으세요. 샨 군이 머리가
좋다고는 생각했지만, 그건 어디까지나 머리가 좋은 거지
지혜가 좋은 건 아니었거든요. 오히려 지혜 쪽은 티스 군
보다 많이 부족했죠."

라온 교수님은 턱을 긁었다. 그 행동 하나하나에서 샨은
라온 교수의 의중을 읽으려 한다. 그러나 무엇 하나 읽을
수 있는 게 없었다. 라온 교수는 그런 사람이었다. 감정적
인가 하면 이성적이고, 이성적인가 하면 감정적이었다. 보
통 사람의 잣대로는 판단하기 어려운 인물이었다.

그가 말을 이었다.

"그래도 놀랍네요. 역시 인간은 저희가 생각하지 못한 것을 떠올리는군요."

찬성일까 반대일까.

칼 손잡이에 손을 가져가려는 율케스를 막으며 샨은 그에게 집중했다. 마침내 라온 교수님이 입을 열었다. 하지만 상상도 못 했던 답변이 돌아왔다.

"엘 님께도 여쭈고 싶지만 어렵게 되었네요. 지금 저런 상태거든요."

라온 교수님이 새카맣고 거대한 수정구를 턱으로 가리켰다. 저 액체 안에 그가 들어 있다는 걸까? 샨의 눈이 커진다. 라온 교수님이 한마디 덧붙였다.

"아, 정확하게 말하면 그의 일부지만요."

"무슨 뜻이죠?"

그는 대답 없이 웃기만 했다. 율케스가 입을 열었다.

"에녹 교수님은 어디에 있지?"

라온은 그 질문에도 역시 답하지 않았다.

분위기가 점점 험악하게 이어진다. 이대로는 정말로 크게 싸움이라도 날 것 같아 샨이 두 사람 사이를 가로막았다.

"라온 교수님, 저는 당신에게 모든 패를 열어 드렸습니다. 이제는 교수님이 보여 주실 차례예요."

"후후, 샨 군. 저는 물물교환 하자고 한 적 없는데요? 멋대로 와서 보여 주신 건 샨 군입니다."

이놈의 다크엘프가?! 샨의 이마에 혈관이 치솟았다. 그래도 지금은 참아야 한다. 유일하게 엘과 접점이 있는 게 바로 이 사람들이 아닌가. 샨은 율케스의 팔을 붙잡는다. 율케스는 금방이라도 검을 뽑아 들 것만 같았다.

"하하하, 농담입니다. 성의를 봐서라도 답변을 드리죠."

사람을 가지고 놀고 있다. 상대는 몇백 년 묵은 다크엘프 아닌가. 애초에 심리전으로 이길 생각을 해서는 안 된다. 샨은 자리에 다시 앉는다. 그러고는 라온 교수님이 먹던 코코아를 한 모금 삼킨다. 혀가 녹을 것 같이 달았다. 다크엘프는 충치 걱정 없어서 좋겠다고 샨은 생각한다.

"말씀하시죠."

"좀 더 초조해해도 좋을 텐데요. 요즘의 샨 군은 귀염성이 없어요. 옛날의 샨 군이 그립군요."

"말씀해 주시죠."

샨은 딱 잘라 본론만 찔러 들어갔다. 라온 교수님은 의뭉스럽게 옛날의 샨이 그립다며 헛소리를 늘어놓았다. 그러나 샨은 맞장구치지도, 초조한 모습을 보이지도 않고 교수님의 코코아나 열심히 마셨다.

시간을 아무리 끌어도 샨이 전혀 동요하지 않는다는 걸 알았는지 교수님은 결국 혀를 찼다.

샨이 물었다.

"아, 말씀 끝나셨나요? 계속하셔도 되는데."

"아닙니다. 이야기하도록 하죠."

역시 귀엽지 않다. 그는 자리에 앉아서 입을 열었다.

"에녹 교수님은 엘이 있는 곳에 가 계십니다. 꿈의 핵심부요."

"거길 어떻게 가죠?"

"직접 보여 드리는 편이 빠르겠군요. 따라오십시오, 샨 군. 엘을 만나게 해 드리겠습니다."

그는 몸을 일으키더니 성큼성큼 걸어갔다. 샨은 마시고 있던 코코아를 내려다보았다. 컵 바닥까지 내려온 갈색 액체가 옆에서 출렁이는 검은 그것과 비슷하다는 생각이 들었다. 그 생각이 드니 더 이상은 마실 수가 없었다.

7.

'이렇게 쉽게⋯⋯.'

엘을 만날 수 있으리라고는 생각하지 못했다. 라온 교수님은 대강당으로 향했다. 대강당에는 문이 하나 놓여 있었다.

'소망의 문.'

원하는 곳은 어디로든 데려다 주는 문. 입학식 때 샨이 블루 타워로 넘어온 이유도 이것 덕분이었고, 행방불명되었던 티스가 있는 곳으로 갈 수 있었던 것도 이것 덕분이었다. 애초에 엘이 소개해 줬던 물건.

'이게 엘을 찾는 열쇠라고는 생각하지 못했어. 아니, 어쩌면 당연한 건가.'

그때 카이가 강당 밖에서 걸어왔다.

"마마, 너무해. 날 두고 쏙 어디 가려고 했던 거야."

"카이가 자고 있어서."

카이는 졸음이 다 가시지 않았는지 눈가를 비볐다.

"그래도 너무해. 이제 마마는 옛날과 상황이 다르다고. 앞으로는 깨워서라도 데려가."

그리 말하며 샨의 어깨에 양팔을 두른다. 어릴 때 카이의 습관이 남아 있기 때문이리라. 카이의 무게에 샨의 허리가 꺾인다.

"티스는 어디 갔어?"

카이의 말에 샨이 대답했다.

"바람 쐬러 나갔어."

카이는 대충 눈치를 챈 듯 고개를 끄덕였다. 라온 교수
님이 문의 손잡이를 붙잡았다.

"엘을 보고 싶다고 소망하면서 열면 안 됩니다."

"그러면요?"

"꿈을 보고 싶다고."

그 순간, 문이 열린다. 새하얀 공간이 문밖에 펼쳐졌다.

"들어오세요. 아 참, 저한테서 세 발자국 이상 멀어지면
안 됩니다. 여기서 길을 잃어버리면 저희도 못 찾으니까요."

라온 교수님은 훌쩍 안으로 들어갔다.

8.

한 시간을 걸었다. 아니, 하루는 걸었던 것 같다. 이틀
을 걸었나? 어쩌면 고작 5분을 걸었는지도 모른다.

시간과 공간의 개념이 없는 곳을 무작정 걸어갔다. 라온
교수님이 세 발자국 이상 멀어지면 안 된다고 경고했다.
샨은 그를 바짝 따라 걸었다.

바닥에는 흰 타일이 지평선 너머까지 이어졌고, 하늘은 새벽인지 저녁인지 모를 빛이 이어진다.

문득 흰 타일 위로 얼룩이 이어졌다. 그때 봤던 액체와 비슷했다.

"얼룩은 밟아도 상관은 없지만, 별로 좋은 일은 없을 겁니다."

조금만 더 일찍 말해 줬어도 좋으련만, 라온 교수님의 말이 끝나기도 전에 그것을 밟았다. 그러자 비명 소리가 들렸다. 어릴 때, 아주 어릴 때. 첫 기억도 전에 들었던 소리.

엄마의 비명 소리다.

샨은 다급히 발을 뺐다. 라온 교수님이 말했다.

"그 엘이 내뿜고 있는 악몽이거든요. 산 사람이 그걸 밟게 되면 자기가 봤던 악몽 중에서도 가장 나쁜 걸 보게 될 겁니다."

"그런 것 같네요."

"그렇죠. 저도 예전에 무심결에 밟았다가 고생 좀 했거든요."

라온 교수님은 흥얼거리듯 말하며 걸어갔다.

검은 얼룩은 점점 더 늘어났다. 나중에는 흰 부분만 밟고 가는 것도 힘들어지기 시작했다. 저 멀리에 누군가가

서 있었다. 그게 에녹 교수님이라는 걸 알기까지 그리 오래 걸리지 않았다.

에녹 교수님은 이쪽을 힐끗 보더니 말했다.

"쓸데없는 걸 데려왔군."

"알고 보니 쓸모가 있어서요."

에녹 교수님은 이런 검은 진창 속에서도 물의 장막으로 스스로를 보호하고 있었다. 교수님이 손을 뻗자 물방울들이 진창을 한데 모으기 시작했다. 그러고는 정령왕의 힘을 사용해 정화를 시도한다.

새카만 진흙이 맑은 물로 돌아온다. 물 위로 빛이 부서진다. 그러나 그것도 잠시, 더 많은 진흙이 쏟아져 나오기 시작했다.

"정화를 해도 해도 끝이 없군."

그러고는 작게 엘프어로 주문을 외운다. 물이 모여들며 검은 액체를 한데 응집시킨다. 압축시키고 또 압축시킨다. 마침내 반경 10미터가 넘는 진창의 구가, 고작 5센티로 압축되었다. 이제는 엑체라기보다는 고체에 가까운 모습이다. 라온 교수님이 말했다.

"슬슬 포기해야 할 때인 것 같군요."

샨이 물었다.

"교수님은 뭘 하고 계시는 거죠?"

"정화입니다. 엘의 정신이 붕괴되면서 이렇게 악몽들이 쏟아져 나오고 있거든요. 가만히 놔두면 현실에 영향이 가니까요. 뭐, 물론 이제 이것도 한계지만요."

에녹 교수님이 말했다.

"아직 포기할 때는 아니다."

라온 교수님이 말했다.

"뇌를 도려내고 싶지 않은 마음은 압니다만, 안 되는 건 안 되는 거라고요. 뭐, 다른 방법도 가져왔고요."

샨이 물었다.

"엘은 어디 있죠?"

"육체? 정신? 어느 쪽 말씀하시는 겁니까?"

"둘 다요."

라온 교수님이 말했다.

"육체라면야 여기가 아닌 지하 던전 깊숙한 곳에 숨겨져 있죠. 그리고 정신이라면 이 꿈결 안에 있습니다. 보고 계시잖습니까."

"이 진흙이 전부 엘이라는 겁니까?"

"자아가 붕괴된 상태니까요. 자아를 잃었으니 정신도 녹았죠."

그때 카이가 지평선 쪽을 가리킨다.

"마마, 저기 저 진흙 속에 누가 있어."

끝없는 진흙의 바다였다. 얼핏 봐서는 도저히 사람으로는 보이지 않는다.

샨이 마력을 끌어모아 봤지만 마법이 전혀 발현되지 않는다. 에녹 교수님이 말했다.

"마법은 세계의 구성 법칙이니, 이곳에서는 제대로 발현되기 힘들다. 정령이나 마족같이 이 세계가 아닌 다른 세계에 속한 존재들을 사용하는 게 효율적이지."

카이가 뺨을 부풀렸다.

"나도 가능해."

"그래. 춤추는 천칭도 가능하지."

에녹 교수님이 손가락으로 가리키자 그쪽으로 물방울들이 삽시간에 모여든다. 정령어로 명령을 하지도 않는다. 마치 또 다른 팔과 다리 같다. 너무나도 쉽게 발현하기에 보는 사람도 정령술이라는 게 원래 쉬운 건가 싶을 정도다.

진창이 갈라진다. 깊이가 상당하다. 그냥 타일 따라 흐르는 검은 진흙이라 생각했는데 깊이가 있다니, 이해할 수가 없었다. 샨이 묻자 라온 교수님이 대답했다.

"그냥 개념으로 존재하는 곳이라고 생각하시면 됩니다.

마법 법칙이 통하지 않듯, 이곳에서는 시간이나 공간 법칙도 제대로 돌아가질 않아요. 뭐, 옛날에는 이 정도까지는 아니었지만요."

수만 개의 물방울이 깊이, 깊이 파고들어 간다. 에녹 교수님이 물었다.

"정말로 사람의 인기척이 느껴졌나?"

"응. 있었어. 확실해."

"네가 확신한다면 그게 맞는 거겠지."

에녹 교수님이 손짓하자 두 배나 더 많은 물방울들이 모여들었다. 그러고는 아래로 아래로 치고 내려간다. 수십만 개의 정령을 담은 물방울들이 진흙을 걷어 내며 강하게 내려간다. 정령을 부리던 에녹 교수님의 손끝이 작게 움찔거렸다.

강하게 파도치던 물방울들은 스스로 모여들어 유려한 물줄기가 된다.

'환영 마법으로도 이 아름다움을 재현하진 못할 거야.'

샨은 곧 자신의 계획을 에녹 교수님께 설명해야 한다. 이미 인간의 삶을 아득하게 뛰어넘는 초월자에게 과연 말이 통할까.

이분들이라면 자신이 생각했던 아이디어 정도는 이미

예전에 떠올렸을지도 모른다. 그럼에도 그렇게 하지 않았을 가능성도 높고.

산은 입술을 뜯었다.

그때 굉음과 함께 단숨에 사람이 떠올랐다. 소녀였다.

"아, 단테스가 보면 걱정하겠네."

이비엔이었다. 이비엔의 영혼도 엘이 붕괴할 때 같이 휩쓸린 모양이었다. 팔다리는 이미 형체도 없이 녹았고, 얼굴과 가슴께만 남아 있었다. 징그럽다는 생각이 들지 않는 이유는 육신이 아닌 영혼이다 보니 녹은 부분이 희끄무레하게 보이기 때문이었다.

교수님은 정령왕의 힘으로 이비엔을 정화시켰다.

샨이 말했다.

"혼뿐인데도 볼 수 있네요."

"그런 걸로 치면 저 검은 진흙도 보이면 안 되죠. 엄연히 말해 엘의 일부분인데."

에녹 교수님이 말했다.

"생각보다 많이 망가지진 않았군. 말을 걸도록."

"네?"

"말을 걸면 기억이 돌아올 거고, 그러면 자연히 자아도 회복될 테니까."

샨은 그녀를 붙잡으려 했으나 손이 통과되었다. 어쩔 수 없이 샨은 그녀의 이름을 불렀다.

"이비엔, 이비엔? 괜찮아, 이비엔?"

차갑게 식어 있던 그녀의 몸에 서서히 온기가 돌아오기 시작했다. 샨은 반복해서 그녀를 깨웠다. 이윽고 그녀가 서서히 눈을 뜬다.

"아, 샨 오빠. 왜 샨 오빠가 여기에?"

그 순간, 그녀의 녹아 버린 팔다리가 순식간에 재생된다.

'정신체……라는 거지.'

샨은 그걸 입 밖으로 내진 않았다.

"에녹 교수님 도움으로 왔어. 괜찮아?"

"응, 괜찮아. 그냥 조금, 엄청난 악몽을 꾼 기분이야."

그녀는 샨에게 얼굴을 파묻으려 하다가 몸이 통과되는 걸 보고 슬픈 표정을 지었다.

"아, 나 아직 살아 있는 게 아니지."

샨이 답했다.

"자고 있는 거야. 죽은 게 아니야."

언젠가 깨어날 꿈이라 약속했다. 몸을 회복시켜 주겠다고. 대신 이비엔이 성인이 될 때까지 이 꿈결 속에 머무르기로 했던 그 약속이 여전히 그녀를 속박하고 있다.

이비엔이 말했다.

"알아. 그냥, 그냥 좀 여기 오래 있으면 추워져서. 엘도 저런 모습이고."

그녀는 턱으로 검은 진흙탕을 가리켰다. 샨이 한숨을 포옥 쉬었다.

"에녹 교수님, 이래서야 엘에게 이야기가 제대로 전달될 것 같지도 않은데요?"

"무슨 이야기를 할 셈이지?"

이비엔이 고개를 갸우뚱했다. 어찌 되었든 말을 꺼내긴 해야 했다. 그때 라온 교수님이 입을 열었다.

"한 명이 아닌 셋에서 세계를 부담하자는 이야기죠. 둘이서 세계를 지탱하고, 한 명씩 돌아가면서 휴식 기간을 갖자는 의견입니다. 예전에 이야기했죠?"

역시나 두 분이 먼저 생각하셨구나, 샨은 뺨을 긁적였다.

"당시에는 생각만 하고, 여건이 안 됐지. 무엇보다 필요한 연산값이나 마력량 자체가 현실적으로 불가능한 수준이어서 농담으로 치부했던 이야기 아닌가."

"그걸 샨이 지겠다고 하더군요."

"흐음, 신룡의 주인이?"

에녹 교수님은 팔짱을 끼고 샨을 바라보았다. 이윽고 입을 열었다.

"역시 착한 아이는 남들보다 먼저 죽으러 가는군."

그는 생각에 잠겼다가 말을 이었다.

"신이 된다는 게 그리 아름답진 않다는 걸 알고 있나? 서커스장에서 가장 즐거운 건 관객이지 광대가 아니야. 샨, 너는 평생 광대가 되겠다는 거다. 그것도 누구 하나 널 기억하지 못하는 고독 속으로 들어가겠다는 거야. 너 자신이 존재했다는 사실 자체가 없던 일이 되는 거다."

샨이 속눈썹을 내리깔았다.

"알고 있어요. 류인 황자가 그리 말하더군요."

"제국은 거기까지 알아낸 모양이군."

라온 교수님이 말했다.

"인간의 마법 이론이란 빠른 속도로 발전하고 있으니까요."

에녹 교수님이 말했다.

"그러면 이것도 알고 있나? 세계의 기술은 신의 지혜를 넘지 못한다. 즉, 샨. 이 세계란 엘의 꿈이다. 엘이 이해하지 못하는 일은 일어나질 않아. 네가 모르는 수학 이론이 네 꿈에 나타나지는 않듯이 이 세계 역시 마찬가지야. 세계는 신의 인지 범위 이상으로 발전하지 못해. 이 세계의 수준은 샨 알테리온과 엘, 그리고 다른 한 명이 알고 있는 지식의 총량까지다."

샨이 말했다.

"엘은 많은 부분을 알고 있는 거네요."

에녹 교수님이 씁쓸하게 웃었다.

"그래. 아직도 인간이 엘의 지식 한계까지 알지 못하고 있으니까. 그리고 또 한 가지 더 있다."

"뭐죠?"

"세계는 세 사람의 자아에 영향을 받을 거다. 몬스터든, 기후든. 혹은 다른 무엇이든."

샨이 답했다.

"그렇기에 더더욱 한 사람에게만 맡겨서는 안 되는 거 아닙니까."

"뒤집어서 말하면 세 사람 중 한 명이라도 타락하면 그 세계에도 영향이 간다는 소리지."

"괜찮습니다. 그럴 때를 대비해서 다른 두 사람이 있으니까요. 그리고 어차피 여럿이 사는 세계에 순수를 바라면 안 되잖아요."

에녹 교수는 무심히 샨을 바라보았다.

"그게 인간인 샨 알테리온, 네가 얻은 해답인가?"

"네."

그는 말없이 생각에 잠겼다. 에녹 교수님은 한번 생각에 빠지면 주변에서 뭐라고 해도 반응이 없다. 옆에서 듣고 있던 이비엔이 말했다.

"이상해."

"왜?"

샨의 말에 그녀가 자신의 무릎을 껴안았다.

"왜 샨 오빠가 거기에 껴야 하는 거야? 엘이야 애초에 이 일의 당사자고, 류인 황자는 자기 자신이 그렇게나 신이 되고 싶어 미친 사람이니 그렇다고 쳐. 하지만 샨 오빠는 아무런 관계가 없잖아."

"그 일을 실행할 수 있으니까."

그녀가 턱을 괴며 생각에 잠긴다. 이윽고 입을 열었다.

"한 명 더 있어."

"그게 누군데?"

그녀는 샨의 질문에 대답하지 않았다. 대신에 화제를 돌린다.

"단테스 오빠는 잘 있어?"

"응, 보시다시피 잘 지내고 있어."

"꿈을 통해서 보고 있기는 한데, 알고 보니 우리 오빠

쓰레기더라. 동화 속 왕자님일 줄 알았는데."

그 말에 샨은 어색하게 웃었다. 침대에서 봐 왔던 오빠의 모습과 실제 오빠의 모습은 많이 달랐겠지. 샨이 말했다.

"그게 단테스야."

"그래. 날 지키기 위해 모든 걸 걸었던 그 단테스 오빠지."

더 많은 업보를 진다고 하더라도, 아무리 많은 피를 손에 묻힌다고 하더라도.

그녀가 말했다.

"이렇게 샨 오빠를 여기서 만나게 될 줄은 몰랐어. 혹시 나중에 단테스 오빠를 보면 안부 전해 줘. 사랑한다고도 전해 주고. 나쁜 사람이지만, 내게만은 천사니까."

샨은 이비엔에게 고개를 끄덕였다. 드디어 에녹 교수님이 입을 열었다.

"엘의 자아가 붕괴된 이상, 본체를 찾아가서 엘을 깨우는 수밖에 없겠군. 엘에게 무언가를 전하고자 하려면 그 방법밖에 없으니까."

"그런 건가요?"

"네가 꿈속에서 하늘을 날고 있어도 머리맡 자명종 소리는 들리는 것과 똑같은 이치다. 엘을 복구시키든 뭘 하든 일단 깨우는 게 우선이야."

샨의 눈이 커진다.

"그렇다면……."

"네 의견에 동조하도록 하지. 샨 알테리온."

샨이 허리를 숙였다.

"고맙습니다!"

"하지만 기뻐하긴 이르다. 이건 세계를 위한 해피엔딩이지, 너 개인을 위한 해피엔딩은 아니야. 거기다 이 계획을 실행하기엔 큰 벽이 하나 남아 있지."

에론 형이다. 이 일에 누구보다 반대할 사람이 남아 있다. 에녹 교수님이 말을 이었다.

"설마, 설득으로 해결된다고 보는 건 아니겠지? 설득은 먹히는 사람에게만 먹히는 법이다."

에론 형에게는 샨이 무슨 말을 하든 이빨도 안 박힐 거다. 특히 이런 식의 대안이라면 더더욱 반대할 사람이다.

에녹 교수님이 말했다.

"나는 이곳에서 이 이상 악몽이 불어나는 것을 계속 막도록 하지. 너는 돌아가라. 라온, '그것'은 얼마나 진척되었지?"

"거의 다 완성되어 갑니다. 샨 군에게 도와 달라고 하면 더 빨리 끝날 거예요."

에녹 교수님은 고개를 끄덕였다. 그러고는 이비엔에게 말했다.

"네가 할 일은 엘에게 말을 거는 거다."

이비엔의 눈이 커진다.

"제 말을 전혀 듣질 않는데요?"

"의식 없는 사람 붙잡고 말 거는 것과 똑같지. 아무 반응이 없는 것 같아도 익숙한 목소리가 계속 말을 걸면, 그나마 깨어날 확률이 높아지지."

이비엔은 고개를 끄덕였다. 샨이 물었다.

"이제 현실로 어떻게 돌아가죠?"

라온 교수님이 웃었다.

"문 안 닫았잖아요."

샨이 식은땀을 흘렸다.

"그거 문만 열어 두면 돌아갈 수 있는 거였습니까?"

그때 돌아오는 법을 몰라서 티스와 그 사막에서 죽을 만큼 고생하지 않았던가! 라온 교수님이 고개를 갸우뚱했다.

"샨 군은 바보군요. 문을 닫아야 길이 끊기는 거고, 열어 두는 동안은 공간 연결 상태입니다."

으아아악!

엘은 바보다. 진짜 마법이니 어쩌니 막연하게 설명할 시간에 주의점이나 좀 확실하게 가르쳐 주면 좋지 않았나.

'그때야 정신이 없어서 나도 거기까지는 생각이 안 돌아갔지.'

샨은 얼굴만 빨개져서 돌아오는 내내 아무 말도 못 했다.

라온 교수님이 말했다.

"살다 보면 바보짓도 하고 그러는 거죠. 그런 나이 아닙니까."

아쉽다. 이 말을 하고 있는 게 라온 교수님만 아니었다면 더 큰 위안이 되었을 텐데. 또한 여태 똑같은 말을 27번째 반복하고 있는 게 아니었다면 더욱 위로가 되었으리라.

"됐습니다."

"그래도 이제는 꽤 똑똑해졌잖습니까. 사물의 본질을 생각해 볼 줄도 알구요."

"여전히 어리석다 하실 거면서."

그는 웃음을 터뜨렸다.

"그래도 저희를 설득하셨잖습니까."

"예전에도 생각했던 아이디어였다면서요. 그것도 나쁜 점이 있어서 버린 게 아니라 여건이 안 돼서 묻어 두었던 아이디어. 카이가 신룡이라고 말씀드렸던 그 시점에서 저에게 말해 주셔도 좋았잖습니까."

"그러기에는 이미 샨 군이 저와 그에게 많은 의미를 주는 사람이 되었으니까요. 아무리 그래도 에녹 교수가 하나뿐인 제자에게 그런 방법을 추천하리라 생각하십니까. 진심으로 하신 말이면 서운할 정도군요."

그 시점에서 에녹 교수님이 이 방법을 먼저 제안했다면 샨은 바로 그 말을 들었을 거다. 묻지도 따지지도 않고 그리하려 했을 거다. 당장 지금도 그렇게 하고 있으니까. 그건 에녹 교수님도 알고 라온 교수님도 알고 샨도 알고 있다.

카이가 말했다.

"나는 아직도 반대해. 나는 마마의 검이고, 방패가 되겠지만 아직도 다른 방법을 찾고 있어."

라온 교수님이 손가락을 탁 튕겼다.

"그건 그렇다 치고. 샨 군, 저 좀 도와줄래요?"

아마 새카만 물, 아니 엘이 차 있는 그 거대한 구에 대한 작업을 뜻하는 것이리라. 에녹 교수님이 '그거'라고 표현했다. 언제쯤 완성되냐고. 샨이 물었다.

"그건 대체 무슨 물건입니까?"

"돌아가면서 설명해 드리지요."

9.

샨과 카이를 라온 교수님의 연구실로 보내고 율케스는 홀로 기숙사를 향해 돌아갔다. 돌아가는 길에 호숫가에 앉아 있는 티스가 보였다.

티스는 호수를 향해 돌을 던지고는 그 파문을 바라보고 있었다.

"거기서 뭐하나?"

"뭐하긴. 놀고 있지."

"그건 노는 게 아니지. 적어도 티스학 사전에서는 그런 모습을 논다는 단어로 지칭하지 않아."

티스는 살짝 이마를 찌푸렸다. 율케스는 그런 티스 옆에 앉았다.

"티스학 사전에서는 이걸 궁상떤다고 하지."

"잘 아네."

티스는 다시 돌을 집어던진다. 그때 뛰쳐나간 후로 꽤 시간이 흘렀는데 계속 이 자리에 있었던 걸까. 율케스는 그런 티스의 옆에 계속 석상처럼 앉아 있기만 했다.

"야! 뭐라고 말 좀 해 봐."

"무슨 말?"

"무슨 말이든. 좀!"

"병신."

티스가 조약돌을 꽉 움켜쥐었다. 율케스가 물었다.

"샨이 그렇게 없어지는 게 그렇게 무서워?"

"없어지는 게 무서운 게 아니야. 없어지지 않는 게 더 무서운 거다. 나는 걔를 잊고, 걔가 누군지도 모르고 살아가겠지. 그런데 걔는 그 자리에 있을 거 아냐. 영원히, 죽지도 살지도 못하는 채로. 그런데도 나는 그 녀석을 잊고 있겠지. 해가 동쪽에서 뜨고, 물이 높은 데서 낮은 데로 흐르는 게 원래부터 당연한 일이라고 여기면서."

복잡하다. 애초부터 말 한두 마디로 표현하는 게 어려운 친구이기도 했다.

티스가 물었다.

"넌 괜찮아? 너야 뭐, 어차피 인류를 위하는 기사도에 끌리던 놈이었으니까 오히려 반갑겠지."

"그냥 샨이 하고 싶어 하니까 이뤄 주는 것뿐이야."

"너도 걜 잊을 텐데?"

"그건 그때 가서 생각해 보지."

티스는 그대로 드러누웠다.

"단순해서 좋겠다. 그러니 충견이란 소리나 듣지."

율케스가 몸을 일으켰다.

"나 간다."

"야! 먼저 가냐?"

"싫으면 계속 궁상떨든가."

그러고는 성큼성큼 앞서간다. 티스는 들고 있던 조약돌을 크게 던져 버리고는 율케스를 쫓아 함께 일어났다. 율케스가 말했다.

"너 근데 황제가 돼야 하는 건 생각 안 하냐?"

티스가 이마를 찌푸린다.

"이렇게 된 마당에 그게 대수냐."

"역사서에 티메리스 황제에 대해 이렇게 서술되겠군. 황자들의 난 때, 홀로 아무 짓도 안 하고 숨어 있다가 마지막에 살아남은 어부지리의 황제라고."

"설마 역사가가 그렇게 쓰겠냐. 역사가도 처자식 먹여 살려야 할 텐데. 어릴 때부터 덕이 있고, 성품이 어질어서 골육상쟁에 끼지 않고 고아하게 있다가 결국 하늘의 명을 받고 황제가 되었다 하겠지."

"제국사에서 그런 문구 많이 봤던 거 같다."

티스가 그런 율케스 어깨에 팔을 얹는다.

"그게 다 나처럼 살아남은 놈들 이야기야."

"그러면 류인 황자 같은 놈이 황제가 되면?"

"유년기 때부터 용맹하여 적들을 상대로 맹위를 떨쳤다고 하겠지. 비범한 실력으로 황좌의 기틀을 다지고 하늘의 명을 받아 황위에 오르신 우리의 선황 폐하."

"마무리는 언제나 하늘의 명으로 대미를 장식하는군."

티스가 웃었다. 역사는 늘 그렇다. 결국에는 어떻게 포장되느냐의 문제다.

하나의 진실도 어느 관점에서 보고, 어떻게 꾸미냐에 따라 전혀 다른 이야기로 변한다. 티스는 슬퍼졌다.

'샨은 아무것도 남기지 않겠지.'

묘비조차도 남지 않고 그곳에 서 있을 거다.

영혼을 바쳐 헌신하였으나 누구도 기억하지 못하는 삶이란, 과연 어떤 색일까. 티스는 생각했다.

"다른 방법이 없을까?"

티스는 카이와 같은 말을 내뱉었다.

10.

샨은 라온 교수님의 지시대로 함께 마법진을 세공했다.

기존에 배웠던 것들과는 전혀 다른 형태다.

"별의 마력을 사용하는 거네요."

"이 세계의 신을 이 세계의 힘으로 고정시키는 건 불가능합니다. 모든 것은 엘에게서 시작되었으니까요."

"그래서 외부 세계의 힘을 당겨 온다는 건가요?"

"이해가 빠르군요."

전에 도서 수집부 쪽 책에서 봤던 기억이 난다. 라온 교수님이 수집해 오라는 책들은 대부분 봐서는 안 되는 금서지만, 그만큼 희귀한 지식들을 담고 있는 것들도 많았다.

'그때 읽었을 때는 이해 안 가는 말이 많았지만.'

계속해서 공부하고 연구하며 수많은 지식을 접하다 보니, 그 당시 어렵기만 했던 내용들을 이제는 보다 쉽게 이해할 수 있게 되었다.

카이는 바닥을 구르며 꿈틀거린다.

"마마, 언제 다 끝나?"

"이거 하루 종일 걸릴 것 같은데?"

"하아."

카이는 5분에 한 번씩 언제 끝나는지 확인하고 또 확인했다. 만드는 사람이야 시간 가는 줄 모르지만 기다리는 사람은 지루하기 짝이 없는 작업이다.

"카이도 해 볼래? 지식은 나랑 똑같이 공유하고 있으니까 괜찮을 거 같은데."

라온 교수님이 말했다.

"지식과 성품은 별개입니다, 샨 군. 거기다가 카이는 드래곤이에요. 힘 조절 잘못했다는 세공이 문제가 아니라 수정구가 부서진다고요. 이 안에 들어 있는 게 그냥 악몽도 아니고 압축된 엘의 악몽이라는 건 알고 있죠?"

아까 꿈속에서 에녹 교수님이 반경 십 미터가 넘는 구에 엘의 악몽을 쏟아 놓고는 그걸 극한까지 압축시키고 있었다. 그렇게 나온 한 방울, 한 방울이 모여서 이 거대한 구 안에 들어 있는 셈이다. 라온 교수님이 말했다.

"이거 터지면 학교 호수를 다 채우고도 남을 겁니다. 이 일대는 순식간에 폐허가 될 거라고요."

샨의 안색이 순식간에 핼쑥해졌다.

"노, 농담이시죠?"

"하하하, 그게 농담이면 진즉에 카이도 시켰죠. 저랑 샨 군 둘이서 만년 노가다 뜨고 있겠습니까."

아, 싫다. 지금 얄팍한 유리장 하나만 믿고 정신적 화학 무기를 조각하고 있는 셈이다.

'만약 이게 부서지면 가장 먼저 뒤집어쓰는 건……'

샨 본인이다. 그때 팔다리가 반쯤 녹아서 정신을 잃고 있던 이비엔의 모습이 떠올랐다. 이비엔은 그나마 영혼이라 자아를 찾으니 바로 복구됐지만 샨은 인간이다. 단백질 융합체인 인간형 육신. 이 액체가 어떤 독성을 가지고 있는지는 모르겠지만, 살에 닿아서 좋을 것 같지는 않았다.

카이는 바닥을 끝까지 굴렀다.

"마마, 이거 언제 끝나?"

"응, 오늘 하루는 꼬박 해야 할 거 같아."

"알았어."

그리고 5분 후, 카이가 또다시 물었다.

"마마, 이거 언제 끝나?"

"아직 절반도 안 했어. 한참 기다려야 할 것 같다."

"후음."

카이는 바닥을 구른다. 그리고 또다시 5분 후, 카이가 같은 걸 물었다.

"마마, 이거 언제 끝나?"

"멀었어. 정 지루하면 바람 좀 쐬고 와."

"그래도 돼?"

"응. 어차피, 호위가 필요한 상황도 아니고 라온 교수님도 곁에 있으니까 안전해."

사실 가장 위험한 사람은 라온 교수님 본인이고, 지금 조금만 세게 힘을 줘도 부서질 유리벽 위를 끌과 정으로 세공하는 미친 짓을 하고 있지만 샨은 굳이 그 말을 하진 않았다.

　카이는 바닥을 다시 굴렀다. 연구실의 끝에서 끝까지 한참을 구르더니 결국 지루함에 지고 만다.

　"알았어. 바람 좀 쐬고 올게. 좀 멀리 갔다 와도 되지?"

　"응. 내일 아침까지만 오면 돼. 아 참, 가방에 귀환 마법 걸려 있는 마법석 있으니까 그거 챙겨 가는 거 잊지 말고."

　그거라면 길을 잃어도 마법석으로 바로 귀환하면 되니 안전하다.

　"마마, 내가 누구라고 생각하는 거야?"

　카이는 샨의 공간 압축 가방을 어깨에 멨다.

　"이거 들고 갈게."

　"응. 본체로 변할 때 잃어버리지 않게 조심해."

　"마마도 참. 누굴 애로 보는 거야. 나 이제 다 컸다고."

　그렇게 말하더니 밖으로 훌쩍 튀어 나간다. 샨이 작게 한숨을 쉬었다.

　"마음은 아직도 애면서."

　"부모는 언제나 자식을 어린아이로 보죠."

그것도 맞는 말이다. 카이는 영원히 샨의 조그마한 카이로 있고 싶은 마음과 더 크고 더 강해져서 넓은 세상을 날았으면 하는 마음이 늘 부딪친다.

샨은 끌에 마력을 불어 넣는다. 끌에 마력이 맺히며 푸르스름하게 빛난다. 유리를 깨는 게 아니라 조각해야 한다. 그러기 위해서는 검기를 사용할 수 있는 기술. 그리고 마법에 대한 해박한 지식. 섬세한 손길과 극한의 집중력이 필요하다.

문득 샨이 그제야 뭔가 깨달았는지 물었다.

"근데 이게 완성되면 뭐가 어떻게 되는 겁니까?"

결정적인 곳에서 아방한 질문을 하고 있자 라온 교수님이 웃음을 참지 못한다.

"빨리도 물어보십니다."

아무리 현명하고 똑똑해져도 샨은 샨이라고, 라온 교수님은 생각했다.

Chapter 2

용의 지평선

1.

카이는 힘껏 날아갔다. 세계는 직선이 아니다. 세계는 완만한 곡선을 그린다. 태양이, 대지가 렌즈가 되어 세계를 껴안는다. 본체로 변신한 건 오랜만이다. 그리고 이 모습으로 이렇게 힘껏 날아 보는 건 처음이고.

'그동안은 늘 마마를 신경 써야 했으니까.'

어디까지 날아갈 수 있을까?

카이는 한계까지 시험해 보기로 했다. 샨의 공간 압축 가방은 앞발에 단단히 걸었다. 그러고는 힘껏 날갯짓을 하기 시작했다. 신룡은 그렇게 음속의 벽을 뛰어 넘었다. 그 순간, 카이의 동공이 커진다.

'어? 누가 불러.'

자신을 부르는 소리에 카이가 응답한다.

크아아아아앙!

대지가 북이 되어 카이의 목소리를 증폭시킨다.

2.

같은 시간, 샨은 라온 교수의 설명을 모두 들었다.

"그러니까 엘을 재조립한다는 건가요?"

"엘의 정신체 일부를 모아서 억지로 재구성하는 과정이
죠. 그때 그 이비엔처럼, 정신은 자아를 따라가거든요. 그
러나 억지로 모아서 엘의 핵을 만드는 과정이라 잘 될지는
모르겠네요. 거기다가 만든다고 해도 어디까지나 일부이
지 본체도 아니고요."

"엘의 일부를 만들어 엘의 육신에 가져다 둔다는 거죠?"

"네, 그렇게 되면 엘 스스로도 이걸 중심으로 해서 재구

성하기 좋을 테니까요. 악몽도 엄연히 말해 본인의 일부이
니 다룰 수 있을 거고요."

샨이 이마를 찌푸린다.

"그거 가능은 해요? 아니 그 전에, 인간 형태로 돌아오
긴 하는 겁니까?"

"하하하, 샨 학생 날카롭네요. 당연히 그걸 제가 어떻게
알겠어요. 나도 처음 하는 건데."

망했다. 샨이 물었다.

"실패하면요?"

"폭발하는 생화학 정신체 병기를 온몸에 뒤집어쓰겠죠."

지금 확실하지도 않은 걸 하고 있는 점은 둘째 치더라도,
담보가 이 일대 사람들 목숨이라고? 말문이 막혔다. 그렇게
한참을 있다가 샨은 무표정으로 숨도 쉬지 않고 말했다.

"라온 교수님, 저 진짜 교수님이 너무 싫습니다. 진짜 미
워요. 내가 어쩌다가 이 학교에 와서 댁을 만났는지 사무치
게 후회돼요."

"괜찮아요. 괜찮아요. 어차피 세계 멸망하게 되면 다 같
이 죽을 거니까 먼저 가는 셈 치죠. 하하하하."

저 입을 양 옆으로 붙잡아 찢어 버리고 싶다. 아니, 이
미 찢고 있었다. 샨 본인이 의식도 하기 전에 손이 먼저 나

가서 저 밉살맞은 다크엘프의 주둥이를 양 옆으로 찢어 버리고 있었다.

"으아아! 샨 구, 이거 너무 하느 거 아니니가. 나가 그래됴 교스인데 어디 하크새니! (샨 군, 이거 너무하는 거 아닙니까. 내가 그래도 교수인데 어디 학생이!)"

그 입 다물어라, 다크엘프!

이건 세계 멸망을 막기 위한 시도가 아니라 세계 멸망을 상대로 하는 도박이잖아!

라온 교수님의 비명 소리가 한참을 울려 퍼진다. 샨은 그렇게 분을 풀다가 본인도 지쳤는지 손을 놓았다.

그래. 애초에 이 교수가 정상적인 방법을 들고 오지 않을 거라는 것쯤이야 익히 예상하긴 했다. 그래 봤자 이게 깨졌을 때의 문제니.

본인만 안 깨뜨리고 정신 똑바로 잘 세공하면 되는 거 아닌가 생각했다. 그러나 아무리 잘해도 확률적으로 아예 실패할 수도 있다니.

'게다가 이 일대 사람들 목숨도 다 같이 담보로 쓸 줄이야.'

라온 교수님이 말했다.

"괜찮습니다. 어차피 방학이고 학교 근처에 사람도 별

로 없어요. 그리고 우리가 실패해서 죽는다면, 그때는 또 그때대로 산 사람이 죽은 사람을 부러워하는 시대가 올 겁니다. 이래저래 땡큐죠."

"빨리 죽는 걸 그렇게 표현하시는 겁니까?"

"오, 샨 군은 굶주림과 추위가 얼마나 무서운지 모르시나 보네요. 지금도 제국 변경에는 얼어붙은 발가락을 자기 손으로 잘라 내는 어린아이나, 너무 배가 고파서 이웃끼리 자식을 바꿔서 잡아먹는 풍경이 파다합니다. 샨 군은 본 적이 없겠군요."

그는 웃으며 말하고 있었지만, 그 무게가 결코 가볍지 않기에 샨은 아무 말도 할 수 없었다.

"……."

"굳이 엘이 완전히 붕괴할 때까지 기다리지 않아도 곧 시작될 겁니다. 그걸 에론 알테리온도 알고 있을 거고, 그러니 학교로 돌아오고 있겠지요. 어쩌면 이미 도착해서 던전을 털고 있을지도 모르겠네요."

샨의 눈이 커진다.

"그걸 이제 말하시는 겁니까?"

"미리 말하면 뭐, 달라질 게 있습니까. 이거 조각하다 말고 가서 막으시게요?"

말 한 마디도 안 진다. 문제는 그의 말이 구구절절 다 옳은 말이라는 거다.

그래서 더 짜증 난다. 샨은 다시 한 번 짜증을 꾹꾹 눌러 담아 말했다.

"전 라온 교수님이 진짜진짜 싫습니다."

"그거 안타깝네요. 저는 샨 학생이 엄청 좋은데요."

왜 에녹 교수님이 라온 교수님만 보면 머리털을 곤두세우는지 알 것 같았다.

"라온 교수님, 당신 좋아하는 사람한테는 정작 인기 없는 타입이죠? 특별히 애정을 줬다 싶으면 사람이고, 개고, 고양이고, 햄스터고 다 도망 다니고요."

"어떻게 아셨나요? 통찰력이 대단하시군요."

통찰력까지야. 댁은 딱 그럴 것 같았어.

라온 교수님이 손바닥을 짝짝 부딪쳤다.

"자자, 잡담은 그만하고 일합시다, 일! 세계가 기다린다고요."

실감이 안 난다.

그동안 샨은 세계를 위기에서 구한다고 하면 보통 마왕이나 아크리치를 상대로 접전을 벌이고 거기서 승리하는 이야기를 떠올리곤 했다.

선조들 역시 늘 그렇지 않던가. 마왕을 무찌르고 악의 집단에게서 세계를 구하고. 나라를 구하고, 공주를 구하고. 그러고 보면 그렇게 구하고 나서도 공주와 결혼하는 전례는 흔치 않았다.

'세계를 구했으니 용사여, 네게 공주를 맡기마!' 하는 건 동화에서나 많이 나오는 이야기고, 보통은 공주도 정략결혼해서 제 갈 길 가고 용사는 땅이나 녹봉 좀 받고 퉁 치는 경우가 많다.

왕이 높은 자리에서 무소불위의 권력을 휘두르는 것처럼 보이지만 그쪽도 그쪽 나름의 고충이 있다. 신하들은 반역을 꿈꾸고, 그걸 막으려면 계속 기반을 다져야 하고. 그러다 보면 정략결혼 보낼 공주 하나라도 더 아쉬운 상황이고.

그렇다고 영지를 막 떼어 주자니 거기 토착 영주의 입장을 생각하면 함부로 막 떼어 주기도 미묘하다.

돈으로 주는 게 무난하긴 무난한데, 이게 상금 책정하기도 힘들다. 그냥 돈으로 퉁 쳤다는 소문이 돌면 왕가의 체면도 문제거니와 혼자 이렇게 많이 지출하자니 애매하다. 세계 평화 아닌가. 다른 왕국들도 다 혜택을 보는 일인데 왜 본인만 지출해야 한단 말인가.

거기다 알테리온의 피가 원래 그런 건지, 공주를 구해

놓고도 정작 공주가 아닌 미끼로 썼던 공주의 하녀에게 반해서 결혼하는 경우가 많다 보니 그리 권력이 쌓이지도 않는다.

참 미묘하다.

본론으로 넘어가서 샨은 생각했다.

'나는 언젠가 마왕과 싸울 걸 꿈꿨지, 이 5cm도 안 되는 유리벽과 싸우고 있을 줄은 몰랐지.'

그리고 에론 형이랑도.

어떤 의미로 에론 형은 마왕보다 훨씬 무서우니까 더 강대한 적을 상대한다고 봐야 하나.

"왜요. 실감이 안 나요? 세계를 등에 지고 있다는 거."

"고작 한 뼘 조금 넘는 끌 하나 들고 무슨 실감이 나겠습니까."

라온 교수님이 눈꺼풀을 내리깔았다.

"사실 말이죠, 적을 무찔러서 세계를 구하는 일은 흔치 않아요. 세계를 구한다는 건 보통 이런 작업들이죠. 반복하고, 찾고, 노력하고, 대안을 물어보고, 다시 검토하고 하는 일들. 검사들이 같은 동작을 천 번씩 만 번씩 반복하잖아요? 일 초도 안 되는 단 한 번의 검로를 위해서."

"이것도 같다 말씀하실 겁니까?"

"본질은 같아요, 샨 군. 세상에는 힘으로 되는 일보다 힘으로도 안 되는 일이 더 많아요. 그걸 막기 위해서 에론 군이 행정부에 있는 거고, 저는 암살을 하는 거고요."

"암살요?"

침묵 속에서 끌이 유리를 세공한다. 라온 교수님의 마력을 받아 날이 보랏빛으로 빛난다.

"보통 마왕이 세계를 점령할 때, 일단 인간계로 오려면 소환이 되어야 하잖아요? 그러면 마왕 소환을 누가 할까요."

샨이 답했다.

"그 분야에 능통한 흑마법사가 하겠죠."

"네, 그러면 그 흑마법사를 죽인다면 어떨까요?"

"마왕이 오지 않겠죠. 마왕의 군세도 오지 않을 거고."

"그런 거죠. 그러면 저는 어떻게 그 흑마법사가 마왕을 부르려 하는지 알게 될까요."

라온 교수님의 손이 기계처럼 정확히 유리를 파낸다. 목소리는 가볍지만, 손은 정교하다. 단 한 번의 실수도 용납되지 않는 일이니까.

반면에 샨은 말을 할 때면 아예 끌을 내려놓고 말한다.

자신이 없기도 하고, 만약 실수라도 하게 되면 그때 잡담을 한 자신을 용서할 수 없기 때문이다.

실수를 주의하는 것과, 실수하지 않을 것을 확신하는 것은 비슷해 보이지만 전혀 다른 행동을 보여 준다.

라온 교수님이 말했다.

"계속 서류를 보고, 지도를 보고, 답사를 하고, 정보 길드에 의뢰를 하겠죠. 대규모로 사람들이 죽어 나가면 그쪽 소문도 알아보고. 암살은 찰나예요, 샨 군. 세상은 2%의 클라이맥스와 98%의 반복 노가다로 이루어져 있답니다."

"다크엘프도요?"

"네. 저희라고 다를 게 없습니다. 인간도 마찬가지죠. 에론 군도 인생의 대부분을 행정 서류에 파묻혀 지내잖습니까. 그 와중에 흑마법사의 공방도 승인해 줘야 할 거고, 겸사겸사 민원도 해결할 거고요. 그러다 보면 적국에서 만드는 치명적인 세계 파괴 무기 첩보를 입수하기도 하죠."

"⋯⋯."

달빛을 타고 유리가 끌을 맞아 울었다. 날카로운 파편이 떨어지는데도, 그는 장갑도 끼지 않았다. 다치지 않을 자신이 있는 걸까. 아니면 그렇게 하지 않으면 안 되는 걸까.

그는 손을 멈추지도 늦추지도 않고 계속해서 말을 했다.

"그래요. 사람들은 말이죠, 대단한 사람은 뭔가 대단한 인생을 살고 있을 거라 생각해요. 영웅전기만 봐도 그렇죠.

하지만 우리도 똑같아요. 드라마틱해 보이는 건 극히 일부분뿐입니다. 남과 다른 점이라고는 그 98%의 노가다를 좀 더 열심히 하는 것뿐이겠죠. 이걸 우리는 이렇게 말하죠."

"……인생 살아 보면 다 똑같다."

"잘 알고 계시는군요."

라온 교수님은 웃음을 터뜨렸다. 샨은 다시 작업을 재개했다. 자신에게는 라온 교수님 같은 확신도 배짱도 없다. 그렇다면 남은 98%를, 샨의 방식대로 해 나가는 것뿐이었다.

'카이는 뭘 하고 있을까.'

카이의 98%는 과연 무엇일까.

샨은 그 생각을 마지막으로 작업에 집중했다.

3.

마지막 작업이 끝나자, 산은 끌과 정을 떨어뜨렸다.

더 이상은 손가락 하나 까딱일 힘이 없었다. 무언가를 만들다가 힘들어서 울어 버린 건 이번이 처음이다. 창밖의 하늘은 붉은빛으로 물들었다. 라온 교수님은 식은 커피를 홀짝이며 창틀에 상반신을 기댔다.

뻑뻑한 망막으로 한참 밖을 바라보다가 샨이 말했다.

"하늘은 붉은데 아침 해는 안 보이네요?"

"저건 정확히 말하면 저녁노을입니다. 우리 이틀 밤샜어요."

샨은 후들거리는 팔다리를 추스르며 몸을 일으킨다. 그러다가 다리에 힘이 빠져 엎어진다. 그나마 유리 파편 쪽으로는 안 엎어진 게 다행이다.

쿨럭, 쿨럭.

감기라도 걸린 건지 샨은 한참을 기침했다.

샨이 물었다.

"구름이 낀 건가요?"

"아뇨, 그냥 날씨가 맛이 간 겁니다. 해가 안 뜬 게 맞아요. 그런데도 빛이 비치네요. 열기도 그대로고."

"아, 엘⋯⋯." 샨은 눈가를 문지른다. "심한데요."

"제 계산에도 이건 너무 빠르네요. 그래도 3년은 버틸 줄 알았는데."

해가 뜨지 않았는데도 노을빛이 보인다. 샨은 억지로 몸을 일으킨다. 창밖의 하늘이 마치 인상파 화가의 유채화처럼 뭉개졌다. 분명 빛과 열이 느껴진다. 구름 역시 붉었다. 그러나 해가 보이지 않는다. 해가 있어야 할 자리에는 텅 빈 구멍이 뚫려 있었다.

"기괴하네요."

"광신도들이 신날 광경이죠, 뭐. 세계 멸망의 징조가 왔노라. 내 뭐라 했냐. 내 신전에 재산 좀 바치라고 하지 않았냐. 너희들은 다 지옥행이다. 지옥행~"

너무 현실감 있게 말하니까 진짜 광신도가 샨을 향해 지껄이는 것 같아 소름이 돋았다.

"끔찍한 농담 하지 마십시오."

라온 교수님은 대답 없이 커피만 계속 마셨다. 샨 역시 입을 다물었다. 이 말이 농담이 아님을 알고 있었다. 웃어야 할 텐데, 웃음이 나오지 않았다.

해가 있는 자리에 텅 빈 구멍이, 그리고 그 구멍 사이로 보이는 어둠이 이쪽을 내려다보고 있었다. 그것은 엘의 악몽과 똑같은 색으로 꿈틀거렸다.

"카이는, 카이가 돌아와야 할 텐데. 카이가…… 늦네요."

샨은 카이를 찾기 위해 다시 걷는다. 아니, 걸으려 한다. 그러나 샨의 상체가 말굽자석 모양으로 구부러진다.

털썩.

"……."

라온 교수님은 쓰러진 샨을 내려다본다. 그러고는 괜찮

냐고 물어보지도, 그렇다고 맥박을 짚지도 않고 그냥 커피만 마신다.

48시간 동안, 밥도 먹지 않고, 물도 마시지 않고, 고도의 집중을 했다.

그냥 집중만 한 것도 아니었다. 검기를 만들어야 했다.

아무리 카이가 성룡으로 각성을 했고, 멀리 떨어져 있어도 드래곤 스톤으로 마력을 전달받았다고 하지만 이건 너무한 시간이었다.

강대한 적을 단숨에 물리치는 것보다 같은 적을 같은 속도로 쉬지 않고 오래 공격하는 게 훨씬 지치는 일이다.

그것도 단 한 번의 실수로 세계가 멸망하는 상황이라면 더욱 그랬다. 단 한 번의 실수도 없이, 먹지도, 자지도, 마시지도 않고, 계속해서 집중 상태로 마력을 짜내서 조각해야 한다.

"인간치고는 꽤 대단한 체력이었죠. 음, 체력이라기보다는 정신력이라고 표현해야겠네요. 칭찬해 드릴게요. 샨 군."

그러나 정작 칭찬을 들어야 할 당사자는 대답이 없다. 아니, 대답은커녕 들을 수도 없는 상태다.

라온 교수님은 계속해서 커피를 들이켰다. 커피를 완전히 비우고 나서야 라온 교수님은 컵을 내려놓고 샨을 들었다.

"이렇게 옮기는 것도 이게 마지막이겠네요."

작고 가벼운 몸.

세계를 지기에는 너무나도 마른 몸뚱이었다.

"좋은 녀석은 늘 먼저 가곤 하죠. 그치요, 샨 군."

질문의 주인은 대답을 하지 못한다. 그러나 라온은 콧노래를 부르며 작은 소년을 안고 간이침실에 옮겼다. 눕혀 놓고 보니 샨의 손이 상처로 가득했다. 미세한 유리가 살에 박혀 반짝인다.

이대로라면 이튿날에는 부어올라 손을 사용하지 못할 거다. 그러나 지금은 에녹이 없고, 이런 치료는 이 다크엘프의 전공이 아니다.

"어쩔 수 없으려나요."

그는 힘껏 기지개를 켜고는 상의를 벗었다. 그가 바닥을 짚자 그의 문신들이 꿈틀거리며 바닥에 스며든다. 고대의 악마. 혼돈의 파편이라고 불리는 놈들이다.

그것들은 무엇이든 먹을 수 있다. 시간도 공간도.

단, 살아 있는 것은 먹을 수가 없다. 그게 라온을 불편하게 했지만, 때로는 유용하기도 했다. 바로 지금처럼.

새카만 그림자가 방바닥을 가득 뒤덮는다. 그러고는 유리 파편들을 주워 먹고 사라진다. 마찬가지로 샨의 손에도 올라가서 손에 박혀 있는 파편을 잡아먹는다.

물체의 시간을 돌리는 작업에 비하면 단순 소멸은 그리 어렵지 않다. 바닥이 완전히 깨끗해진다. 라온 교수는 겸사겸사 책을 손가락으로 가리킨다.

그림자들은 주인의 명령에 따라 책의 시간을 빼앗는다. 풍화되고 노화되었을 시간들을.

그림자가 사라지자 책은 갓 집필했던 때의 모습으로 돌아갔다.

낡은 양피지 책이었다. 그러나 이제는 갓 떨군 잉크 향이 났다.

라온 교수님은 손가락을 탁탁 튕기더니 도서관을 가리킨다.

연구실뿐만 아니라 비밀 도서관에 있는 모든 책들의 시간을 전부 집필 직후의 시절로 되돌릴 생각이다.

'앞으로 어찌 될지는 모르는 일이니까요.'

목숨을 장담 못 하는 건 샨뿐만이 아니었다. 라온 자신도 마찬가지다.

애초에 이 세계가 멸망한다면 책들마저 사라지겠지만, 그래도 라온은 책을 먼저 챙긴다.

그가 모았던 수많은 지식들을 하나하나 전부 핥고 다듬

는다.

그는 다크엘프들의 탕아였고, 일평생 제대로 된 안식처 하나 없었다. 숙소는 그저 체력을 충전하는 장소일 뿐이었고, 그나마도 일이 끝나면 숙소를 바꿨다.

적에게 노출되면 어차피 사라질 곳이니까.

세계를 지키는 건 어디까지나 취미 생활이다. 이런 썩은 인생도 그래도 가치가 있지 않을까 하는 정도의.

어차피 의뢰를 받고 물건을 훔치고 가끔은 살인도 해야 하는 게 일상이다.

이런 쓰레기 같은 삶을 긍정할 수 있는 거라면 뭐든 좋았다.

그는 다시 커피 물을 올린다. 그러고는 벽장을 열었다. 어두운 피부 위로 뱀 가죽 같은 근육이 꿈틀거렸다. 유연하고 탄력 있고 강한 근육이다.

이 학교에 온 이후로는 싸울 일이 그리 없었다. 그때의 실력을 어디까지 낼 수 있으려나.

라온은 생각한다.

'그래도 뭐…….' 그는 쓴웃음을 지었다. '……어쩔 수 없죠.'

삶의 끝에서 그는 에녹을 만났다.

그때도 어느 마도과학자 놈의 뒷목에 칼을 심는 중이었다. 놈은 이웃나라를 멸망시키기 위해 마력 폭탄을 만들었는데, 재수 없게도 성능이 너무 강해서 세계를 멸망시키고도 남을 정도였다.

그래서 죽였다.

놈이 이 무기로 정말 이웃나라만 딱 멸망시키고 말 생각이었는지는 알 바 아니었다. 어쩌면 설득이라는 게 가능했을지도 모른다. 그러나 라온은 정의의 용사가 아니었다.

그저 일개 도적이고 암살자일 뿐.

그렇기에 가장 잘하는 걸 했다.

문제는 그 다음이었다. 놈은 자기 심장에 발동 마법을 걸어 놨다. 자신이 죽으면 언제든지 폭발할 수 있도록.

평상시라면 이런 초보적인 실수는 하지 않았으리라.

그만큼 당시의 그는 지쳐 있었다. 선행인지 악행인지 모를 반복되는 쳇바퀴 속에서 매일매일 구토감이 밀려 왔다.

시뻘건 마법구가 마력 융합을 시작했다. 죽는구나, 이제 정말 끝이구나, 싶은 그때. 수만 개의 비가 내렸다. 지하 연구실 천장을 타고 비가 계속해서 내렸다. 그것은 비라고밖에는 표현할 방법이 없었다.

비는 쏟아지고, 또 쏟아지다가 마침내 벽을 이루기 시작했다. 그리고 급속 냉각을 시작한다. 마침내 마력 폭탄이 터지고 물의 구가 부풀어 오른다. 그건 놀라운 광경이었다. 강한 열기에 물이 증발하는 순간, 물은 다시 모여들었다. 열에너지를 빼앗고 다시 모이며, 다시 끓어오르다가 복구된다.

마침내 그 안에 있는 에너지를 전부 삼키고 나서야 물은 본연의 모습으로 돌아간다. 발 아래로 물웅덩이가 고인다. 고작 발목까지 오는 물로 이 정도 위력이라니. 라온은 긴장이 풀려 그대로 주저앉았다. 이런 자극은 오랜만이었다. 문이 열린다.

뒤를 돌아보니 청아한 인상의 엘프가 서 있었다. 대부분의 엘프가 그렇듯 그도 미인이었다. 치렁치렁한 사제 옷을 입고 서 있었는데, 남자인지 여자인지 구분이 가지 않았다. 그는 라온을 보더니 이마를 찌푸렸다.

"쓸데없는 걸 살렸군. 이럴 줄 알았으면 폭탄을 감싸는 게 아니라 방을 감쌀 걸 그랬어. 아주 잘 구워졌을 텐데."

중저음의 목소리가 확연하게 울렸다. 그는 남자였다.

"당신은 누구십니까?"

라온의 말에 엘프는 대답하지 않았다. 그냥 담배를 입에 물고는 '엘도 참 실없군.' 중얼거리며 도로 문을 닫고 나갔다.

'괜찮냐.' 라든가 '부상당하지 않았냐.' 라든가, 하다못해 '내가 세계를 구했다는 사실은 비밀이다.' 라는 전형적인 멘트도 없었다. 그냥 만사가 귀찮은 엘프다.

라온은 어이가 없어서 그를 쫓아갔다.

"잠시만요. 당신은 누구십니까?"

"에녹."

"대마법사나 그런 겁니까?"

"대마법사가 무슨 수로 저걸 막나. 저건 나나 알테리온 소드급 무구가 아니면 불가능해. 네놈의 악마가 저걸 막으려면 앞으로 200년은 자라야 할 거다. 뭐, 그때가 되면 볼 만하겠군."

그는 대번에 라온에 팔에 있는 게 단순한 문신이 아님을 간파했다.

"그러면 누구십니까."

"교수."

"네?"

"아카데미 교수다. 쓰레기 다크엘프."

에녹은 그렇게 멸시와 경멸에 가득 찬 눈으로 그를 쳐다보더니 훌쩍 제 갈 길 가 버렸다. 그를 쫓아가려 했으나 갑자기 모습이 온데간데없어졌다.

문득 그가 사라졌던 모퉁이에서 문을 닫는 소리가 들렸던 것 같다.

탁.

오래된 경첩이 맞물리는 소리였다.

이 연구소에서는 들을 수 없는 고풍스러운 소리에 라온은 숨겨진 비밀 통로라도 있나 싶어 한참이나 그 장소를 찾았다.

'그게 시작이었죠.'

라온은 이곳에서 평화를 느꼈다. 엘을 만나고, 그에게 이야기를 들었다. 아카데미의 교수로 취직해서 영구불변, 은퇴 없이 연중무휴 부려 먹히고 있다. 그러나 그건 사실상 라온에게 또 다른 은퇴를 의미했다. 지난날의 삶에서, 매일 혈향에 얼굴을 묻어야 했던 삶에서의 은퇴.

그리고 그 악마는 에녹의 예상과는 달리 150년 만에 성장해서 그의 파트너가 되어 주고 있다.

50년 정도의 오차는 어쩔 수 없다고 그는 툴툴거렸다.

그냥 엘프도 아니고 하이엘프 영감이다.

장수하는 다크엘프들보다도 훨씬 오래 사는 자들, 그런 존재에게 50년은 사소한 오차인 모양이다.

그는 자신의 무구들을 하나씩 도로 입기 시작했다.

백여 년 만에 입는 옷이지만 하루도 빠짐없이 늘 손질해 왔다. 그동안 무임금 노동자들(학생들)을 착취하며 얻은 이런저런 지식으로 나름의 개량도 해 왔다.

그는 무장을 마치고는 거울 속의 자신을 바라보았다.

그곳에는 이미 수백 년 전에 사라진 어떤 전설이 서 있었다. 착한 사람, 나쁜 사람 상관없이 뛰어난 자들만 잡아간다는 어떤 사신의 이야기가 있다.

그 사신은 사람의 그림자를 따라 옮겨 다닌다고 했다. 그리고 사람의 수명을 훔쳐 간다고 했다. 그 사신이 노린 자는 단 한 사람도 살아남지 못했다고.

수 세기를 건너 돌아온 사신이 거대한 유리구슬 앞에 섰다.

새카만 어둠이 안에서 꿈틀거렸다.

라온은 유리의 표면을 문질렀다.

"자, 그러면 신이 나올까. 악마가 나올까."

라온은 샨이 쓰러져서 다행이라고 생각했다. 그렇지 않았다면 그 간 작은 꼬맹이는 어떻게든 뭐 하나 돕고 싶어 안절부절못했을 거다.

마침 어둠이 돌아온다.

그림자가 드리우듯 방 안이 새카만 어둠 속에 잠긴다. 라온은 그것을 자신의 문신으로 되돌리는 대신 수정구 주변을 감싸게 했다.

"후우, 여기서부터는 고비네요."

라온 교수의 모든 마법 무구가 빛나기 시작했다.

마력으로 만든 기운에 그가 쓴 후드가 벗겨진다. 라온의 악마는 그것을 삼킨다.

그건 별로 쓸데없는 악마였다.

샨과 크롬이 처음으로 결투를 벌일 때, 망가진 교실의 시간을 돌려 원래대로 수습하는 정도의 악마였다.

무엇이든 그림자가 닿는 곳은 역전시킬 수 있다. 그러나 살아 있는 것에 영향을 미칠 수는 없다.

'그렇다면 엘의 악몽은 죽은 것인가, 산 것인가.'

라온은 생각했다.

'우리가 흘리는 땀과 기름이 과연 살아 있다 할 수 있을까?'

그것도 분명 우리 몸의 일부다. 죽은 각질 역시 마찬가지다. 시체라고 부르기에는 애매하지만. 그렇다고 살아 있는 것도 아니다.

'꼭 비유를 해도 이렇게 지저분한 것만 하냐고 엔은 싫

어했죠.'

에녹의 애칭. 그러나 정작 본인은 몹시도 싫어하는 터라 변변히 불러 준 적이 없다. 조금 싫어하는 정도면 하겠는데, 사생결단을 내는 수준으로 살기를 뿌려 대니 건드릴 수가 없다.

샨에게 성공할지 아닐지 모르겠다고 한 건 이것 때문이다.

이건 어디까지나 이론.

꿈이자 물질을 이루는 이 불순물에 대한 라온의 오랜 이론이다.

"자, 그러면 묻겠습니다. 엘, 당신의 악몽은 살아 있습니까?"

어둠이 구슬을 삼키며 꿈틀거렸다.

4.

수백, 수천 마리의 드래곤들이 일제히 날아올랐다. 샨은 카이의 시선으로 용들을, 하늘을 바라보았다. 샨은 막연히 이게 지난번에 꾸었던 꿈과 크게 다를 바 없다는 것을 깨달았다.

카이의 시야로 세계를 바라보고 있었다. 차원의 경계가 옅어지고 흔들린다. 마치 물 위에 뜬 기름을 휘젓는 것처럼 세상이 엉겼다가 다시 모이기를 반복한다. 카이가 하늘을 바라보았다.

그 위에는 수없이 많은 차원들이 모습을 드러내기 시작했다. 정령계와 마계가 보였다.

한 번도 본 적이 없는 세계도 나타났다.

그 사이에서 카이는 용신계를 찾는다. 용신계, 용왕계, 신룡계라고도 부른다.

과거 이 세계를 지배했던 용신들이 이 세계를 벗어나고자 만든 차원들.

일찍이 수많은 드래곤들과 고귀한 용의 혈족들이 넘어간 그 차원의 경계가 모습을 드러냈다.

『오라. 어서 들어오라, 동포여.』

이마가 뜨겁다. 양 날갯죽지에 불이 나는 것만 같았다.

춤추는 천칭.

종의 마지막을 정하는 존재. 용들이 원하고 있었다. 이 세계에서 자신들의 마지막을. 이제 용신계에서 위대하신 분들과 함께하기를.

'카이, 안 돼. 카이. 아직은, 아직은 안 돼.'

샨은 염원했다. 부디 그 선택이 지금이 아니기를.

엘의 영향으로 차원의 경계가 점점 옅어지기 시작했다.

5.

차원의 경계가 옅어지고 있는 지금.

가장 먼저 이변을 느낀 건, 단테스가 아닌 넬이었다.

재무제표를 분석하던 와중에 깃펜을 놓아도 깃펜이 그대로 그 자리에 떠 있는 것을 발견했다. 이상한 마음에 물잔을 집어 드니 잔 안에서 물방울이 휘돌았다.

"눈이 피곤한가?"

요즘 내내 영역을 확장하는 알파도 패밀리들 때문에 나날이 서류 업무가 늘어가는 중이다. 이제 우리도 인텔리 마피아가 되어야 한다고, 새롭게 진화할 때가 되었다고 하지 않았던가.

'아, 난 대체 뭘 하고 있는 건지.'

새로운 동생 하나를 입양해 온 덕분에 더욱 죽을 지경이다. 엄연히 말해 동생이 아니라 조카지만, 그냥 오빠로 호칭을 통일해 버렸다.

여자아이를 키우는 데는 돈이 많이 든다. 그것도 제대로 땅 사고, 저택 사고, 망할 놈의 영주 놈에게 복수하기 위해서는 더 많은 돈이 필요하다.

'이놈의 조직 조만간 때려치워야지.'

매번 때려치우겠다고 결심하고 또 결심하다가 다시 서류를 들여다본다.

홀몸이면 배짱이라도 부리겠지만 이제는 딸린 식구가 생겼다.

"......"

넬은 결국 책상에 엎드린다. 피곤하다. 너무 서류를 오래 들여다보았더니 망막까지 따끔거린다. 뻑뻑해진 눈을 비비고 또 비비다가 다시 눈을 뜬다.

서류가 허공에 떠 있다.

"이게 무슨⋯⋯?"

아직도 정신이 안 돌아온 건가?

그 순간, 넬의 몸도 떠올랐다. 이건 꿈이 아니다. 모든 물건이 넬과 함께 치솟는다.

'반중력 마법인가? 적의 습격?'

이중 삼중으로 된 마법 방어 주문을 뚫고 대규모 마법을 날린다고? 그런데 그만한 힘을 갖고 파괴력 강한 원소계

마법도 아니고 고작해야 중력 마법을 쓴다고?

그때 단테스의 뇌수(雷獸)가 바람을 가르며 달렸다.

넬은 창밖을 바라보았다. 이 일대가 모두 떠오르고 있었다. 중력이라는 존재 자체가 사라진 것처럼.

바람의 정령이 넬을 붙잡는다.

"조심."

단테스다. 넬이 물었다.

"어떻게 된 거지? 적의 기습인가 했는데, 이 일대가 전부 중력이 차단된 상태인가?"

"모르겠습니다. 마법은 느껴지지 않네요. 이건 마치 천재지변 같아요."

"천재지변? 중력이 사라지는 천재지변도 있나?"

둘은 말없이 서로를 바라보았다. 그런 건 들어 본 적도 없었다.

6.

같은 시간, 마계의 문이 열렸다.

알테리온 영지. 그곳에서 직격으로 마계의 문이 열린 건 이번이 처음이다. 마계의 문을 여는 것은 보통의 흑마법 의식으로는 힘들다. 적어도 한 도시의 인구, 혹은 민족들이 모두 몰살당하는 정도의 마이너스 에너지가 모여야 한다.

그리고 그런 일이 일어났다면 자연히 가주인 라이너스가 알든가, 맏이인 리오가 알았어야 정상이다.

처음에는 산짐승들이 산 아래로 내달렸다. 가장 먼저 위험을 감지한 것이다. 그 이후 지능이 낮은 몬스터들이, 그다음은 지능이 높은 고블린이나 오크 떼들이 밀려왔다. 무슨 일인가 싶어 리오는 영지 경계로 나와 홀로 싸움에 나섰다.

병사들은 주민들을 대피시키는 데에 쓰고, 그 수많은 몬스터들을 상대로 홀로 대적. 보통이라면 미친 짓이라고 하겠지만, 아버지는 걱정하지 않았다. 리오 자신도 걱정하지 않았고, 영지민들도 걱정하진 않았다.

다만 이 현상의 원인이 궁금했을 뿐이다.

그리고 그 끝에 차원의 경계를 찢으며 마족들이 나타났다. 마기를 감지하는 순간, 맏이인 리오보다 가주인 라이너스가 먼저 움직였다.

목검에서 철검으로 물 흐르듯 교체하고는 가장 먼저 날아오는 마족의 배를 썰었다.

그러나 그 뒤로 계속 이어지는 마족들과 마왕을 보는 순간 라이너스는 입술을 씹었다.

알테리온 소드는 이제 그에게 없다. 그러나 지킬 이들은 그때와 변함이 없었다.

'모든 것은 인류를 위하여.'

그것을 위해서라면 내 목숨은 얼마든지 바치겠나이다.

오래된 맹약을 떠올리며 그의 검에 검기가 솟아났다.

리오가 머리를 긁적였다.

"그래도 내가 알테리온 소드 한 자루 몫은 해야 할 텐데."

안 그랬다가는 무슨 잔소리를 들을지.

왜 갑자기 태양이 검은빛으로 뜬 건지, 그리고 왜 마계에서 차원의 문을 찢고 들어온 건지 알 수는 없다. 그러나 인류를 위해서 무엇을 해야 할지는 명확했다. 그리고 그것은 그들이 여태껏 살아온 이유이기도 했다.

아버지와 아들은 동시에 같은 검로를 그렸다.

7.

까만 태양이 불길했다. 크롬은 창밖을 한참이나 바라보

았다. 영지민들은 이게 또 다른 재앙의 징조는 아닐까 불안해하는 눈치다. 일부는 종말의 징조라면서 내가 말하지 않았느냐고, 회개하라고 고래고래 소리를 지르기에 붙잡아다 매를 때렸다.

선동죄는 엄히 다스려야 한다.

그렇다고 해도 이 태양은 과학적으로도 마법적으로도 해명할 수가 없다.

애초에 개기월식 같은 종류였다면 길어야 몇 시간 정도 보여 주고 끝날 일이다. 그러나 해가 뜨면서 질 때까지도 검은 태양은 여전했다.

'샨은 뭔가 아는 눈치였어.'

그렇지 않아도 이상기후 때문에 농작물의 피해가 심하다. 대륙 최고의 곡창지대를 가지고 있는 마이어하트 가문에서 이 정도 타격을 받았다면, 다른 영지는 보지 않아도 뻔했다.

'그래도 아버님이 잘 대처하셨지.'

혹시나 있을 흉작에 대비해 곳간을 불려 났던 게 다행이었다.

이미 20년 전에 대형 곡물 창고를 완성했고, 풍작이 된 해에 남은 곡식들은 모두 그 창고에 저장해 놨다. 최상급

보존 마법까지 걸려 있는 터라 시공 때 어마어마한 예산이 들었지만 혜안은 혜안이었다.

불행은 하나만 오지 않는다. 올 때는 늘 함께 온다.

이 상황에서 전쟁이든 역병이든 무언가가 창궐한 영지는 감자 한 포대에 결혼반지를 팔기 시작할 거다.

이 이상기후에 관해서는 샨이 뭔가 알고 있는 눈치였다. 하지만 몇 번 떠봤는데도 조개처럼 입을 다문다.

얼굴은 순하게 생겨서 고집은 쇠심줄이다. 돌아가면 다시 한 번 제대로 이야기해야지.

'느낌이 안 좋아.'

그의 육감이 말하고 있었다. 무언가 굉장히 잘못 돌아가고 있다고. 그리고 그 중심에는 샨이 있다고.

문득 저 멀리서 빗소리가 들렸다. 맑은 날씨에 무슨 소나기 소리인가 싶어 목을 빼고 밖을 보았다. 제법 높은 곳인데도 아무것도 보이지 않는다. 그러나 빗소리는 점점 더 커져 가고, 마침내 파도 소리가 되어 울리기 시작했다.

먼 곳에서 고함이 울린다.

크롬은 망원경을 들고 높은 곳으로 올라갔다.

지평선 너머에서 무언가가 오고 있었다. 파도였다.

바다라곤 맞닿은 곳이 없는 내륙에 위치한 이곳에 파도

는 말이 되지 않는다.

그 파도의 정체를 깨달은 순간, 크롬은 망원경을 놓친다. 그가 시종들에게 소리를 지른다.

"비상이다! 당장 마탑의 모든 마법사들을 불러! 그리고 플라멜!"

그가 신호하자 플라멜이 본체로 돌아간다.

"아버님께 최대한 빨리 날아간다."

그의 충직한 수호기사 네반이 놀라서 묻는다.

"대체 이게 무슨 소리입니까. 주군."

"파도가 오고 있다."

"파도요? 여긴 뭍 한가운데잖습니까?"

"그냥 파도가 아니야. 대지로 만든 파도야. 초강진이 오고 있어. 그것도 우리가 평생 겪어 본 적도 없고, 기록된 적도 없을 지진이 오고 있다. 네반, 영지민들을 모두 대피시켜! 그리고 마탑은 방어 마법을 건다. 어차피 이 시점에서 집은 포기해야 해. 사람이라도 살려야 한다."

크롬은 그 말을 끝으로 급히 날아간다. 파도는 천둥소리가 되어 밀려오기 시작했다. 지평선 너머로 새카만 띠가 이곳을 향해 다가오고 있었다.

"저게…… 땅이라고? 대지가 물결치는 거라고? 그게……

가능해?"

기록에도 없고, 앞으로도 없을 전무후무한 지진이 영지를 강타한다. 크롬은 입술을 깨물었다.

'레이디 샤이린.'

영지도 걱정이지만 그녀의 안위도 걱정이다.

지금 그녀는 어디 있을까. 부디 살아만 있길.

8.

안갯속 의식이 천천히 윤곽을 그리기 시작했다.

바다 냄새가 났다. 뜨겁고 후끈한 열기가 손끝을 타고 밀려온다. 더웠다. 그리고 아팠다. 온몸의 근육이 비명을 지른다. 눈을 뜨는 게 이렇게 힘든 일이던가.

샨은 억지로 시야를 열었다.

뻑뻑하게 굳은 망막 밖으로 어둠이 물결친다. 뭔가 잘못되었다는 걸 깨닫는 순간, 어둠이 샨의 코와 입 속으로 밀려들어온다.

이게 뭔지 알 것 같았다. 그것을 인지하는 순간 어머니의 비명 소리가 들렸으니까.

'엘의 어둠.'

라온 교수님이 실패한 건가?

폭주라도 한 것일까.

그렇다고 보기에는 샨은 아직 멀쩡하다. 살이 녹지도 않았고 자아를 잃지도 않았다. 그저 어머니의 비명 소리만이 악령이 되어 의식을 붙잡는다.

'태어나서는 안 될 아이.'

샨이 태어났을 때 아르고 형이 처음 내뱉었던 말.

'이 자식이 엄마를 잡아먹고 태어난 거야. 형은, 에론 형은 용서할 수 있어? 이 작은 게 엄마를 죽였어!'

아르고 형은 그때 샨을 그리 대한 것을 평생 후회하고 있다.

그렇기에 다른 형제들보다 더 잘해 주려 하고 있고.

이제 지난 일이다. 그러나 심장이 유리 조각 사이를 걷는다.

'저 애야? 저 애랑 같이 있으면 모두가 불행해진대.'

'지 어미 잡아먹고 태어난 놈이 다 그렇지.'

이 사람들은 그때 자신이 어떤 말을 했는지도 기억 못할 거다. 샨은 그 사람들의 이름도 모르고, 그들은 샨을 알고는 있지만 그저 상관없는 사람일 뿐이었으니까.

'친구…… 없어?'

샨은 악몽 속을 걸었다. 엘의 악몽이라 하지만 자신의
악몽.

'넌 진짜 나쁜 놈이야. 세계를 구한다고? 그래서 희생
하겠다고? 왜, 너희 아버지가 그렇게 가르치시던? 알테리
온 가문 놈들은 다 영웅병자던데 너 역시 그래? 그게 지금
널 아껴 주는 사람들을 초개처럼 버릴 이유가 돼?'

티스의 목소리가 울린다. 울컥 눈물이 나왔다. 눈물이
거품 방울이 되어 흩어진다.

그 와중에도 샨은 생각했다. 아직 끝난 게 아닐 거라고.
라온 교수님은 아직도 의식을 진행하고 있는 거라고.

그 증거로 아직은 생화학 정신 병기라고 불릴 수준도 아
니고, 샨의 두 손과 두 다리의 감각은 살아 있으니까. 다만
교수님의 마법이 중간에 나쁜 쪽으로 흘러간 걸 거라고 생
각했다.

욕설과 비난과 상처들 속에서 샨은 계속해서 헤엄쳤다.

노래를 불렀던 것 같다.

정신을 유지하기 위해, 속삭임을 조금이라도 줄이기 위
해 샨은 계속해서 노래를 불렀다. 샨이 노래를 부르자 입
밖으로 거품이 나왔다. 거품은 어둠을 밀어냈다.

아주 오래된 법칙이 아직은 이 세계에 남아 있었다. 샨의 노래에 응답하며 꾸준히 어둠을 밀어낸다.

어둠 속에 빛이 보였다.

반딧불처럼 희미하게 켜졌다 꺼지기를 반복했다. 샨은 계속해서 노래를 부른다. 빛을 향해 손을 뻗었다. 그 순간, 샨의 손가락 가죽이 염산이라도 부은 것처럼 녹아내리기 시작했다.

뜨거웠다.

고통스러웠다.

붙잡으면 죽는다는 생각이 들었다. 하지만 샨은 계속해서 그 빛을 향해 손을 집어넣었다.

이 조각이 무엇인지는 모르겠지만 다른 방법이 있는 것도 아니었다.

그리고 그 조각을 붙잡는 순간, 목소리가 울렸다.

"샨 군, 잘했어요. 그대로 있어요."

라온 교수님의 목소리.

굉음이 울리며 어둠이 걷히기 시작한다. 마치 시간을 역전하듯 빛의 조각이 점점 더 커지기 시작했다. 나중에는 너무 눈이 부셔서 눈을 감았다.

고통은 여전했지만 라온 교수님이 말했다.

이것을 놓지 말라고.

샨은 비명을 지르고 울면서, 끝나길 애원하면서도 눈을 감은 채로 그것을 놓지 않았다.

"다 됐어요. 휴, 중간에 폭주하는 바람에 큰일 나는 줄 알았네요. 이제 눈 떠도 됩니다."

눈꺼풀을 열자 그곳에는 작은 소년이 서 있었다.

소년은 한눈에 봐도 엘과 똑같았는데, 마치 인형처럼 눈도 깜빡이지 않고 그 자리에 가만히 있었다.

"아이고, 샨 학생 일어나자마자 또 고생시켜서 미안합니다. 왼손이 완전히 망가졌네요. 에녹 교수님 없으면 치료를 못 하겠……."

그 말을 다 듣지 못하고 샨은 고통에 또 기절하고 말았다. 흐릿해지는 의식 사이로 라온 교수님이 말했다.

"……자꾸 굴려서 미안해요, 샨 군. 하하하! 큰일 해 줬네. 푹 쉬세요. 내 꿈 꿔요. 사랑해~"

저 망할 교수가.

샨은 마음속으로 욕설을 내뱉었다.

9.

'내 인생이 그렇지, 뭐.'

의식이 돌아오자마자 먼저 드는 생각이 이거였다. 그래도 도움이 되었다는 게 어딘가 싶다. 그리고 죽지 않았다는 것도.

'몸이 차가워.'

손끝부터 발끝까지 핏기 하나 없이 차갑게 식어 있었다. 이불을 덮어도 냉기가 가시질 않는다. 그때 무언가 온기가 느껴졌다. 샨은 그 온기 속으로 파고들었다.

얼마나 시간이 지났을까? 기력이 돌아오자 서서히 눈을 떴다.

"마마?"

카이의 목소리에 샨은 눈을 떴다. 여성의 모습이다. 셔츠 아래로 보이는 잘록한 굴곡에 샨은 얼굴을 붉힌다. 샨이 너무 부끄러워하는 게 보이자 카이는 남자의 모습으로 변한다.

"마마 체온이 너무 내려가서 데워 주려고 그랬어."

"고마워."

"응, 마마는 고마워해야 해. 내가 나쁜 사람도 물리쳤거든."

"나쁜 사람?"

라온 교수 말하는 건가. 샨은 고개를 끄덕였다.

"고마워."

"그 녀석 좋은 사람인 줄 알았는데 마마를 데려가려고 했어. 내가 공격하니까 내가 죽으면 마마에게도 타격이 가는지 물어보더니, 그렇다고 하니까 일단 기다리겠다며 라온 교수님과 함께 있어."

누구지? 샨은 이마를 문질렀다. 그러다가 문득 생각나는 사람이 있어 되물었다.

"에론 형?"

"응, 마마의 둘째 형."

망할.

샨은 답지 않게 욕설을 내뱉었다. 그만큼 최악의 상황이다. 형이 돌아와서 던전을 직접 해치우고 있다는 건 알고 있었지만, 이 시점에서 샨을 만나러 온 건 이유가 뻔했다.

'나머지 톱니바퀴를 달라는 거지.'

샨이 가지고 있는 조각과 에론 형이 가지고 있는 조각, 그리고 류인 황자가 가지고 있는 조각을 모아서 엘이 있는 곳을 열면 된다. 뒤집어서 말하면 어느 한쪽이 깽판을 놓으면 문을 열 수 없다는 소리니 그 다음은 무력 충돌밖에 없다.

죽여서 뺏든가, 싸워서 뺏든가, 평화적으로 고문해서 뺏든가.

에론 형이 샨을 죽이거나 평화적으로라도 고문을 하진 않을 테니, 기껏해야 싸워서 뺏는 정도겠다. 그러나 상대는 에론 형이다. 그 말은 그냥 뺏긴다는 말과 다를 바가 없다.

샨은 몸을 일으켰다. 옷이 땀으로 축축하게 젖어 있었다.

갈아입을 옷이라도 찾고 싶었지만 그럴 만한 상황도 아니다. 샨은 간단하게 건조 마법만 걸었다. 땀 냄새가 꿉꿉하다.

"정확히 어디에 있는 거야?"

"에녹 교수님의 신전."

"그래. 아주 가지가지 하는군."

"마마, 신경이 너무 날카로워. 괜찮아?"

"미안해. 나 지금 곤두설 대로 곤두서서…… 후우, 진정해야지. 평소의 나로 돌아가야지."

세계가 멸망하고 있다. 창밖에는 검은 태양이 떠 있다. 샨이 물었다.

"나 이틀날까지 잔 거야?"

"아니, 해가 졌는데 해가 또 뜬 거야. 잘 보면 밖에 달도 떠 있어."

멸망이라는 게 손끝으로 느껴진다. 엘이 있는 이곳은 아직 안전하지만 다른 지역은 어떤 상황일지 상상만 해도 끔찍하다.

'일단 설득은 불가능해.'

샨이 생각한 대안의 결말을 알게 된다면, 티스의 말대로 팔다리를 하나 잘랐다 붙이는 한이 있더라도 막을 게 분명하다.

'그렇다고 시간을 끌 수도 없어.'

엘의 붕괴가 생각 이상으로 가속화되고 있다.

'형과 무력으로 싸워 이길 수도 없다.'

모두의 힘을 합친다면 100% 확률로 형은 죽는다. 그걸 승리라고 하면 승리일 수도 있겠다. 그러나 샨 자신에게는 최악의 상황이다.

샨은 곰곰이 생각하다가 라온 교수님의 선반을 열었다.

10.

황금색 차가 잔 위로 맴돈다. 앞으로의 선택이 영원의 시간을 결정하리라.

그 결정을 신룡이나 마신, 엘 같은 초인적인 어떠한 존재가 아닌 한 명의 인간과 내려야 한다는 게 아이러니하다.

인간은 참 재미있다. 수명이 100년도 채 되지 않으면서 평생을 살아갈 것처럼 군다. 과거 고대 시대의 주역은 엘프들이라고 할 수 있지만 그들을 지배하는 하이엘프들이 물질계를 떠난 이상, 이 세계의 주인공은 인간이다.

연약한 존재들.

근력은 오크만도 못하고, 마력은 고양이보다도 못 느끼는 둔하고 약한 존재들. 눈에 보이지 않는 바이러스 때문에 사망하는 자들.

악마보다도 사악한 존재들, 그럼에도 어떤 언어로도 표현할 수 없는 그런 희생을 하는 자들. 에녹은 인간에게 무관심하지만 라온은 늘 인간이 흥미로웠다.

가끔은 정신이 마모될 것 같은 위기를 느끼곤 하지만, 그럼에도 그는 즐거웠다.

'만약 샨 군의 말대로 성공한다면, 인간 종족 중에서 신

이 둘이나 나오는 셈이지.'

그리되면 이 세계는 온전하게 인간의 손에 넘어가게 된다. 천 년이고, 만 년이고, 십만 년이고, 신들이 풍화되고 이 세계가 끝나는 그 날까지.

이 세계는 인간에게 한없이 자애로우리라.

물론 샨이 처음부터 그렇게 계산하고 계획하지는 않았으리라. 그저 세계를 구하고 싶다는 한 인간과, 이 세계를 뿌리까지 지배하고 싶다는 류인 황자의 지배욕이 맞물린 결과일 뿐이지.

'인간은 참 신기하단 말이죠.'

그리고 그들의 최대 대적자는 그들과 같은 종족인 에론이었다.

에론은 엘을 강제로 처리하여 이 세계를 유지하길 바란다. 에론의 조치 자체도 나쁘진 않다. 최소한 왕국 하나가 나타났다가 사라질 때까지는 온전할 거다.

그 후에는 어찌 될지 알 수 없지만.

엘은 노골적으로 이 세계의 파멸을 원하면서도 꿈에서 영원히 깰 수 없는 자신의 처지를 알게 될 테니까.

적어도 날씨나 천재지변은 없을 거다.

그 대신에 마왕 강림 같은 무의식의 산물이 계속해서 일어나고, 그 부담은 제국과 알테리온 가문이 지게 될 거다. 하지만 에론은 그걸 감안하고서라도 이 세계를 이어 나가 길 원한다.

그래도 그게 가장 '안정적'인 방법일 테니까.

그때 찻잔을 들고 있던 에론의 손이 멈춘다.

"이상하군요."

"무엇이 말씀이십니까?"

"찻잔 본연의 무게를 제하고서도 찻물의 무게가 늘었군요. 1cc, 물방울로 딱 한 방울 정도. 이런 타이밍에서는 독약이나 수면제, 자백제로 추측하기 딱 좋을 무게입니다만."

사람의 손으로 그 미묘한 무게의 차이를 알아차린단 말인가.

그건 엘프든 다크엘프든 쉽지 않을 텐데.

에론이 말을 이었다.

"저는 예전부터 편집증을 앓고 있어서 이런 데에는 예민합니다."

그게 단순히 정신병이 있다고 알 수 있는 건가. 편집증 환자고 아니고의 문제가 아닐 텐데.

라온 교수님은 표정 하나 바꾸지 않고 몸을 일으켰다.

"차를 새로 따라 드리죠."

"괜찮습니다. 그냥 차를 바꾸죠. 잔에 수면제를 묻히고 차를 따르는 경우도 있으니까요."

그러더니 대뜸 라온 교수가 마시던 차의 찻잔을 들었다. 마시는 척했지만 찻물에 입술조차 대지 않았음을 라온 교수는 파악했다.

'약으로 조종하는 건 무리겠네요.'

딴에는 가장 평화적인 방법을 꺼냈는데 이렇게 쉽게 실패하게 될 줄이야. 속이 쓰리다.

신뢰가 절단이 났는데도 이 자리에 있는 것은 샨 때문이다.

그렇게 두 시간 후, 차가웠던 에론의 입가가 부드럽게 풀렸다. 복도 위로 발자국 소리가 울렸다. 그 발자국의 주인이 누군지도 묻지 않고 그는 잔잔한 미소를 지었다.

샨이 문을 열었다.

11.

에녹 교수님의 연구실에는 소독약 냄새와 담배 향이 뒤섞여 있었다. 제 주인이 자리를 뜬 지 오래되었어도 향기만은 시간이 되어 공허를 채운다.

붉은 하늘 덕분에 방 안은 붉은빛으로 가득하다. 신상 (神像)이 스테인드글라스에 반사되며 눈물 대신 붉은빛을 흘리고 있었다.

종말을 앞에 두고 두 남자는 서로를 마주 보고 앉아 있었다.

"이제 일어났군요."

샨이 물었다.

"그 아이는요?"

엘이라고 말할 뻔했다. 에론 형 앞에서는 자그마한 실수 하나라도 있어서는 안 된다. 칼이 없는 전쟁터에서 샨은 팔 근육을 조인다.

에론이 물었다.

"아이라니?"

라온 교수님이 말했다.

"사정이 있어 맡게 된 아이가 있습니다. 티스와 율케스 군이 대신 돌보고 있어요. 곧 데리고 올 겁니다. 그것보다 샨 군, 몸은 좀 어때요?"

"괜찮네요."

샨은 사각 테이블의 다른 한 면을 채워 자리에 앉는다.

"잘 지냈니? 그동안 많이 말랐구나."

에론 형이 샨의 뺨을 걱정스레 문지른다. 창백한 볼살 아래로 광대뼈가 만져진다.

"일이 끝나면 살찔 만한 걸로 잔뜩 먹여 주마."

샨은 에론 형의 손을 부드럽게 쳐 낸다. 에론 형의 얼굴이 살짝 굳는 것을 본다. 하지만 내색할 필욘 없었다. 어차피 이제 형이 만든 무언가를 먹을 수 있는 날은 오지 않을 테니까.

어디까지나 샨이 성공했을 때의 이야기지만.

"걱정하지 마, 형. 형이야말로 무슨 일이야?"

"던전의 모든 톱니바퀴를 찾았단다. 나머지는 네가 갖고 있는 것 같던데?"

그 짧은 시간에 그 많은 던전을 전부 격파했다는 건가. 불가능에 가까운 일이지만 상대가 에론 형이면 그리 놀랍지도 않은 이야기다. 샨은 최대한 말을 아낀다.

"류인 황자는?"

"네가 동의한다면 넘기겠다고 하던데, 그게 무슨 뜻인지 몹시 궁금하더구나."

형은 은연중에 샨과 류인 황자의 동맹을 떠보고 있었다. 샨은 지금이 동전을 던질 때라는 것을 깨닫는다. 차가운

구리 동전 대신 운명이 구르는 것을 느낀다.

앞면, 뒷면?

선택의 시간은 찰나.

"응, 같이 연합하기로 했어. 내가 생각하는 것과 류인 황자가 바라는 게 같거든."

진실. 섣부른 거짓말은 실수를 낳는다. 샨 본인도 자신이 그리 재능 있는 거짓말쟁이가 아니라는 것을 알고 있다.

"류인 황자를 신으로 앉힐 셈이냐?"

"응."

절반만 진실.

"네가 그런 걸 원할 성격이 아니라는 것도 알고 있고, 인간의 정신이 영원을 견딜 수도 없다는 건 너도 알 텐데?"

"그렇다고 엘을 죽일 수도 없잖아. 나는 그것만은 피하고 싶어."

진실.

"그래서 류인 황자가 지배하는 세계에서 통치를 받겠다고?"

"그게 최선인 것 같아."

거짓.

숙련된 도박사처럼 샨은 카드를 깐다. 티스에게 수없이

배웠고, 네반 경을 위해 써 주었던 아주 작은 거짓말.

수없이 많은 진실 속에 섞인 단 하나의 거짓을 에론 형이 찾아낼 수 있을까?

에론 형이 말했다.

"이상하구나. 내가 아는 너는 그런 이야기를 받아들일 아이가 아닌데."

역시 눈치챘다. 그러나 여기에서 더 부정한다면 그건 악수다. 샨의 신경 세포가 전기 신호를 튀긴다. 하수구를 달리는 쥐 떼들처럼 사고는 더욱 복잡하고 기묘하게 질주한다.

"물론 전부 받아들이지는 않았어. 나 나름의 장치를 했고, 하지만 형에게 그걸 말해 줄 수는 없어."

진실, 그러나 말하지 않을.

"말하지 않으면 나 역시 너를 도울 수 없구나."

"형은 이미 형이 하고자 하는 걸 밀어붙일 생각 아니었어?"

신이시여.

이제 이 세계에는 시간이 얼마나 남았는지요. 강하지도 않을뿐더러 형을 죽일 수조차 없는 약한 자입니다. 이런 제게 기회가 있는지요. 부디 기적이 있다면 형을 단 하나라도 속일 수 있기를.

'그게 아니라면 약을 타서라도……'

라온 교수님의 찬장에서 가져온 수면제 원액이다.

희석도 하지 않고 그대로 가져왔다. 한 방울이면 고래라도 재울 수 있다.

라온 교수님이 말했다.

"아, 맞다. 샨 군, 아무리 정신이 나가도 저 인간 차에 뭐 타지 마십시오. 바로 걸립니다."

혹시 이 다크엘프는 독심술 마법이라도 배운 게 아닐까.

우리가 모르는 고대의 마법 같은 거.

라온 교수님이 혀를 비죽 내밀었다.

"제가 먼저 시도했다가 걸렸거든요."

샨은 어이가 없어서 에론 형을 돌아보았다.

에론 형이 답했다.

"……사소한 해프닝이지."

"그렇죠. 사소한 해프닝이니까요. 아하하하!"

저래 봬도 라온 교수님, 은밀하게 일을 진행하는 것만 따지면 에녹 교수님이나 여타 다른 교수님을 뛰어넘지 않나? 심지어 티스조차도 라온 교수님보다 잘하지는 못할 텐데.

샨은 식은땀을 흘렸다.

에론은 턱을 문질렀다.

'뭔가 꿍꿍이가 있군.'

샨 역시 본인 입으로 직접 말할 수 없는 게 있다고 했다. 거짓말은 없다. 말하지 않은 것만이 있을 뿐이지. 차라리 거짓말을 했다면 그 부분을 파고들면 된다. 그러나 침묵은…… 침묵은 어렵다.

에론은 작게 심호흡을 하고는 생각에 잠긴다.

시간이 많지 않다는 건 그도 알고 있다. 이 이상 시간을 끌게 되면 티스는 황위에 오르기는커녕 통치할 제국 자체가 사라질 것이다.

'무력으로 뺏는다면?'

불가능한 건 아니다. 그러나 눈앞에 있는 라온 교수나 티스나, 그 마족 피를 받은 뱀파이어가 거슬린다. 제자라고 한다면 제자라고도 부를 수 있는 녀석이다.

이 중의 누구 하나라도 죽인다면 샨에게 받을 미움을 피할 길이 없다. 아니, 샨의 성격이라면 전부 자신의 탓이라 책망하며 에론을 두 번 다시 보지 않으려 할지도 모른다.

'미치겠군.'

부모의 마음이라고 해야 하나.

과잉보호라고 해도 할 말 없지만, 그랬다. 적어도 에론은 샨의 몸과 마음을 모두 소중히 지켜 주고 싶었다.

'거기다가 류인 황자가 신이 된다고 해도 당장 잃을 것은 없다.'

인간의 정신이 그 부담을 얼마나 버틸 수 있느냐에 따라 다르겠지만, 적어도 샨이 살다가 수명이 다해서 죽을 때까지는 멀쩡하게 굴러갈 거다.

에론에게 있어 그 이후의 세계는 아무래도 상관없는 일.

이런 집착이 비정상이라는 건 알고 있다.

'무슨 꿍꿍이인지 짐작이 안 가는 건 아니지만, 그래…… 조금은 장단에 맞춰 주도록 할까.'

에론은 선택했다.

"좋아. 그러면 우선은 함께 문을 열고, 그 후부터 각자 행동하도록 하지."

샨이 물었다.

"내 방법을 허락해 주는 거야?"

"아니, 그건 아니다. 그저 톱니바퀴를 모으는 데까지만 평화적으로 가자는 거지. 그 이후는 그때 가서 정할 생각이다."

실망한 걸까. 그 말에 샨의 눈썹이 살짝 내려간다.

"형이 데려온 부하들은 두고 가."

"그렇게 되면 내가 불리하지. 일 대 대수가 될 테니까."

"형이 이미 알테리온 소드를 들고 있는 이상 숫자는 별로 상관없어."

샨은 이것만은 양보할 수 없다는 듯 강경하게 밀어붙인다.

'많이 컸구나.'

에론은 조금 씁쓸해졌다.

"좋아. 그렇게 가도록 하지."

허공을 구르던 동전이 마침내 추락했다. 운명이 땅을 두드리는 감촉을 느끼며 샨은 속눈썹을 내리깔았다.

기숙사에 돌아가니 티스가 작은 엘과 앉아 있었다.

어린 엘은 인형처럼 멍하니 앉아 있었다. 죽은 건가 싶어서 식겁했지만 눈을 깜빡이는 걸 보고 안도했다.

'살아 있구나.'

그만큼 이 소년에게서 느껴지는 건 아무것도 없었다. 보통 사람이라면 느껴질 법한 인기척도, 살과 살이 닿기 직전에 느껴지는 온기도, 냄새도, 자그마한 감정의 편린조차 없었다.

샨이 물었다.

"이게 뭔지 알아?"

"응, 라온 교수님이 말해 줬어. 우리 신이 남긴 큼지막한 똥이라며?"

비유가 참 절절하다.

"노폐물이나 꿈의 조각같이 좋은 말도 많을 텐데, 왜 그렇게 말해?"

"난 라온 교수님이 그렇게 말하니까 그런갑다 한 거지, 뭐."

역시 범인은 라온 교수님이다. 샨은 손을 뻗어 아이의 이마를 눌렀다. 가끔 아픈 아이들이 이렇게 멍하고 반응이 느릴 때가 있다. 옛날에 샨이 그랬으니까.

"차갑네."

산 사람이라기보단 죽은 사람에 가까운 온도다. 샨은 아이의 앞에 앉았다.

"내가 누군지 아니?"

"……."

티스가 혀를 찼다. 그는 몸을 일으키더니 따뜻한 우유를 머그컵에 담았다.

"틀렸어. 내가 무슨 말을 물어도 대답이 없더라고."

그때 놀랍게도 소년이 입술을 열었다. 목소리는 분명 엘이었지만 그 어조는 인간이라기보다는 인공 골렘이나 율케스 형이 만들어 낸 태엽 인형의 그것과 비슷했다.

"악몽 속에서 녹기 직전인 자아의 편린을 찾아낸 사람. 그걸 핵으로 삼아 회귀, 재구축. 현재의 나란 환상을 유기물로 끌어냄."

샨이 티스를 돌아보았다.

"대답해 주는데?"

"이 꼬맹이 사람 차별하네."

티스는 이마를 찌푸리더니 샨의 앞에 우유를 내려놓았다.

"너 안색이 창백하다. 마셔라."

샨은 우유를 한 모금 들이켰다. 뜨거운 온도 덕분에 혀가 따끔거렸다.

"고마워."

"뭘, 나중에는 원망할 텐데 신경 쓰지 마."

"무슨 원망? 괜찮아. 나는……."

거기까지 대답하고 샨은 머리가 핑 도는 걸 느꼈다.

"너……?"

해독 마법을 쓰려는 순간, 티스의 커다란 손이 샨의 입술을 덮었다. 시동어를 발동할 시기를 놓친다. 카이가 분노하며 티스에게 주먹을 날린다. 티스가 샨을 끌어안고 피한다.

"마마!"

풍압 때문에 샨에게 피해가 갈까 싶어 카이는 차마 더 나서지 못하고 주먹을 뺀다. 티스가 말했다.

"말했잖아. 나는 네 형 만나면 다 불어 버릴 거라고."

그래서 얻은 결과가 이건가. 그렇다면 이건 에론 형이 내린 대답, 그리고 티스가 동의한 답변이리라.

자업자득인가.

설득을 시킬 수 없으니 재워 버리자고 결심했던 건 샨 자신 아니던가. 결국 자기 자신도 상대에게 설득이 통하지 않는, 그렇다고 무력으로 제압할 수도 없는 그런 존재가 되어 버렸다.

티스는 흐려지는 샨의 눈을 가까이에서 바라보았다.

"푹 자. 자고 나서 날 원망해. 용서는 하지 않아도 좋아. 샨, 샨 알테리온. 내 친구."

넌…… 비뚤어졌어.

"이상한 친구 사귀지 말라고 에녹 교수님이 그렇게 경고했잖아. 그런데도 넌 날 좋아했지."

앞으로는 싫어할 거야.

샨이 이마를 찌푸리자 티스는 웃음을 터뜨렸다. 티스가

샨에게서 손을 떼는 순간 카이가 티스를 공격했다. 티스는 그런 카이의 공격을 피하며 엘을 끌어안았다. 두 사람이 밖으로 향하는 걸 샨은 의식의 마지막까지 지켜보았다.

'정말 뭐 하나 쉽게 되는 법이 없네.'

12.

물방울이 미간 위로 떨어졌다. 차가운 촉감에 샨이 눈을 떴다. 가장 먼저 보이는 건 율케스다.

"괜찮나?"

"아, 응. 나 얼마나 자고 있었어?"

"내가 나갔다가 돌아온 시간을 생각해 보면 2시간 정도? 어쩐지 티스 녀석, 갑자기 심부름을 부탁하더라니."

옆을 보니 꼬마 엘에게 입힐 법한 아이의 옷이 가지런히 정돈되어 있었다.

"해독제는 직접 조제한 거야?"

"아니, 그 녀석이 자기 서랍 안에 예쁘게 넣어 뒀더군. 적정 용량까지 적어서. 만약 카이가 흥분해서 부수기라도 했다면 오늘 내내 잤을 거다."

기숙사 벽은 카이의 주먹이 만든 균열로 가득했다. 학교 전체가 고대 유적을 개조해서 만들었다는 게 틀린 말은 아닌 모양이다. 이 와중에도 안 무너진 걸 보면 특히.

카이가 목을 끌어안았다.

"마마, 괜찮아? 마마."

"괜찮아. 걱정하지 마."

샨은 손을 뒤로 뻗어 카이의 은색 머리카락을 쓰다듬었다.

"티스 녀석도 대체 왜 그랬대. 티스답지 않게 해독제도 친절하게 갖다 놓고, 마무리가 어설프네."

율케스가 말했다.

"오히려 그게 티스다운 거겠지. 그 녀석의 우정은 비뚤어져 있잖아."

"그래, 세상에서 가장 힘든 직업이 티스 친구인 거 같아."

샨은 그렇게 말하곤 몸을 일으켰다.

에론 형과는 두 시간 차이, 이제 남은 시간이 별로 없었다.

Chapter 3

지시하는 달

1.

샨은 가장 먼저 마법구를 찾았다.

"혹시 몰라 구슬 여러 개에 좌표를 저장해 놨어. 언제든 지 순간이동이 가능하도록 마력까지 담아 놨으니까 시동 어만 외우면 돼."

"치밀하군."

율케스의 말에 샨이 눈썹을 찌푸렸다.

"극한 직업인 티스 친구를 하려면 이 정도는 해 줘야지."

그렇다. 샨 자신은 율케스처럼 신체 능력적으로 괴물도 아닐뿐더러 티스 본인같이 암기술이나 처세술의 달인도 아니지 않나. 살아남기 위해서는 노력하고 또 노력해야만 한다.

샨은 그 밖의 수정구를 몇 개 집어 들었다. 율케스가 말했다.

"그래도 티스가 그건 부수지 않았네."

"이거 잘못 건드리면 폭발해. 그렇다고 어디 들고 가서 숨기기는 애매했을 테고. 위치 추적 마법도 걸어 놨으니까…… 음, 아냐. 티스는 애초부터 이걸 건드릴 생각은 안 했을 거야. 그럴 거였으면 해독제도 마련해 놓지 않았겠지."

샨은 모든 준비를 마치고는 율케스와 카이를 불렀다.

"모두 나한테 붙어."

모두 샨에게 붙자 샨은 마법구를 발동시킨다. 텔레포트 마법이 발동되면서 빛이 밀려왔다. 약간의 어지럼증과 함께 주변이 변화하기 시작했다.

중력이 사라짐과 동시에 또 다른 중력이 몸을 붙잡는다. 도착이다.

유리 천장에는 여전히 밤하늘이 펼쳐져 있었다. 그러나 그곳에 비치는 건 전과는 다른 풍경이었다. 은하수 대신 그 자리에 있는 것은 공중을 부유하는 거대한 대지였다.

카이가 말했다.

"다른 차원이야. 차원과 차원의 경계가 옅어지고 있어, 마마."

샨은 못 박힌 듯 그 자리에 가만히 서서 그것을 한참 바라보았다. 율케스가 샨의 어깨를 붙잡는다.

"더 이상 지체해선 안 돼."

"카이, 저거 움직이고 있어."

"차원끼리는 서로 잡아당기거나 밀어내는 성질이 있거든."

"그러면 차원끼리 충돌할 수도 있어?"

샨의 질문에 카이는 생각한다. 생각하는 것은 카이여도 애초에 모든 것은 샨의 머릿속에 있는 지식들이다. 샨은 자문자답을 하는 대신 제 드래곤에게 질문한다.

"보통은 차원의 벽이 굳건해서 그런 일은 거의 없잖아."

"하지만…… 그래도 만약 충돌한다면?"

"마마가 아는 그 결론에 도달하게 되지."

그 말이 끝나는 순간, 샨은 달려갔다. 톱니바퀴를 꽂는 자리에는 지하로 통하는 계단이 있었다. 이곳은 아공간이다. 시간과 공간의 개념이 무의미한 곳이었다.

"가자."

샨을 따라 카이가 똑같은 보법으로 내달리기 시작했다. 그 뒤로 율케스가 호주머니에 손을 넣고 느긋하게 달려갔다.

시간 차이는 약 두 시간, 짧지만 영원과도 같은 시간이다.

나선형 계단이 모습을 드러낸다. 흡사 높은 탑에 종종 설치하곤 하는 원형 계단과 똑같이 생겼다. 샨은 망설이지 않고 계단 밖, 텅 빈 난간 너머로 뛰어내려 간다.

일직선으로 추락하는 샨을 따라 카이는 함께 몸을 날린다. 율케스는 그런 샨의 뒤를 쫓아 내려가다가 더 빨리 샨을 앞지른다. 그러곤, 샨의 허리를 감아 채 어깨 위로 올린다. 착지하기 직전에 비행 마법을 쓸 수 있다면 좋겠지만, 혹시 무슨 함정이 있을지 알 수 없다.

샨은 순순히 율케스의 어깨에 팔을 감았다.

카이가 물었다.

"류인 황자는?"

샨이 답했다.

"그 사람도 뭔가 생각해 둔 게 있지 않을까. 명색이 황자님이시잖아?"

"에론이 류인 황자의 의견에 동조한다면? 처음부터 류인 황자만이 신이 되는 방향으로 말이야."

그 말에 샨의 미간이 좁혀진다.

"그렇게 되면 모든 건 류인 황자의 손에 달렸어. 본인도 엘이 얼마나 미쳐 가는지 봤을 테니 거기에서 뭔가 깨달은 바가 있길 바라는 수밖에."

"하지만 인간은 혼자 독점하고 싶어 하잖아."

그게 문제다.

인간 사회 대부분의 문제가 거기서부터 시작한다. 율케스가 바닥에 착지하며 샨을 살짝 들어 충격을 완화시켜 준다.

쿠우웅—

착지하기가 무섭게 샨은 율케스의 어깨를 발판으로 몸을 튕겨 달려간다. 율케스가 샨을 쫓아간다. 카이는 그런 두 사람의 움직임에 방해되지 않게 한 걸음 뒤에서 달리며 손가락을 탁 튕긴다.

카이가 만들어 낸 불꽃이 살아 있는 것처럼 두 사람의 앞을 비추기 시작했다.

누가 먼저랄 것도 없이 마치 한 몸인 것처럼, 세 사람은 완벽한 팀플레이를 보여 준다.

'역시 카이랑 티스가 상성이 안 맞는 거야.'

크롬과의 전투 때도 그랬지만 딱히 카이가 다른 사람과

보조를 못 맞추는 게 아니다.

앞에 펼쳐진 건 기나긴 복도였다. 에론 형이나 티스가 한가롭게 잡담이나 하며 여길 걸어갔을 리 없으니 이쪽도 뛰어가는 게 옳다. 다만 주변에 간간이 보이는 골렘의 파편이나 함정의 흔적으로 봐서는 전투가 있긴 있었던 모양이다. 카이가 물었다.

"발이 얼마나 묶였을까?"

율케스는 가로로 이어지는 검상을 손가락으로 쑥 훑었다. 얼마나 날카롭게 베었는지 율케스의 손가락에 피가 맺혔다.

"기껏해야 20초 지체됐을 거다. 에론 경의 공격 흔적은 있지만 티스가 채찍을 사용한 자국은 없어. 그 말은 즉, 티스가 뭔가를 하기도 전에 순식간에 끝났거나 그럴 여지도 없이 너무 쉽게 해결했다는 거니까."

샨이 맞받아쳤다.

"어느 쪽이든 좋지 못한 징조네."

두 시간의 간극이 너무나도 크게 느껴진다. 카이가 말했다.

"마마, 여기 복도 아래로 미세하게 휘어 있어."

걸을 때는 느껴지지 않았다. 카이의 감각 정도는 되어야 캐치가 가능한 모양이다. 카이가 덧붙여 말했다.

"나선형이야."

복도 끝 철문이 보인다. 베이지 않고 열려 있는 걸 봐서는 톱니바퀴가 다 모이면 열 수 있도록 설계된 모양이다. 샨은 그곳으로 들어갔다. 시야가 사라진다.

아래는 깎아지른 절벽이다. 율케스가 샨의 몸을 휘감고는 벽에 검을 꽂아 감속한다.

마침내 바닥이 보인다.

원형으로 된 홀이 모습을 드러낸다. 바닥을 이루고 있는 타일 위에는 각기 다른 고대의 문자가 적혀 있었다.

그 가운데 사람의 인영이 앉아 있었다.

류인 황자였다.

"이제 왔나? 기다리다 지치는 줄 알았다."

호위 두 명이 그의 양옆을 지키고 있었다. 호문클루스들이었다. 다른 호위들의 모습은 보이지 않았지만 인기척이 느껴지는 걸 봐서는 숨어 있는 모양이었다.

"에론 형과 같이 갔던 거 아니십니까?"

샨의 말에 그가 웃었다.

"그것도 나쁘지 않았지. 하지만 도중에 헤어졌어."

"어째서죠?"

샨의 질문에 그가 샨에게 얼굴을 바짝 가져다 댔다. 그의 숨결이 콧등을 덥힌다. 그는 송곳니를 드러내며 속삭였다.

"혼자는 심심하니까."

율케스가 샨을 그에게서 떼어 냈다.

"탐욕보다 외로움인가?"

"이봐, 고독보다 무서운 건 없다고. 그렇지 않아도 내 친형제들이 죽은 이후로 내가 어찌나 외로웠는지 아나?"

샨이 이마를 찌푸렸다.

"평생 혼자 있으신 적이 있긴 합니까."

"당연하지. 나는 늘 혼자 있었어. 너희들이 올 때까지도 내내 혼자였는걸."

샨은 그의 호위들을 언급하려다가 한숨을 쉬며 입을 다물었다. 그에게 있어 호문클루스는 사람이 아니다. 적당한 자본과 적당한 권력, 적당한 설비를 통해 만들어진 생명이기 때문이다.

'이런 존재가 신이 된다면 세상은 어떤 풍경일까.'

적어도 율케스나 호문클루스 같은 자들에게 상냥한 세계는 아닐 거다.

"네가 무슨 생각을 하는지 알아, 샨 알테리온. 하지만 말이지, 우리의 신은 결코 완벽하지 않아. 그가 완벽했다면 이 세상의 80% 이상이 굶주리고, 그중에서도 60%는 아직도 전쟁을 하는 일이 없었겠지. 여아의 절반은 강간을 경험하고 자라고 남자의 절반은 그 가해자들이야."

그가 소매를 펄럭이며 몸을 비틀었다. 그 행동은 기괴했고 비인간적이었지만, 그럼에도 눈을 뗄 수가 없었다.

"나는 전쟁도 기아도 없는 세계를 만들고 싶기에 신이 되고 싶다 했어. 하지만 샨, 그건 불가능할 거야. 이 세계의 모든 인간들을 인형으로 만들지 않는 한 그건 불가능하겠지."

샨이 답했다.

"하지만 이대로 내버려 둬도 점차 나아질 겁니다. 물론 완전히 사라지지는 않겠죠. 하지만 인간은 학습하는 존재니까요. 남의 머리통을 부수면 자기 머리도 부서질 일이 온다는 것 정도는 천 년쯤 지나면 알게 되지 않을까요."

"응, 샨. 그래서 나는 네가 좋아. 너는 알테리온 가문의 정수라고 할 수 있어. 몸은 가장 약하지만 정신은 그 어떤 알테리온보다도 강하지. 너는 인간을 무한하게 긍정해. 나와는 정반대지."

샨은 고개를 저었다.

"그건 저를 과대평가하는 겁니다. 그나저나 서두르지 않으면 안 될 텐데요."

"그들에게는 잘못된 길을 가르쳐 줬어. 좀 헤맬 거야."

샨이 이마를 찌푸렸다.

"그걸 저희 형이 믿나요?"

"엄연히 말해 거짓말을 한 건 아니야. 그냥 갈림길 앞에서 왼쪽 가장 끝 길만은 못 가게 열심히 몸을 던져 막았으니까. 이거 봐!"

그가 팔을 들었다. 소매 한쪽이 휑하다.

"너희 형이 잘라 간 거야."

샨의 안색이 창백해졌다. 그가 웃음을 터뜨렸다.

"절단면이 얼마나 깨끗한지 지혈도 쉽더라. 그거 도로 붙이면 붙을 거 같았는데 그것도 못 하게 팔을 갈아 버리더라고."

아아, 에론 형…….

샨은 이마를 꾹 눌렀다.

2.

홀을 둘러싸고 6개의 서로 다른 문이 이어져 있었다.

샨이 물었다.

"이중에서 하나를 택하면 되는 겁니까?"

"아무거나 고를 게 아니라 옳은 길을 가야지. 네 형처럼 다른 길로 가면 빙빙 돌아온다니까?"

대체 류인 황자는 이 길을 어떻게 알고 있는 걸까. 고대 자료들을 모으면 가능한 일인가? 그는 홀 가운데에 서서 말했다.

"사실 여섯 개의 길 모두 돌아서 가는 길이야. 진짜 지름길은 따로 있지."

그렇게 말하더니 율케스를 바라본다.

"여기 바닥을 후려쳐. 정중앙을 노려야 해."

율케스는 바닥을 가볍게 두드려 보았다. 그러나 텅 빈 공간 같은 건 느껴지지 않았다. 류인 황자가 말을 이었다.

"날 믿고 후려쳐. 정중앙을 한 번에, 최대의 힘으로 때려야 해. 미리 말해 두는데 전력이다?"

"힘 조절이 필요 없다면 차라리 편한 일이군."

율케스의 팔에 힘줄이 돋아난다. 그는 바닥을 강하게 내리친다.

쿠우웅!

흡사 나무토막으로 거대한 종을 후려치는 듯한 소리가
울린다. 대지가 진동한다. 류인 황자가 말했다.

"그 정도론 안 돼. 한 번 더."

이번에는 율케스는 손을 한 번 털더니 높이 뛰어올랐다.
본인의 무게와 힘을 더한다.

콰아아앙!

지진이 일어나기 시작했다. 바닥이 돌아간다. 그들이 올
라서 있던 그 중앙 타일들이 빙글빙글 돌아가기 시작한다.

타일들이 하나씩 아래로 꺼지기 시작했다. 움직이던 타
일들이 멈추면서 하나의 모양을 갖춰 간다. 계단이다.

카이가 불평 가득한 얼굴로 말했다.

"또 계단이야?"

"하하하."

류인 황자가 웃음을 터뜨린다. 샨이 물었다.

"이곳으로 내려가면 됩니까?"

"응, 하지만 빨리 움직여야 할 거야. 너희 형이 진동 소
리를 듣고 눈치챘을 테니까."

샨은 율케스에게 눈짓을 하고는 계단 아래로 빠르게 달
려 내려가기 시작했다. 카이는 그런 샨을 따라 함께 달린
다. 샨의 소매가 공기를 따라 크게 부풀어 오른다. 호문클

루스가 류인 황자를 안고 달린다. 그녀들의 속도도 이미 인간을 초월했다. 알테리온 보법을 사용하는 샨을 따라잡고는 바로 뒤에서 달린다. 샨이 물었다.

"톱니를 많이 모을수록 엘을 만날 확률이 높다면서요?"

"아, 그거 거짓말."

카이가 뺨을 부풀었다.

"짜증 나네. 거짓말쟁이 황자 같으니라고."

"그래도 톱니를 모아야 아래로 내려갈 수 있다는 말은 진짜였잖아? 거기다가 어차피 내 말 전부 다 안 믿었을 거면서."

그건 사실이다.

애초부터 그가 하는 말이 전부 진실이라고 생각한 적은 단 한 번도 없었으니까. 그래도 믿을 수 없는 동맹이란 정말 성가시다. 에른 형이었다면 아마 팔 한쪽 날리고 시작했겠지.

'이미 실제로 날려 버리기도 했고.'

날리다 못해 붙이지도 못하게 갈아 버렸다. 다시 붙일 걸 걱정해 그런 짓까지 하는 형도 미쳤지만, 자기 생 팔이 그리되었는데도 껄껄 웃는 류인 황자도 정상은 아니다.

"류인 황자는 검에도 일가견이 있다 했는데 지금 보니

그런 것 같지는 않군요."

"있었어. 한때 나도 반짝였지. 내 쌍둥이와 나는 성격만 빼고 모든 게 같았어."

검은 갑옷을 입었을 그때 당시만 해도 상당히 수련한 사람의 태가 났다. 그 기운이나 움직임이 일반인과 달랐으니까. 그러나 지금의 그는 단 한 번도 실제로 검을 쓴 적이 없었다. 오히려 일반인과 똑같거나 못해 보이는 수준이었다.

그가 말했다.

"이젠 내가 옛날의 너와 같아, 샨 알테리온. 나는 이제 마력을 못 써. 아니, 마력뿐만 아니라 내 내장 기관도 못 쓰고 있다고 봐야 하나. 수술과 약의 힘으로 겨우 혈액을 돌리고 폐를 움직이고 있어."

문득 지금 류인 황자가 입고 있는 옷이 환자의 옷과 비슷하다는 걸 깨달았다.

그가 말했다.

"신이 되면 모두에게 잊히기 때문에 황위를 포기한 것도 맞아. 하지만, 내게 남은 시간이 얼마 남지 않았기 때문에 포기한 것도 맞아. 애초에 나와 그는 같은 병을 앓고 있었어. 먼저 간 건 그 녀석이었고, 녀석은 마지막 순간까지

나는 녀석과 달리 이겨 냈다고 믿었겠지만."

퍼즐이 조립되기 시작했다.

샨이 물었다.

"아무리 쌍둥이라고 해도 병까지 같진 않을 텐데요?"

"둘 다 동시에 똑같은 독약을 먹게 되면 같게 되지."

서늘한 답변에 샨은 더는 묻지 않았다. 류인 황자는 잘려 나간 팔을 홀가분한 눈으로 바라보았다.

그가 말했다.

"낫는 방법이 있긴 해. 내가 황제가 되어 황실 창고를 열면 엘릭서를 꺼낼 수 있으니, 그걸 마시면 됐을 거야."

"엘릭서라면…… 만병통치약 아닙니까?"

"만병통치약이지. 하지만 애초에 그런 엄청난 약이 있다면 돌아가신 선황 폐하께서 그걸 안 마실 리가 없잖아?"

대화의 흐름을 이해하지 못한 샨이 고개를 갸우뚱했다.

"엘릭서는 이미 도난당한 지 오래야. 대체 누가, 어떻게 훔쳤는지는 알 수 없어. 하지만 목적은 알겠더군."

그는 샨을 내려다보았다. 샨의 어두운 머리카락이 바람에 밤결처럼 흔들리는 걸 한참이나 사랑스럽게 바라보았다.

"어째서 엘릭서가 도난당한 후에 샨 네 병이 나았는지

나도 궁금해."

샨의 눈이 살짝 커진다.

"죽을 뻔했지, 샨 알테리온. 가장 큰 고비였던 때를 기억해? 나도 자세한 건 몰라. 나는 첩보로 얻은 자료들로 추측할 수밖에 없으니까. 누가 훔쳤는지는 몰라. 하지만 샨 너는 나았지. 그리고……."

"……기혈이 뒤틀리는 바람에 마력을 못 쓰게 되었죠."

그는 웃었다. 한참을 그렇게 즐겁게 웃었다.

"너는 불행의 아이가 맞아, 샨. 네가 알테리온가에 살아남음으로써 너를 사랑하는 누군가는 위험한 다리를 건넜고, 그래서 폐하가 돌아가시고 나는 신이 되고자 한 거야."

우연이라고 말하고 싶었다. 하지만 말할 수 없었다. 샨은 약을 먹었다. 아버지나 형이 가져오는 수없이 많은 약들을 먹었다. 그 약들이 무엇인지 전부 일일이 알 수는 없었다.

"모든 건 시작부터 정해져 있었어."

"바보 같은 소리 하지 마십시오."

그러나 샨은 속도를 올린다.

"당신은 죽지 않기 위해 신이 되고자 한다는 겁니까? 그건 죽음보다 더한 짓입니다. 모두에게서 잊힌 채 천국에도 지옥에도 가지 못하고, 환생조차 하지 못한 채 세계가 끝나서 책무를 다할 날만 기다려야 한다고요."

통.

샨의 몸이 가볍게 튀어 오른다. 어둠 속에서도 샨의 눈동자만큼은 푸른 기화를 반사했다.

"더 나은 세계를 원한다면서요. 전쟁이 없고, 굶주림이 없는 그런 세계를 만들고 싶다면서요. 당신에게 그 야망은 죽음에 대한 공포보다 약한 겁니까?"

"그래서 샨, 너는 왜 신이 되고자 하지? 얼마나 대단한 이상이 있기에."

호문클루스가 샨의 바로 옆까지 달린다. 샨은 그를 뿌리치려는 듯 벽을 밟고 정면으로 가속하기 시작한다. 발이 땅에 닿는 시간보다 체공 시간이 아찔하게 더 길어지기 시작한다.

길어지는 빛을 바라보며 샨이 말했다.

"저는 당신보다는 훨씬 단순합니다. 그저 대신할 사람이 없고, 누군가는 해야 할 일이기 때문이죠."

"하하, 하하하하! 샨 알테리온, 너는 네 형 에론 알테리온을 미쳤다 평할 수도 없는 자식이야. 너 자신이 이미 정상이 아니니까. 너는 알테리온 가문의 광기다. 정신 그 자체야."

율케스가 욕설을 내뱉는다.

"빌어먹을."

샨이 차마 내뱉지 못한 말이었다. 대신 샨은 생각했다.

왜 귀족들이 자기 대신 '무엄하다. 어느 안전이라고!' 하고 외쳐 주는 하인을 꼭 곁에 두는지 알 거 같아……라고.

율케스가 하인이라는 뜻은 절대 아니지만 그래도 자신의 분노를 누군가가 대변해 준다는 건 꽤 은밀한 쾌감이라서 중독될 것만 같았다.

카이가 걱정스럽게 말했다.

"마마, 괜찮아? 마마가 신이 되면 저 인간이랑 1년 365일이 아니라 3650년, 36500년 함께 동고동락해야 해."

"그거 꽤 현실적인 고민이구나, 카이."

적과의 동침도 이것보단 나을 거다.

샨은 계속해서 가속했다. 허파가 터질 것 같았지만 샨이 가장 잘하는 건 이것뿐이었다. 누구보다 빠르고 가볍게 달려 나가는 것.

카이가 말했다.

"마마, 뒤에서 누가 쫓아오고 있어."

이 거리에서는 보이지도 소리가 들리지 않는다. 그러나 기척을 감지하는 건 카이를 뛰어넘을 자가 없었다. 율케스가 말했다.

"알아차린 모양이군."

샨은 고개를 끄덕였다.

"그리고 추격을 시작한 거지."

류인 황자가 손가락을 흔들었다.

"이래서 인생지사 새옹지마라는 거지. 가장 먼저 출발했다 생각했는데 이렇게 남의 뒤나 쫓게 될 줄 누가 알았겠어."

카이가 답했다.

"너 다음에 에론 만나면 팔이 아니라 목이 날아갈 거야."

"그렇겠지. 어차피 이제 황제는 티스가 되겠다, 티스는 나를 반 토막을 내든 여섯 토막을 내든 신경 하나 안 쓸 테니까."

그래 놓고 자기 잘린 팔을 흔든다. 그 모습을 보고 있자니 샨은 속이 울렁거렸다.

"토막 낸다는 이야기 좀 그만하고 달리십시오. 대체 여기 끝이 있긴 한 겁니까?"

"당연히 있지."

그의 말이 끝나기가 무섭게 계단 아래로 푸른빛이 보였다.

"카이."

카이는 기다렸다는 듯이 샨을 안아서 던진다. 샨은 카이의 힘을 받아 더욱 가속한다.

흡사 총알과도 같은 속도였다.

계단 너머로 내려간 샨의 목소리가 울렸다.

"하아."

그건 깊은 한숨이었다.

대체 무슨 광경이 펼쳐지는 걸까? 카이는 호기심을 억누르지 못하고 샨을 따라 내려갔다.

3.

그곳에는 호수가 있었다. 호수의 한가운데에 작은 섬이 있었다.

'지하에 왜 이런 곳이 있는지 의문을 품으면 안 되는 거겠지.'

이미 이 공간 자체가 물리적 한계를 훨씬 뛰어 넘었다. 그저 고대의 유적이려니 하고 납득하는 수밖에 없었다. 아마 저 섬에 엘이 있으리라.

샨은 호수에 발을 담그려다가 돌을 주워 먼저 던졌다. 지난 던전들에서 얻은 습관이다. 무엇이든 일단 확인해 봐야 한다.

돌이 물에 닿는 순간 녹아 내렸다.

"강산이네."

뗏목을 띄운다거나 하는 건 무리다.

샨이 작게 주문을 외운다. 물 위를 걷는 마법, 워터 워커다. 마법이 맺히다 말고 흩어졌다.

율케스가 말했다.

"이 안에서는 마법이 통하지 않는군."

카이가 말했다.

"그러면 내 차례네."

샨이 걱정스레 물었다.

"괜찮겠어?"

"당연하지. 나를 누구라고 생각하는 거야."

카이가 본체로 변한다. 샨과 율케스가 올라탄다. 류인 황자도 올라타려 하자 카이가 고개를 저었다.

"더는 못 태워."

샨이 덧붙여 말했다.

"이 이상 가려면 호위를 놓고 가세요."

"허, 내 유일한 무기를 두고 가라고?"

"그러면 그냥 계속 여기 있으시든가요."

그가 웃었다.

"맹랑하네. 네가 내 약속을 안 지키면 난 어떻게 되지?"

샨이 한숨을 포옥 내쉬었다.

"이제 와서 제가 혼자 신이 되고 세계를 독차지하려는
음모라도 꾸민다는 건가요?"

"하하하, 모든 황자들은 그런 단순한 가정조차도 의심
해. 하지만, 좋아. 그래. 너는 특별하니까."

그는 호위들을 내버려 두고 카이의 등에 올라탄다.

카이는 날갯짓 한 번에 가볍게 떠서 호수 위를 미끄러진
다. 율케스가 주변을 돌아보며 말했다.

"이제 와서 대체 어떻게 이런 거대한 지하가 있는지 물
어봐야 쓸데없겠지."

"응, 아까 전에 내가 했던 생각이 그 생각이야."

세 사람이 그대로 섬에 내려선 뒤 샨이 카이에게 명령했
다.

"건너편에 가서 호위도 태워 와."

"엑? 내가 왜 그래야 해?"

"저기 있게 내버려 두면 분노한 에론 형한테 다 죽을 테니까."

샨의 눈이 날카롭게 빛났다.

4.

카이가 반복해서 호수 위를 오가며 남아 있던 호위들을 태우고 돌아왔다.

"대체 왜 이렇게 숨은 호위들이 많은 거야!"

많아 봐야 열 명 정도일 거라고 예상했는데 서른 명이 튀어나왔다. 덕분에 생각보다 시간이 많이 지체되었다. 류인 황자가 답했다.

"그러게. 어차피 두세 명만 있으면 충분할 텐데 나머지는 거기에서 그대로 에론의 발목을 잡게 하는 게 낫지 않았을까."

샨이 고개를 저었다.

"저 사람들 다 죽으라고요?"

"사람이 아니야. 물건이지. 너는 네가 사용할 비누의 고통을 신경 쓰나?"

"하아."

말이 통하지 않는다. 이 사람과는 아무리 호문클루스에 대해 대화를 나눠도 의견이 좁혀지지 않을 거라는 생각밖에 들지 않았다.

섬에는 꽃이 피어 있었다. 율케스는 그 꽃을 꺾지 않고 잔잔히 내려다보았다.

"달맞이 꽃이군."

카이가 고개를 까닥였다.

"꽃말은……."

샨이 답했다.

"기다림."

꽃밭 한가운데에 유리관이 보였다. 그 유리관 안에는 창백한 얼굴의 청년이 누워 있었다. 이제는 누구도 기억하지 않는 신이 그곳에 잠들어 있었다. 관 옆에는 사람 둘이 서 있었다. 흰 사제복을 입은 엘프와 검은 사제복을 입은 다크엘프다.

"교수님?"

에녹 교수님과 라온 교수님이 서 있었다. 라온 교수님이 말했다.

"기다리다 목 빠지는 줄 알았습니다."

"대체 왜 두 분이 여기 계시는 겁니까?"

"우리는 지름길로 진즉에 왔지롱!"

샨은 알아들을 수 없는 괴성을 지르며 라온 교수님의 멱살을 붙잡고 탈탈 털어 댔다. 그 모습을 보며 율케스는 샨을 저 지경으로 만드는 이는 이 세상에 라온 교수밖에 없을 거라 생각했다.

에녹 교수님이 말했다.

"용서해라. 이건 엘이 처음부터 정한 일이다. 시험을 받는 자들에게는 그에 마땅한 시련이 필요하다고 하더군."

"시험을 받는 자들이라면."

"너, 그리고 너희 형. 두 명의 알테리온. 그리고 한 명의 황가의 피를 이은 자겠군."

그 순간, 공기가 갈리는 소리가 울렸다. 꽝음에 지축이 흔들린다. 고막 한쪽에서 피가 흘러나왔다.

카이가 뒤를 돌아본다. 먼 곳을 바라보는 눈으로 한참을 보고 있다가 입을 열었다.

"마마, 호수가 절반으로 갈라졌어."

라온 교수님이 말했다.

"그러고 보니 알테리온 가문 사람들이 산에 들어가서 하는 항상 하는 고전적인 훈련이 주먹으로 절벽 부수기랑 폭포 가르기였죠."

그렇다고 해도 강산성 호수를 절반으로 갈라 버리다니 이 무슨 무식한 짓거리란 말인가. 샨은 이마를 꾹꾹 눌렀다.

"그래도 시간은 좀 벌 줄 알았죠."

"저쪽도 그만큼 진심이라는 거지."

실패를 하면 강산성의 호수를 온몸에 뒤집어쓰게 된다. 라온 교수님이 웃었다.

"어차피 꼬마 엘을 데려오지 않은 이상 저들을 기다릴 수밖에 없어요."

저 멀리서부터 살기가 밀려왔다. 율케스는 봉인 피어싱을 풀었다. 전력을 다할 시간이었다. 고대 마왕의 피가 깨어나는 것을 느낀다.

샨이 말했다.

"괜찮아?"

"응, 걱정하지 마."

율케스는 심호흡을 했다. 상대는 에론, 알테리온 소드를 쥔 야수다. 그에게 처음으로 고통을 각인시켜 준 사내였다. 그러나 율케스 자신도 인간을 초월한 몸.

이 날을 위해 그토록 검을 휘둘러 왔다 해도 과언이 아니다.

멀리서 붉은 카디건이 보였다. 샨이 만들어 준 낡은 카디건을 어깨에 두르고 그가 왔다.

"괜찮니, 샨. 아픈 곳은 없어 보이는구나."

그 힘든 길을 지나왔음에도 그는 상처 하나 없었다. 소름 끼치도록 아름다운 사신이었다.

샨이 답했다.

"형 역시 무사해서 다행이네."

"진심이 느껴져서 기쁘구나. 그러면 이제 함께 돌아가자꾸나, 아우야."

그는 담담히 손을 내밀었다.

그런 밤이 있었다. 집 안에만 있어 답답함을 느꼈던 샨이 밖으로 뛰쳐나갔던 밤이. 그때 가장 먼저 손을 내밀어 준 건 에론 형이었다. 늘 가장 먼저 샨을 찾았고, 왜 나갔으며 어째서 집에 있으라는 말을 무시했는지, 아무것도 탓하지 않고 손을 내밀었다.

그때와 다른 풍경 속에서 똑같은 모습으로 그는 손을 내밀었다.

'저 손을 잡는다면.'

아무것도 모르던 때로 돌아갈 수 있으리라.

집이 있고, 가족들이 있던 그때로.

모든 것들이 상냥하고 미지근한 온기로 감싸 주던 그때로 돌아갈 수 있으리라.

눈물이 치밀어 오르는 것을 꾹 눌러 참았다.

"미안해, 형. 이제는 나 두 번 다시 돌아갈 수 없어."

"집에는 오지 않을 거니?"

"응. 갈 필요가 없을 거야."

"쿠키를 먹지도 않을 거니."

샨은 눈을 가린다.

"형이 만든 건 무엇도 먹을 수 없게 될 거야."

"너는 정녕 그것을 원하니."

"나는 이 세계가 어제와 같고, 오늘과 같으며, 내일도 같게 돌아가길 원해."

에론 형이 다시 물었다.

"그렇다면 내가 대신할 방법은 없는 거니."

"없어. 나만이 가능해."

그는 눈을 감았다. 죽음과도 같은 정적이 이어진다. 티스는 어린 엘을 끌어안고는 에론의 곁에서 한 걸음 물러난다.

"네가 이다지도 성장했다니 무척이나 기쁘구나. 아버지께서도 감격하실 거야. 하지만 말이지, 샨."

"형, 내 말을 들어 줘. 내 답을⋯⋯."

"⋯⋯그건 이미 저 황자에게서 들었단다. 샨, 이제는 그만 자라도 된단다."

그는 알테리온 소드를 뽑아 들었다. 한 손에는 알테리온 소드, 다른 한 손에 들린 검은 얼마 전에 샨이 던전에서 얻어서 선물했던 그 검이었다.

"형!"

"사람과 사람의 관계라는 게 늘 그렇단다. 더 좋아하는 쪽이 손해를 보고 말지."

그가 한 걸음, 내디뎠다. 율케스는 그 걸음에 맞춰 검을 휘두른다.

카앙!

곧바로 두 사람의 잔상이 사라졌다가 다시 나타난다. 인지의 범위를 넘어서서 검과 검의 공격이 계속해서 이어지기 시작했다. 율케스의 스톰 브레이커가 폭풍을 뿌린다. 알테리온 소드, 그것도 에론 형의 공격을 정면으로 받고도 투명한 검날에는 흠집 하나 나지 않는다.

두 사람의 잔상이 흩어지더니 한순간 다시 나타난다. 에론 형의 검이 수천 개의 잔상으로 늘어난다. 율케스는 그것을 단 한 번의 일검으로 파쇄한다!

크가가각!

그 틈에 카이의 모습이 사라진다. 카이가 노린 것은 어린 엘. 그 어린 엘 앞을 티스가 막아선다.

"이러기야?"

카이의 주먹이 권풍을 만든다. 티스가 말했다.

"너야말로 산을 가장 잃고 싶지 않을 거면서 왜 그래?"

카이가 눈을 찌푸렸다.

"난 괜찮거든? 난 물질계 따위 버리고 용신계로 갈 거니까 마마를 언제나 볼 수 있어!"

"우와아, 치사하다."

티스의 채찍과 카이의 주먹이 충돌한다.

라온 교수님이 끌끌 웃었다.

"개판이군. 개판이야. 역시 세계 멸망을 눈앞에 두고 있어서 그런지 아주 멋진 풍경이 그려집니다요그래."

"닥쳐!"

티스가 소리 질렀다. 카이도 지지 않고 말했다.

"입 다물어! 사이비 교수!"

율케스와 에론 형이 만들어 낸 파공음에 대지가 진동한

다. 샨은 에녹 교수님을 돌아본다.

"어린 엘만 있으면 가능하다는 거죠?"

"거기다가 엘 자신의 동의. 그리고 의식을 할 시간이 필요하지."

그 말이 끝나기가 무섭게 샨의 잔상이 길게 이어진다.

류인 황자의 호문클루스도 샨을 따라 엘을 향한다. 그 순간, 에론 형의 검격이 가로로 이어진다.

검강이 대지를 가르며 호문클루스들의 목을 추수해 버린다. 그중 하나가 미리 약속이라도 한 것처럼 샨을 밀었다. 샨을 민 손이 잘려 나간다. 샨은 뒤를 돌아보지 않았다. 돌아볼 수가 없었다.

조금이라도 더 늦는다면 모든 것이 늦춰지니까.

고작 0.01초.

카이는 주인의 의도를 완벽하게 파악한다. 그러고는 자기 마스터의 동선을 따라 길을 만든다. 티스의 채찍이 카이의 주먹을 휘감는다. 카이는 유권에서 강권으로, 속권으로 물 흐르듯 공격을 바꾼다.

최선의 방어는 공격이라 했다.

카이는 그 묘리를 본능적으로 깨닫고 있었다.

"야생의 직감에 인간의 무술이라니, 이거 반칙이잖아!"

티스의 채찍에 검기가 실린다. 채찍으로 만든 검막이다. 여길 잘못 지나갔다가는 다진 육편이 되기 십상이었다.

카이는 자신의 권에도 기운을 담아 티스의 채찍을 후려친다. 검막이 흔들린다.

미세한 균열이 나타났다가 사라지길 반복한다. 샨은 심호흡한다. 샨의 의도를 깨달았는지 에론이 샨을 향해 검을 날린다. 어깨 하나 정도는 날려 버릴 요량으로.

죽는 것보다는 팔이 날아가는 편이 나을 테니까.

그걸 율케스의 검격이 막아 낸다. 율케스의 드래곤이 번개를 뿜는다. 티스가 혀를 찬다.

"왜 내 드래곤은 가만히 있는데, 율케스 드래곤만 도와?"

카이가 답했다.

"내가 드래곤의 왕이거든. 애들은 내 말만 들어."

"치사하네!"

그 순간, 샨의 몸이 낮게 미끄러졌다.

두 팔을 뒤로 젖히고 상체를 앞으로 굽힌다. 방어라고는 조금도 염두에 두지 않은 움직임. 샨은 대지를 박찬다.

카이는 그런 샨의 움직임에 맞춰 티스가 만든 검막에 구멍을 만든다.

0.001초의 어긋남도 있어서는 안 된다. 단 한순간의 실수가 샨의 몸을 두 조각으로 만들 테니까.

"이런, 미친!"

티스는 거친 욕설을 내뱉는다. 그러나 티스로서도 여기서 물러나기에는 너무 늦었다.

샨의 잔상이 길게 이어진다. 샨의 머리카락이 묵빛 선을 그었다. 마치 서예가의 호쾌한 한 획을 보는 것만 같았다. 그 먹선은 마침내 균열을 넘어 어린 엘을 끌어안았다.

에론의 검격이 날아간다.

일천 번의 검격을 단 한 번에 담아 쏜다. 아군의 목 따위는 조금도 생각하지 않는 공격에 티스는 아까 한 말을 또 해야 했다.

"저런, 미친!"

이런 종잇장 같은 간격을 두고 두 알테리온에게 욕설을 퍼붓는 날이 올 줄은 몰랐다.

이걸 피할까 했는데, 피하기에는 너무 늦다.

에론의 계산에 따르면 티스의 검막이 날아간 상태에서 에론의 검기를 티스가 몸으로 받으면 위력이 한 번 죽는다.

그렇게 티스의 몸으로 파괴력을 완화시킨 다음, 샨에게

치명상은 아니어도 중상은 될 공격을 날려서 행동불능으로 만든 후 본인은 샨을 들고 튀겠다는, 피도 눈물도 없는 계산이 숨어 있었다.

그걸 모를 티스가 아니기에 검막을 만드는 대신에 정면으로 에론의 검기를 막았다.

카이 역시 티스 대신 에론의 검격을 향해 주먹을 뻗었다.

카이가 거기까지 계산한 건 결코 아니었다. 그저 저 공격은 위험하고, 마마를 살리기 위해서는 어떻게 해야 하는지 본능이 속삭였기 때문이었다.

"합!"

카이가 검기의 옆면을 주먹으로 쳐서 궤도를 바꾸자 티스가 채찍을 써서 위력을 감소시킨다. 그 틈에 카이의 양손에서 드래곤 브레스가 뿜어져 나온다.

콰아아아앙!

위력이 한껏 감소된 검기는 샨의 바로 옆에 꽂혀 들어갔다. 샨이 에녹과 라온 교수님을 돌아보았다.

"좀 도와주세요!"

에녹 교수님은 담배를 입에 물었다.

"네 의견에 심정적으로 동의한다고 했지, 어떻게 도와주겠다고 구체적으로 말한 적은 없었을 텐데?"

라온 교수님도 한마디 덧붙였다.

"우리는 엘의 대리인입니다. 입장상 이렇게 됐을 때는 중립을 지켜야 하기 때문에 죄송합니다……가 아니라, 저는 좀 도와주도록 하죠. 저는 샨 군을 꽤나 아끼니까요."

"라온, 그러면 중립자로서의 위치가……."

라온 교수님은 에녹 교수님의 말을 막았다.

"……뭐, 상관없잖습니까. 당신이야말로 너무 고지식하다고요. 옛날 마도 시대도 아니고 선택받은 자가 올 때까지 중립을 지켜야 하다니."

"나는 그저 그의 대리자로서 맡은바 책임을 다할 뿐이다."

"좋을 대로 하세요. 나는 나 좋을 대로 할 테니까요."

그의 잔상이 흩어진다. 에론은 그것을 기점으로 율케스에게 큰 공격을 날린다. 옳은 판단이었다. 상대편의 숫자가 많아질수록 불리하다. 특히나 라온 같은 트릭스터가 가세하면 전황은 훨씬 불리해진다.

그렇다면 가장 가까이에 있는 율케스를 먼저 베는 게 우선이다.

율케스는 에론의 공격을 막는 데 급급하다. 마왕의 피를 팽창시켜도 좀처럼 공세로 넘어갈 수가 없다. 상대의 검기를 무효화시키는 알테리온 소드가 그만큼 강한 탓도 있지만, 그 이상으로 에론이라는 자의 강함은 상상을 초월했다.

단순히 검술 실력이 뛰어나다는 것 하나만으로는 설명할 수 없을 정도로.

에론의 검이 감정을 배제한 차갑기만 한 검이라면 차라리 다음 검로를 예측하기는 쉬웠으리라. 합리성을 띠고 상대 입장에서 판단하면 되니까.

하지만 그의 검은 광기에 가까웠다. 샨에 대한 이성적 광기가 그의 검로의 시초다.

미친놈이 평범한 사람을 파악하긴 쉬워도 멀쩡한 사람이 미친놈 속을 알기는 쉽지가 않다.

두 사람의 모습을 그림자 뒤에서 지켜보며 라온 교수는 생각했다.

'거기다 합리적으로 미쳤죠.'

보통 미친놈들이란 유년기 때의 고통 같은 게 광기의 근원이 되곤 한다.

이를테면 티스는 어릴 때부터 암살자에게 시달리며 밥 한 끼, 물 한 잔 마시는 데에도 목숨을 걸어야 했다. 어린 나이부터 친혈육을 제 손으로 죽일 것을 강요당하며 살아야 했다.

류인 황자 역시 마찬가지다. 제국에서 쌍둥이란 불길함을 의미했다. 그는 어릴 때부터 형제의 그림자 뒤에 살거나 때로는 형제를 대신해서 살아야 했다. 살인을 하든 협박을 하든 음모를 꾸미든 자신이 해도 자신이 한 게 아닌, 그런 분열된 삶을 살아야 했다.

라온 본인 역시 그랬다.

그는 모계 사회인 다크엘프 사회에서 유년기를 보내야만 했다. 다크엘프 남성은 어린 나이부터 혈족 여성에게 귀속되는 경우가 많았고, 폭력이나 성적 학대에 무방비하게 노출되었다.

그러나 에른은 그런 게 없었다.

비록 어머니를 여의었고, 아버지의 부재 기간이 길었다고는 하나 그동안 식솔들이 그를 챙겨 주었고, 그의 슬픔과 함께할 형제도 곁에 존재했다.

따뜻하고 단란한 가정까진 아니어도 소년이 성인이 될 때까지의 물질적, 정서적인 편안함 정도는 줄 수 있는 환경이었다.

'어딜 가나 돌연변이는 있긴 합니다만…….'

그런 놈들치고 제대로 돌아가는 경우를 본 적이 없다. 원인을 알아야 분석이라도 하지, 이런 놈들은 날 때부터 이렇게 생겨 먹은 종자들이라 더 골치다.

애초에 동맹이었던 티스도 죽이고 사랑하는 샨도 사지 좀 찢어서 들고 돌아가겠다는 생각이 말이 되느냔 말이다. 그것도 보통 사람이라면 적어도 몇 분은 망설였을 그럴 공격을 기회가 왔다는 이유로 물 흐르듯 날려 버린다.

'그렇다면 저는 한 단계 더 미쳐 볼까요.'

무력도 지능도 호각 이상.

그렇다면 아무도 예상하지 못한 수를 던져 의표를 찔러야 한다.

그게 바로 이 다크엘프가 오랫동안 살아오며 얻은 결론이다.

5.

'확실히 상극은 상극이군.'

율케스는 그와 검을 맞대며 생각했다. 애초부터 알테리온 검술은 전쟁에서 이긴다거나 영토를 정복하는 데에 목적을 두지 않는다.

그저 세계를 파멸시킬 거대한 존재에게 연약한 인간의

몸으로 맞서는 법을 전수하는 데에 목적이 있다. 그리고 그 세계를 파멸시킬 존재들이란 일반적으로 고대 리치나 마왕 같은 존재들이다.

바로 율케스의 피에 흐르고 있는 그런 존재.

인간의 힘과 지혜로는 상대할 수 없는 그런 강대하고 지고한 존재들을 격파하기 위한 검이다.

티스의 말을 빌린다면 이렇다.

'대율케스 격파용 검술.'

그렇다. 과거 율케스와 수련을 시작했을 때, 에론은 율케스의 근육 하나하나, 신경 다발 하나하나를 해체해서 고통이 뭔지를 가르쳐 준 적이 있었다. 율케스가 당시 그에게 저항을 하지 않은 것도 아니었고, 재생 능력을 발동시키지 않은 것도 아니었다.

그저 이길 수가 없었다.

에론은 너무나도 잘 알고 있었다.

자신보다 강한 지고한 존재들을 대체 어떻게 해야 파멸시킬 수 있는지.

그건 그저 그의 아버지 라이너스에게 물려받은 검술이었다. 그리고 그 라이너스는 자신의 아버지에게서, 그리고 그 아버지는 또 자신의 아버지에게서, 그리고 종국에는 알테리온 소드의 어머니인 카이 알테리온에게서. 그리고 카이 알테리온은 자신의 아버지와 그 아버지의 아버지에게서 물려받아 왔다.

알테리온들은 그랬다.

그들이 생각하는 건 단 하나였다. 언젠가의 황혼과 맞설 수 있도록 싸우는 일. 그러기 위해서는 더 강한 검을, 더 정교한 기술을, 더 빠른 육신을.

강대한 적을 상대하기 위해 그들은 스스로를 파괴하고 후대에 지식을 넘기며, 후대는 더욱 강한 적과 싸우고 다시 그 지식을 넘긴다.

'이름 없는 신'과의 계약에 따라 그들의 육체 역시 보통의 인간보다 월등하게 강하다. 그러나 그래 봤자 인간. 괴물이나 마족들에 비하면 턱없이 약하다.

육신의 한계는 검술의 전승으로 이어지고, 검술의 한계는 알테리온 소드로 보완했다.

그렇다면, 타고나길 유약한 인간의 감성은 어떻게 보완이 가능할까.

그 해답을 에론 알테리온이 만들고 있었다.

'그리고 그건 나 역시 배웠지.'

비록 중요한 정수는 하나도 가르쳐 주지 않았다고는 해

도, 그가 에론에게 배운 것들이 아직도 검에 남아 있었다.

샨을 지키라 명하며 가르쳤던 것들이 이제 에론을 향하는 화살이 된다.

그의 검이 에론을 향해 강하게, 더 강하게 퍼붓기 시작했다. 그 공세를 따라 한순간, 카이가 에론의 뒤에서 나타난다.

샨의 권법이, 샨이 갖고 있는 지식이 에론의 검술을 파훼한다.

카가가각!

그 순간, 티스의 채찍이 카이의 목을 향해 날아온다. 율케스가 번개를 날려 그런 티스의 공격로를 흩트린다. 티스의 호흡이 한순간 흐트러진다.

난전이다.

'더욱 강하게, 더욱 빠르게.'

자신보다 더 강한 자를 상대하기 위한 게 알테리온 검술이라면 그걸 익힌 자신은 무엇이라 부를 수 있을까.

피가 들끓는다.

마왕의 피가 이성을 지배하려는 것을 다시 억누른다.

폭주는 오히려 악수다.

폭주를 하면 당장의 힘은 강해진다고 해도, 이성을 놓치게 된다. 눈앞에 있는 상대는 힘만 강하다고 이길 수 있는 존재가 아니다.

에론은 검 두 자루를 역수로 바꿔 쥔다.

속검(速劍)!

그리고 한계를 뛰어 넘은 동체 시력은 에론의 검끝을 정확하게 발견한다.

카앙!

그러나 여기서 멈추지 않는다. 율케스는 검을 뒤로 젖혀 위로 튕겨 올린다. 그 순간, 감춰졌던 다른 검이 튕겨 나간다. 조금만 늦어져도 망막에 칼을 심을 뻔했다.

에론과의 싸움은 늘 그렇다.

최소한 두 수, 세 수를 안배해야 한다. 그 순간, 율케스의 정강이를 향해 에론의 발차기가 날아온다.

정확하게 무릎 관절을 노렸다. 보통 사람이라면 관절이 부서졌겠지만 율케스는 균형만 조금 잃는 정도다. 물론 균형을 잃는 순간, 음속의 쾌검은 목을 찢으리라.

율케스는 검로를 꺾어 역으로 그의 허리를 향해 검을 날린다. 그는 무릎으로 율케스의 검면을 쳐 올리고는 거리를 벌린다. 에론의 새카만 머리카락이 가지런하게 내려앉는다.

그는 처음 만났을 때와 똑같은 호흡으로 말했다.

"귀찮군요, 율케스 군. 이렇게 오래 싸우는 일은 드문데 말입니다. 물론 그건 군이 강해서가 아니라 군을 가르쳤던 제 뛰어남 때문입니다만."

그 난전을 치르고도 그의 긴 머리카락 하나 엉키는 법이 없었다.

율케스는 마왕의 피를 가속시켜 상처 난 곳을 수복한다.

시간을 끌수록 불리한 건 에론 자신이다. 무슨 속셈일까.

"지금이라도 늦지 않았습니다. 샨을 제게 주세요. 샨이 원하는 어제와 같고, 오늘과 같으며, 내일과 같은 세상은 제가 만들겠습니다."

설득인가. 율케스는 뒤틀린 근육 가닥을 하나하나 정상으로 돌린다. 샨은 자신을 인간으로 대우해 왔다. 무서움 하나 표현한 적이 없이 그저 똑같은 친구로 대해 주었다. 그런 건 과거 티스조차도 하지 못한 일이었다.

그런 존재는 처음이었다. 처음이었기에 소중했다.

이런 사람이라면, 이런 우정이라면 목숨을 걸어도 좋다고 스스로에게 맹세하지 않았나.

"샨이 살아 있을 때까지는 말이지."

"이후는 제 후대가 선택할 일입니다. 당신도 샨을 잃고 싶지는 않겠죠."

"잃는 게 아니야. 잊는 것뿐이다."

고대 마왕의 피란 참 대단하다. 그 사이에 80%를 치료했다.

왜 인간들이 그토록 마왕을, 마족들을 두려워했는지 알 것 같았다.

에론이 답했다.

"잊힌다는 건 죽는다는 뜻입니다. 율케스 군."

"아니야. 잊힌다는 건 그저 잊혔다는 뜻일 뿐이야."

에론의 안경이 서늘하게 빛난다.

"모두가 잊을 텐데요?"

"모두가 잊어버린다고 해도 샨 안에 남아 있을 거다."

"당신이 죽어도?"

"그래. 내가 죽어도."

에론은 붉게 웃었다.

"어쩔 수가 없네요. 그런 각오라면 군을 죽이는 수밖에."

어째서일까. 바람이 불지 않았는데 그의 새카만 머리카락이 부풀어 올랐다. 흡사 까마귀의 날갯짓처럼 불길하게 흩날린다.

"저는 언제나 샨이 온전하길 바랍니다. 몸뿐만 아니라 정신도 온전하길 바라죠. 하지만 군이 죽으면 그건 샨에게 평생의 트라우마로 남을 겁니다."

그동안 봐줬다는 건가. 티스와 카이의 싸움이 한순간 멎는다.

에론이 말했다.

"군을 도살하고, 카이 역시 도살하도록 하겠습니다. 마스터인 샨에게 어떤 타격이 갈지는 모르겠으나, 적어도 이대로 살지도 죽지도 못하고 모든 것에게 잊힌 상태로 세계를 부유하게 놔두는 것보단 낫겠죠."

그리고 그가 작게 속삭였다.

"그리고 궁금하긴 했거든요. 어떤 기분일지. 소중한 걸 제손으로 조금 망가뜨려 보는 것도 즐거운 경험일 테니까요."

티스가 말했다.

"워. 야, 이 미친 변태 놈아."

샨이 엘을 껴안고 달리며 말했다.

"형한테 말조심해!"

"말조심 같은 소리 하네. 넌 지금 네 형이 정상으로 보이냐?"

티스의 채찍을 피하며 샨이 소리 질렀다.

"우리 형이 다른 사람과 조금 다르긴 해도 네 말처럼 그런 건 아니야!"

"아, 그러세요? 그러면 좀 순순히 잡혀 주든가!"

티스의 채찍을 카이가 막아선다. 그 틈에 샨은 몸을 굴렸다.

에론은 폐를 부풀려 이성을 숨 깊이 당긴다. 지금 여기 어딘가에 라온 교수가 있다. 과연 과거 로그 마스터이자 어쌔신 마스터답게 기척이라고는 전혀 느껴지지 않는다. 그러나 에론은 그의 냄새를 맡는다. 물리적인 의미에서의 냄새가 아니다.

숨은 라온은 무색무취하니까.

그저 희미한 살기의 잔향을 느낀다. 육감으로도 잡아내기 어려울 정도로 희미하다.

피부 안쪽에서 느껴지는 혈관의 두근거림을 느끼는 것처럼, 극히 예민하지 않으면 느낄 수 없는 그런 자취.

'현역 때와 다름이 없군.'

명불허전이라는 말이 과언이 아니었다. 지금 이 순간에도 그는 에론의 빈틈을 노리고 있다. 늘 그렇듯 승부는 한 번에 끝난다.

인간의 목숨이란 두 번이 없고, 그 목은 나무토막보다도 얇으니까.

0.3초, 율케스의 검기가 그의 머리카락을 훑는 시간 동안 그는 율케스를 죽이는 이미지를 구체화시킨다.

흩어져 있던 피상적인 정보들이 하나로 재조립되기 시작했다.

한순간, 알테리온 소드의 검 손잡이에 묶여 있던 가죽들이 풀린다. 그러고는 주인의 손을 단단하게 붙잡았다. 고작해야 1초도 되지 않는 짧은 시간. 율케스는 위험을 직감한다.

'이건 위험하다.'

알테리온 소드, 금지된 비기(祕技) 소멸(Extinction)!

과거 화산 지대에서 리오 알테리온이 태양을 삼키는 뱀을 향해 사용했던 검술. 새하얗던 검신이 이번에는 새카맣게 물든다.

닿는 모든 것을 공허로 되돌린다. 심지어 태초의 불꽃까지도.

알테리온 소드의 숨겨진 모습이 드러난다. 거기에 에론 알테리온은 하나를 더한다.

천살검(千殺劍)!

천 번의 일격을 단 한 번에 담아 율케스를 향해 쏜다!

에론의 안광이 푸른빛을 내며 미끄러진다. 율케스는 죽

음을 본다. 이번만큼은 스톰 브레이커가 버티질 못한다. 그러나 피할 수 없으니 검을 희생시키는 수밖에!

'체크메이트.'

에론의 입가에 희미한 미소가 내려앉는 순간, 검과 검이 부딪친다.

검기와 검기가 부딪치며 굉음을 만든다. 그리고 그 굉음조차도 사라진다. 알테리온 소드가 율케스의 검기를 소멸시킨다.

성검과 마검은 종이 한 장 차이.

카아앙!

스톰 브레이커의 투명한 검날이 부서진다. 힘의 방향을 바꿔 아래에서 위로 비스듬히 쳐서 막았는데도 공격은 전혀 상쇄되지 않는다.

'과연 알테리온 소드. 명불허전이군.'

율케스는 작게 혀를 찼다. 알테리온은 알테리온 소드로 완성이 된다는 말이 거짓이 아니었다. 검사가 검을 사용하게 되면 자연히 검기의 힘을 빌린다. 아기 손가락보다도 얇은 나뭇가지조차 갓 숫돌에 간 식칼보다 날카로워진다.

그뿐만 아니라 검기를 어떻게 사용하느냐에 따라 칼의 강도를 올리거나 충격을 완화시키기도 하고, 때로는 절삭력을 한계까지 올리곤 한다.

알테리온 소드는 상대의 검기를 무효화시키는 힘이 있다. 아무리 잘 만든 명도도 검기를 담은 나뭇가지에 잘려 나간다.

스톰 브레이커가 산산이 잘려 나간다. 알테리온 소드가 검을 부수고, 다음으로 샨이 선물했던 검이 율케스의 목을 노리고 공격한다.

알테리온 소드만큼은 아니어도 고대의 무기다. 율케스는 부러진 검날로 다음 검을 막는다. 그러나 곧바로 다음 공격이 날아온다. 이번에는 다시 알테리온 소드.

'죽겠군.'

검이 부러진 이상 죽음은 예상했다.

'샨에게 미안하군.'

마지막까지 친우의 검이 되어 주질 못했다.

변변치 못한 삶이다. 기왕 죽는다면 깔끔하게 목이 날아가는 편이 나으리라. 마왕의 피가 어설프게 폭주해 버리면 굉장히 흉한 몰골을 보여야 할 테니까. 그러나 몸은 정반대로 검의 밑동으로 에론의 검격을 막아 냈다.

카아앙!

남은 검날마저 유리 조각처럼 부서진다. 율케스의 몸이

날아간다.

율케스는 낙법도 쓰지 못하고 바닥을 구르며 한참을 기침한다. 본능이 그를 이끌고 있었다. 비록 부서진 검이나 놓치지 말라고. 마지막 순간까지 살라고. 살아가라고.

천 번을 휘두르고, 만 번을 휘두르며, 삶과 죽음의 철로 위를 걸었던 그의 육신이 이성을 무시한 채 아득하게 삶을 향해 나아갔다. 삶이 부서진 검 끝에서 메아리친다.

에론은 생각했다.

'아, 귀찮군.'

무아(無我)의 경지.

검객이 다음 경지로 넘어갈 때 생기는 바로 그 벽을 율케스는 넘고 있다. 그러나 무아의 경지라 하더라도 그의 기술을 담을 그릇은 이제 부러졌다.

'정말 성가셔.'

직접 구운 케이크를 자기 손으로 음식물 쓰레기통에 던져 넣는 기분이다.

아무리 샨을 위해서라고는 하나 누군가를 제 손으로 키워서 이렇게 성장시킨 건 처음이라 더욱 그렇다. 그러나 감상과는 별개로 에론의 손은 기계적으로 검로를 따라 미끄러졌다.

샨을 살릴 수 있다면 하나뿐인 제자든, 아버지든, 형제든 똑같다.

그저 그에게는 이 세상에서 샨과 놀아 줄 장난감이 하나 줄어드는 게 아쉬울 뿐이었다. 그 순간, 율케스가 부러진 검날 조각을 발등으로 쳤다.

티스가 바닥에 굴러다니는 암기를 재활용할 때 쓰는 방법이다. 제 친구의 기술을 베낄 센스 정도는 있는 모양이다. 거기다가 율케스의 스톰 브레이커는 검날이 투명해서 더욱 성가시다.

에론은 동공 하나 움직이지 않고 율케스의 발놀림만으로 방향을 예측해 튕겨 냈다. 이때 사용할 검은, 샨이 준 고대의 명검.

카앙!

그리고 놈의 목을 노릴 건 알테리온 소드.

그 순간, 빈 율케스의 검에 검기가 맺힌다.

카아앙!

율케스가 말했다.

"물은 그릇에 담고, 기예는 검에 담으라 했지."

율케스가 마력을 붓자 힐트 위로 글자가 떠올랐다.

'형(形)에 잡히지 마라. 진정 무서운 것은 형상 없는 것

이리니.'

스톰 브레이커(Storm Breaker).

이름 그대로 폭풍을 부수는 검이라고 생각했다. 누구라도 그 말을 들으면 그리 떠올릴 것이다. 폭풍조차도 부술 수 있는 강력한 검이라고. 그러나 실상은 검날이 투명하다는 것 말고는 아무것도 없었다.

주인의 검기를 증폭시키지도 않았고, 그렇다고 회복 마법이나 속도 증가 마법을 걸어 주는 것도 아니었다. 그저 율케스의 힘을 감당할 만큼 단단했다. 그리고 피가 잘 묻지 않아 금방 흘러내렸다.

에론은 그 순간 그 검의 의미를 깨달았다.

스톰 브레이커가 만약 '폭풍을 부수는 자'라는 뜻이 아니라 '폭풍 앞에서 부서지는 검'이라는 뜻이라면.

한 번 부러짐으로써 완성되는 검이라면.

'그런 미친 생각을 할 법한 대장장이가 있을까.'

거기다 그런 기술을 가지고도 그런 미친 네이밍 센스를 갖고 있는 대장장이가 과연 인류의 역사에 존재할까.

에론은 자신의 알테리온 소드를 내려다보았다.

모든 것을 허무로 돌리는 검.

제1형태 방어형과, 제2형태 공격형을 통해 두 번 진화하는 검.

성검에서 마검으로 갈리는 검을.

'이런 걸 하나만 만드셨을 리 없지.'

카이 알테리온.

인류의 역사상 가장 괴짜인 검의 어머니.

다른 숨겨진 대장장이가 있을 수도 있지만, 괴이한 검의 능력과 무시무시한 위력, 그리고 구린 네이밍 센스를 생각하면 그 사람 말고는 떠오르는 사람이 없다.

'운명인가.'

율케스는 칼날을 느낀다.

분명 존재하지 않지만 사용자의 의지를 담아 그 의지대로 변화하는 투명한 칼날을 느낀다.

이게 어떤 식으로 가능한 건지는 알 수 없다.

적어도 지금의 기술로는 불가능하다.

'이렇게 알게 되는군.'

분명 비밀이 있으리라 생각했고, 뭔가 사연이 있으리라 생각했다. 그러나 이렇게 알게 될 줄은 몰랐다.

'부러져야 완성되는 검.'

스톰 브레이커.

귀찮다. 정말 귀찮다. 무아의 경지에 오른 제자라니. 에론이 공격을 날리자 율케스가 그 공격을 정면으로 받아친다.

애초부터 근력이 인간을 뛰어 넘는 괴물이다. 검이 버틴다. 주인의 의지를 물질화한 그 검이 알테리온의 소멸을 버텨 냈다.

'이건 어떨까.'

천살검(千殺劍)!

천 번의 일격을 단 한 번에 담아.

카아아앙!

율케스의 검이 부러진다. 그러나 곧바로 다시 칼날이 생긴다. 의지가 꺾이지 않는 한 계속되는 검이라니.

'형(形)에 잡히지 마라. 진정 무서운 것은 형상 없는 것이리니.'

그리고 형상 없는 것 중 진정 무서운 것은 인간의 의지이리니.

카각, 카가강!

단 한 합에 수천의 공방이 이어진다. 시대를 초월한 일격이 끝도 없이 이어졌다. 한 합, 한 합이 일류 검사가 날리는 필살기의 위력에 필적한다.

'율케스가 잘하고 있어. 하지만, 뭔가 위화감이.'

그때 샨은 에론 형의 눈빛에서 아주 작은 균열을 느낀다. 적에게 집중해야 할 에론이 율케스와 검을 부딪치며 이쪽을 바라보았다. 그때 샨은 무언가 잘못되었다는 것을 깨닫는다.

검과 검이 부딪치는 순간, 검을 쥔 에론의 손이 느슨해진다.

율케스는 그저 그것을 기회라 여기고 후려친다.

카앙!

검이 튕겨 날아간다. 찰나의 순간, 율케스는 기회다 싶어 일격을 날리지만 에론 형의 손에는 아직 알테리온 소드가 남아 있다. 그리고 그 둘을 티스와 카이는 보지 못했다. 서로의 접전만으로도 다른 곳에 신경 쓸 틈이 없었으니까.

난전.

유일하게 샨만이 엘을 끌어안는다. 그러나 늦다. 칼이 샨의 어깨를 관통해 어린 엘의 가슴에 박힌다.

"아아아악!"

샨은 고통으로 비명을 지른다. 만약 날아온 게 알테리온 소드였다면 샨도 죽었다.

그렇기에 샨이 선물한 검으로 샨을 찔러 넣었다.

오른쪽 어깨부터 팔 아래로 감각이 없다.

어린 엘은 그 일격에 죽는다. 율케스의 눈이 커진다. 율케스가 샨의 비명에 몸이 굳는 순간, 라온 교수가 샨을 향해 검을 날린다.

'대체 무슨?!'

이성이 멎는 건 찰나, 가장 먼저 몸이 움직인 건 에론이었다. 샨의 위기에 에론은 누구보다 빠르게 움직인다.

에론은 남은 알테리온 소드를 던져 라온 교수에게 일격을 날린다. 그러나 그런 에론의 빈틈을 율케스가 놓칠 리 없었다.

율케스의 검이 에론의 가슴을 관통한다. 그의 가슴이 활처럼 휘어진다. 투명한 칼날이 죽음을 심었다.

"형, 혀어엉!"

샨은 다친 어깨를 끌어안고 에론을 향해 달려간다. 율케스가 검을 뽑는다. 에론은 샨을 향해 비척비척 걸어와 자신의 막내아우를 끌어안았다.

"형, 혀엉! 형!"

샨은 절규를 지른다. 에론이 피를 뱉었다.

"적에게 눈물을 보이다니. 넌 역시 군대 맡으면 안 되겠다."

그러고는 떨리는 손으로 품에서 무언가를 꺼냈다. 샨이

그걸 쥐자 그는 만족한 듯 웃더니 그대로 바닥에 쓰러졌다.

샨이 라온 교수에게 소리 질렀다.

"치료, 치료는요!"

"여기에서는 마력이 통하지 않습니다, 샨 군. 거기다가 치명상입니다. 가지고 온 포션을 전부 부어도 될까 말까일 겁니다. 하늘이 도와야 할 거예요."

샨은 찬트를 불러 신성 마법을 발동시키려 했다. 그러나 이번만큼은 오래된 약속이 응답하지 않는다.

"안 돼. 아, 아아아!"

샨은 에론 형의 상처를 꽉 누르려다가 멈칫한다. 에론 형이 손에 쥐여 준 게 무엇인지 깨달았기 때문이었다.

"행운, 행운 스크롤."

평생 불행하고 불행하기만 했던 샨이 축제에서 얻은 단 하나의 행운이 손에 쥐여 있었다. 그저 찢기만 하면 된다. 이건 포션과 같다. 저장되어 있는 마력을 저장되어 있는 법칙대로 움직이는 거니까.

그때 샨은 뒤를 돌아보았다.

그 옆에는 어린 엘이 누워 있었다.

"하나만 살리세요, 샨 군. 둘로 나눈다면……."

"알아요!"

둘을 살리려고 하면 둘 다 죽음을 면치 못한다.

스크롤은 단 하나.

에녹 교수님이 말했다.

"최후의 시험이군."

라온이 눈을 가리며 한참이나 웃었다.

"이건가요. 엘이 했던 이야기가? 하하하, 정말로 운명
이란 게 있는 겁니까?"

"정해진 운명은 없다. 단지 만들어 가는 운명만이 있을
뿐이지."

둘은 무슨 말을 하는 걸까. 알 수 없었다.

그저 샨 앞에는 한 사람의 형과, 한 사람의 세계가 있었
다. 에녹 교수님이 말했다.

"선택해라, 샨 알테리온. 아름다운 바람이여."

"……."

샨의 눈에서 눈물이 한 방울 뚝 떨어진다.

"형은 나에게 이러면 안 돼."

에론은 자신을 위해 몸을 던졌다. 샨은 라온 교수를 올
려다보았다.

"당신도 이러면 안 돼요."

만약 그때 라온 교수가 틈을 만들지 않았다면 결과는 어

찌 되었을까. 산을 공격한다는 그 미친 생각을 하지 않았다면 에론이 그리 쉽게 몸을 내주지는 않았으리라. 만약 그가 율케스에게 실력으로 패배했다면, 율케스를 죽이려다가 이 꼴이 났다면 좀 더 결정이 쉬웠을까.

샨은 복받치는 울음을 억누르며 속삭였다.

"형은 내게 이러면 안 돼."

한 사람분의 세계와 한 사람분의 '사람'이 있었다.

형은 기뻐 보였다. 알고 있었다. 누가 말하지 않아도 누구보다도 샨 자신이 알고 있었다.

"내가 어떤 결정을 해도 형은 이기는 게 되잖아."

세계를 구하지 못하고 류인 황자에게 모든 것을 맡기게 된다면 에론은 제 아우의 손을 붙잡고 집에 돌아가면 된다. 샨이 세계를 구하고 망각 속에 부유하게 된다고 해도 상관없다. 에론은 이미 죽은 후여서 그 꼴을 보지 않아도 될 테니까.

"이런 결말을 형이 계산하진 못했겠지. 아무리 형이라도 설마 이것까지 계산하진 못했을 거야."

그래서 더 잔혹했다.

현실이란 왜 이다지도 아픈 건지. 샨은 계속해서 속삭였다.

"나는 형이 너무 아파. 형은 내게 너무 아픈 사람이야."

차라리 칼에 맞은 게 자신이었다면 뭔가 달라졌을까.

대신 죽는 거라면, 에론 형 대신 자기 목숨을 바쳐야 하는 문제라면 이다지도 어렵진 않았으리라.

류인은 그 자리에 앉아 절규하는 영혼을 바라본다.

순수한 영혼이 만들어 내는 절망은 왜 이다지도 달콤할까. 그의 심장은 웃고 있었다. 그는 과거 샨이 류인의 형제에게 붙잡힐 때도 그 자리에 있었다. 검은 갑옷을 입고 있었고, 샨은 그를 못 알아보았지만 그랬다.

어린 그가 신룡을 쥐게 된 것에 이루 말할 수 없는 증오를 느꼈다. 힘은 자격 있는 이가 쥐어야 했다. 그래야 평화로웠다. 분명 저 드래곤은 빼앗길 것이라고, 자신의 손에 의해서든 다른 누군가의 손에 의해서든, 하다못해 티스에게라도 빼앗기게 될 거라 생각했다.

그랬던 꼬마가 세계의 중심에 서서 새로운 창세기를 만들고 있었다.

'샨은 세계를 택할 거야.'

죽어 가는 친혈육과 세계의 안녕.

수많은 비극적인 영웅 이야기들이 그렇듯, 영웅은 자신의 가장 소중한 것을 바쳐서 세계를 구하고 만다.

고결하다기보다는 자학적이다. 모두가 죽었지만 자신 혼자 행복한 것과 모두가 살았으나 홀로 불행한 것 중에서 하나를 고르라면 어김없이 후자를 고른다.

타인을 희생하고 행복한 자신을 용납할 수 없다. 그렇기에 영웅은 영웅으로서 존재한다.

류인은 알테리온가의 광기를 뒤집어쓴 이 소년이 어떤 절망을 보여 줄지 기대가 되어 견딜 수 없었다. 그리고 그와 평생을 함께할 영원이 기다려졌다.

샨은 태어날 때부터 손상된 신으로 살아가리라. 제 형조차 죽이고 신으로 거듭난 자가 누구인들 희생시키지 못할까.

그게 이 세계에 행운이 될지 불행이 될지는 알 수 없다. 그러나 적어도 지금 우리가 살고 있는 이 세계와는 다른 상냥함을 품게 되리라.

그의 내장은 이미 괴사하고 있고 혈류는 누구보다 느리게 흐르고 있지만, 샨의 절망은 오랜만에 그의 심장을 뛰게 했다.

'어서, 어서 선택해.'

자신을 구했던 자를 희생시키고 영원토록 지옥에서 살아가길.

그는 행복을 느낀다.

같은 시간, 카이는 샨의 생각을 읽는다. 샨의 푸른 감정 안에 들어 있는 아주 작은 상념을 벌려 엿본다.

그곳에는 어린 샨이 창밖을 보고 있었다. 손바닥이 지금의 반만 했을 때의 기억. 침대가 높고, 책상은 더 높게만 느껴졌던 무렵의 기억. 제 손으로 병뚜껑을 열지 못했던 시절의 기억.

숨을 쉴 때마다 기침이 나왔다. 처음에는 투명했던 침이 노란색으로, 초록색으로, 나중에는 선홍빛으로 변했다.

기침을 할 때마다 폐 조각을 토했던 나날이었다. 공기가 지금보다 맵고 날카로웠던 때였다. 샨의 양옆에는 약병이 산처럼 쌓여 있었다. 무슨 약인지, 어느 형이 가져온 약인지도 모를 것들이었다.

그것들로 하루하루 삶을 이어 나가고 있었다.

창밖에는 눈이 내리고 있었다. 알테리온 산맥의 겨울은 혹독하다. 흰 설원이 지평선 너머로 이어졌다. 야생동물 발자국 하나 남지 않은 순백의 지평 너머로 칠흑빛 긴 머리칼의 남자가 걸어오고 있었다. 지금보다 어린 에론 형이었다. 그때 에론 형은 아직 성인이 아니었다.

평소와는 다른 옷을 입고 돌아왔다. 어쩐지 그날은 상처가 있었던 것도 같다.

돌아와서는 황궁에서 일하게 되었다는 짧은 말만 하고 샨에게 약을 주었다. 평소 형이 들고 오는 약은 뭔가 호화로운 디자인의 약병들이 많았다. 연금술사 협회나 신전에서 만든 그런 종류의 약이었으니까.

그러나 형이 그날 들고 온 약은 새카만 병에 내용물이 뭔지도 알 수 없었다.

라벨은 붙어 있지 않았고, 인장도 없었다.

그걸 먹고 나서 샨은 더 이상 폐 조각을 뱉지는 않게 되었다.

그런 미래도 모르고 작은 샨은 창밖을 물끄러미 바라보았다.

이 집을 향해 오고 있는 한 남자를 바라보았다.

공기는 너무나도 매웠고, 중력은 숨을 쉴 때마다 사지를 내리눌렀다.

세상이 이렇게 힘겹고 무거운 곳인가, 소년은 생각했다.

그때를 떠올리며 샨은 생각했다. 떨어지는 눈송이 하나하나를 되새기며.

'아아, 나는 어째서.'

천진했던 소년을 떠올리며 현재의 그가 생각한다.

'……어째서 그때 죽지 않았을까.'

살고자 노력하지 않았다면, 형들이 주는 약들을 조금이나마 투정 부리며 덜 먹었다면, 그 나이의 어린아이처럼 짜증을 부리며 치료를 늦췄다면.

'어째서 나는 그토록 살고자 했을까.'

마치 기생충이나 바이러스처럼 자신을 낳아 준 이를 죽이고, 사랑해 온 이를 죽이며.

'왜 굳이 존재코자 하였을까.'

흰 설원에 피어나는 눈을 카이는 바라본다. 진정한 절망은 순백색이다.

어둠조차도 느낄 수 없는 무채색.

무색무취한 공간.

결코 자살은 할 수 없는 그 공간 속. 죽을 수 없고 도망칠 수 없는 나락 속의 메아리.

카이는 제 주인을 끌어안는다.

"마마."

"……."

샨은 답이 없다.

"마마, 에론을 살려."

"……."

말 없는 샨은 적막 속에 절규를 지른다.

"세계는 상관없어. 에론을 살려."

"카이, 난……."

"말했잖아. 나는 마마를 행복하게 하기 위해 내려왔다고."

"그렇게 되면 난……."

나는 핏방울, 주인이 만든 절망 위에 피어나는 핏자국.

"모두를 위하지 않아도 좋아. 마마가 모든 걸 책임지지 않아도 돼."

"……."

"마마에게 가장 소중한 게 뭐야?"

"……."

설원 위로 피안화가 피어난다. 그 형상은 죄와 같았고, 붉은색은 생과 같았다.

"카이, 나는……."

그때 류인 황자가 샨을 향해 다가왔다.

"샨, 너는 신이 되고자 하잖아. 그런 네가 이 세계보다 다른 걸 우선으로 택한다면, 그렇다면 이 세계는 누굴 믿어야 하지?"

샨의 손끝이 차갑게 식어 간다. 그때의 겨울처럼.

카이는 샨을 꽉 끌어안았다.

"마마, 에론을 죽게 내버려둘 거야? 마지막까지 마마를 위해 왔던 사람이야! 모든 걸 바쳤던 사람이야."

차갑다. 순백의 설원이 이어진다. 샨은 아직도 그 시절에 있다. 그때라면 쉬이 죽을 수 있었다. 그저 창밖으로 상체를 내밀기만 해도 모든 게 끝났을 적.

아니, 호흡을 조금만 늦게 하고, 기침을 좀 더 참지 않기만 했어도 됐을 시절.

어린 샨은 상반신을 밖으로 내민다.

아니, 지금의 샨이다.

샨은 스크롤을 집어 들었다.

"마마."

류인이 말했다.

"샨."

샨이 답했다.

"응, 그래."

스크롤을 찢었다.

스크롤 빛이 샨 안에 흡수된다. 그 순간, 카이는 본다. 붉은빛을. 한 방울의 핏방울이 꽃이 되어 설원을 채우는 광경을.

어린 소년이 부서지는 모습을.

부서지는 소년의 뇌수에서 피안화가 피어나는 모습을.

샨이 에론을 붙잡는다. 그러고는 심장을 누르고 포션을
붓는다. 계속해서, 붓고 또 붓기 시작했다.

샨은 울었다. 이상이 부서지며 꿈이 무너지는 광경을 바
라보며 울었다.

그때 그 소년은 자신이 살아 있다면 뭔가 좋은 일이 있
으리라 믿었다. 형들처럼 세계를 지키지는 못해도, 그래도
이 세상을 위해 무언가 좋은 일을 할 수 있으리라 믿었다.

작아도 좋으니, 아무도 몰라 줘도 좋으니 그저 병아리
호흡만큼이라도 더 세상을 좋게 한다면 그걸로 족하다고
생각했다.

영웅 소설을 읽으며, 형들의 영웅기를 보며 소년은 미래
를 생각했다.

"살아, 형. 살아."

류인 황자가 소리 질렀다.

"실망이군. 샨, 샨 알테리온! 너란 놈은 세계를 버리고
고작 네 욕심이나 채우겠다는 건가!"

카이가 대신 답했다.

"아니, 마마가 자신의 욕심을 채우고자 했다면 세계를 구했겠지, 에론을 구하지는 않았을 거야."

유리 빛 꿈이 사라진다.

"빌어먹을. 샨, 너만은 다르다고 생각했는데."

카이가 답했다.

"너는 그저 영웅병에 도취된 불쌍한 희생양을 보고 싶었던 것뿐이잖아."

에녹 교수가 몸을 일으켰다.

"선택했군."

그는 샨 옆으로 다가왔다. 그러고는 샨의 머리에 손을 얹는다. 샨이 답했다.

"저는 자격이 없습니다."

"너는 영웅심보다는 그를 택했지."

희고 긴 손가락이 샨의 두피를 쓰다듬었다. 샨이 말했다.

"에론 형을 살릴 수 있나요?"

"너는 왜 그 스크롤을 너를 위해 찢었지?"

"움직일 수 없는 에론 형보다는 저에게 행운 스크롤을 써서 형을 치료하는 게 더 효율적이라고 생각했습니다. 제게 최고의 행운은 에론 형이 살아나는 거니까요."

"그래. 옳은 선택이구나."

그는 샨 옆에 앉았다.

"나는 너만 할 때 다른 선택을 했단다. 그리고 그때 했던 선택을 아직도 생각하고 있지."

"후회하나요?"

"그래. 조금은. 아니, 해서는 안 되지만."

류인 황자는 에녹 앞에 섰다.

"그러면 나 홀로 신이 되는 걸 택하면 되나?"

"아니, 그건 아직 아니야. 물론 그것도 가능하지만 아직은."

"어째서? 나한테도 이런 시련이 필요하나?"

"꼭 우리가 일부러 에론을 상처 입히고 샨에게 선택하라 강요했다는 듯한 어조로군. 그리고 그게 처음부터 정해진 시험이라고."

라온이 답했다.

"실제로 제가 가담하긴 했잖습니까."

에녹은 라온을 노려보았다.

"내가 그래서 하지 말라고 하지 않나."

그러고는 다시 류인 황자에게 말했다.

"애초에 조건은 내가 있는 이곳까지 도착하는 것. 그리고 어찌 되었건 의견이 통일되는 것이었다. 매우 간단한 조건이지. 물론 수많은 던전을 거쳐 이 자리에 왔다는 것만으로도 충분히 차고 넘치는 시련이다만."

그는 샨이 들고 있던 포션 병을 받았다. 그러고는 에론에게 뿌리고 작게 기도문을 외웠다. 그러자 신성한 빛이 에론을 빠른 속도로 회복시키기 시작했다. 샨의 눈이 커졌다.

"이곳은 분명 마법은 통하지 않는 곳 아니었습니까."

"그래. 오래된 약속은 응답하지 않지. 이곳은 엘의 공간이니까. 하지만 그렇기에 나는 가능하다. 나는 엘에게 속한 사람, 엘이 허락한 자니까."

에론의 창백한 얼굴이 점차 혈기를 찾기 시작했다. 샨이 눈물 젖은 손으로 에론의 손을 꽉 움켜쥐었다. 그러고는 자신의 뺨에 가져다 댄다. 에녹 교수님이 말을 이었다.

"마법이 아니란다. 그저 아직은 남아 있는 엘의 권능을 조금 빌린 것뿐이다. 음, 아니군."

그가 검지를 들고는 자신의 입술에 가져다 댄다.

"이게 바로 진짜 '마법'이라고 할 수 있겠지."

엘은 현대의 마법을 눈속임이라고 했다. 진짜 마법이 아니라고.

샨 역시 별의 힘을 끌어 쓰면서 진짜 마법을 조금은 느끼게 되었다.

에녹이 눈을 내리깔았다.

"아이야, 너는 자격을 잃었지만 그로서 가장 좋은 패를 선택하게 되었단다. 너는 이제 영웅이 아니란다. 그리고 신이 될 수도 없지."

"그래서……."

"그래서 너만이 할 수 있는 게 딱 하나 있단다."

물기 아래 샨의 눈동자가 흔들리는 것을 에녹은 쳐다보았다. 그가 평생 하지 못했던 선택을 한 소년이 이 자리에 있었다.

소년은 세계보다 자신의 가족을 택했다.

그것은 도덕적으로 비난받아 마땅할 일이다. 그러나 에녹은 과거 그가 가지 못한 길을 선택했다는 사실에 대해 작은 후련함마저 느끼고 있었다.

'후회해서는 안 되는 일이지만.'

몇 번을 돌린다고 해도 결국 같은 선택을 하고 말겠지만.

어쩔 수 없다. 소위 영웅이라 할 수 있는 자들은 결국에는 자신을 버리고 만다. 스스로가 한없이 무가치하기에 자신을 사랑하는 자들의 목숨도 무가치해진다. 세계를 구하고자 하는 스스로의 신념이 소중하기에 자신의 삶 역시 무가치해져 버린다.

단순히 선이나 악으로는 설명할 수가 없다. 오히려 자기애의 문제에 가깝다.

에론의 호흡이 완전히 정상으로 돌아가자 에녹 교수는 주문을 거뒀다.

"당신은 당신을 위해 당신의 아우가 무엇을 포기했는지 모르겠지."

아니, 어쩌면 누구보다 잘 알고 있을지도.

그렇기에 자신의 목숨을 버렸던 거니까.

결국 샨은 졌다. 당시 샨이 걸었던 것은 평생의 사명이었으나 에론이 건 것은 자신의 모든 미래와 가능성이었다.

죽은 엘의 몸이 천천히 녹기 시작했다. 그러고는 다시 검은 액체로 변해 간다.

샨이 그것을 붙잡으려 하자 율케스가 막는다. 그것은 악몽의 결정이다.

샨이 말했다.

"엘이 붕괴되고 있어요."

"그래, 엘의 정수가 무너졌지."

"이걸로 엘의 정신을 깨우려 하지 않았나요?"

"그렇단다. 그럴 생각이었지."

샨의 목소리가 절망을 긁었다.

"그러면 이제……."

어린 제자의 탄식에서 녹슨 철 향기가 났다. 에녹 교수
가 말했다.

"그때는 엘이 구심점이었지. 아직 완전히 융해되지 않
은 엘의 기억 조각을 건질 수 있었으니."

그때 분명 새카만 악몽 속에서도 유일하게 빛나는 무언
가가 있었다. 아직은 악몽에 녹지 않은 엘의 자아 파편이
었다.

"네."

"정신은 정신으로 구축하면 된단다."

"어떻게요?"

"너는 이미 녹을 뻗했던 정신체를 하나 만났잖니."

에녹 교수가 소매를 흩었다. 그러자 그의 뒤에서 무언가
가 걸어왔다. 그림자라고 하기에는 흐리고, 연기라고 하기
에는 또렷한 사람의 형상이었다.

[안녕. 인사하기에 그다지 좋은 시기는 아닌 것 같아.]

"이비엔?"

[이제는 내가 보이는 모양이네. 꿈과 현실의 경계가 그만큼 많이 흐려졌다는 건가. 하하하, 엘도 참 문제야.]

그녀는 어색하게 웃었다.

[하긴, 그렇지. 지금 밖은 정말 아수라장이거든.]

샨의 눈이 커진다.

"교수님……?"

"이비엔을 중심축으로 다시 엘의 정신을 재구성한다. 이비엔은 오랫동안 꿈결 속에 있어 왔고, 육신이 죽은 게 아니라 그저 잠든 것뿐이니 엘과 똑같은 상태다. 정신체로서는 건강해."

"교, 교수님."

"그렇게 되면 엘의 정신을 다시 모을 수 있고, 세계를 다시 통제할 수 있다. 물론 그것만으로는 부족하지. 그래도 엘 본인의 의사를 들을 수는 있게 될 거다."

이해하기 어려운 말이었기에 티스와 율케스는 입을 다물었다. 그러나 샨만은 그의 의도를 온전히 이해했다.

"그러면 이비엔이란 존재는 사라지잖아요."

"사라지진 않는다. 그저 융합할 뿐이야. 그리고 지금과는 다른 존재가 되겠지."

"한번 섞인 커피와 프림은 다시는 원래대로 돌리지 못

하잖습니까."

"그래. 영원히 바뀌겠지."

"그녀를 제 대신 신으로 만들 생각이십니까."

이비엔이 말했다.

[응. 에녹 교수님 말로는 이론상 가능하다고 하셨어. 그러기 위해선 샨 오빠의 도움이 필요하지만.]

"웃기치 마."

[샨 오빠야말로 웃기지 마. 신이라는 게 뭐 쉬운 줄 알아? 나는 엘 곁에 있으면서 엘이 해 오는 걸 늘 봐 왔다고. 꿈결에 관해서는 내가 인류 중 그 누구보다 훨씬 더 잘 알걸? 우리에게는 숙련된 고찰이 필요하다고.]

그녀는 웃으며 강한 척 말했지만, 샨은 도무지 농담할 기분이 아니었다. 그녀의 얼굴에서 단테스가 떠올랐기 때문이었다.

"이걸 말씀하셨던 겁니까. 신도 영웅도 되지 못한 저만이 할 수 있는 것."

"그래."

"그게 타인에게 희생을 강요하는 거냐고요!"

그의 말에 에녹은 고개를 옆으로 틀었다.

"오만하구나. 샨, 그게 어째서 희생을 강요한다는 거

지? 그러면 네가 지금 스스로 신이 되고자 한다면, 그걸 내가 네게 희생을 강요했다고 할 수 있는 건가?"

"그건……."

에녹 교수는 샨의 머리에서 손을 뗐다.

"애초부터 너든 이비엔이든 중요치 않았단다. 그저 이비엔이 먼저 의견을 제시하지 못한 건 엘의 악몽 속에서 녹아 가고 있었기 때문이고. 그리고 그때 네가 그녀를 구해 주었기에 다음 기회가 있었던 것뿐이지. 보아라, 샨. 네 손을……."

샨은 자신의 손을 내려다보았다. 그가 말을 이었다.

"너는 아직도 네 형의 손을 놓지 못하고 있잖나."

세계보다는 가족을 택했던 자신이었다.

에녹 교수님이 덧붙여 말했다.

"그러면 그렇게 살아가렴."

Chapter 4

첫 번째 날

1.

[오빠가 고를 수 있는 건 결국 세 가지야. 나 혼자 신이 되게 돕든가, 오빠도 개죽음하든가 아니면 류인 황자가 세상을 전부 다 갖게 놔두든가.]

샨은 허탈하게 웃었다.

'이게 내가 에론 형을 택했기에…….'

단테스는 지금 뭐하고 있을까. 친우라 믿었던 자의 손으로 자기 동생을 없애 버리려 하고 있다는 사실을 알게 된다면 그는 어떤 표정을 짓게 될까.

그녀가 말했다.

[엘이 어디까지 예상했는지는 모르겠어. 이렇게 될 거라고 이미 알고 있었는지 아니면 진짜로 그저 미쳐 가는 와중에 옆에서 말을 걸어 줄 사람이 필요해서 그랬는지도 몰라.]

샨은 눈가를 문질렀다. 티스가 그런 샨의 손목을 붙잡는다.

"너 설마 같이 개죽음한다, 이런 선택지를 고를 건 아니겠지?"

'선택' 하기 전의 샨이라면 그랬을 수도 있다. 그러나 지금의 샨은 자기 자신을, 자기 안의 이기심을 마주하고 말았다.

샨은 뺨을 손으로 문질렀다.

"그러면 단테스는, 너만을 위해 살아온 단테스는?"

[오빠에겐 내가 없는 편이 차라리 나을 거야. 그동안 오빠가 손을 더럽혀 왔던 것도, 알파도에 들어간 것도 처음부터 전부 나 때문이었으니까.]

그녀의 슬픈 웃음 속에서 샨은 자신을 보았다. 차갑게 이어진 긴 설원, 그곳을 가로질러 가는 피붙이를 기다리던 병아리 하나가 그곳에 있었다.

"처음부터 없었던 게 나았다는 말은 하지 마. 존재할 필요 없는 사람은 없었어."

[그게 아니야. 단지 나는 그저 샨 오빠에 대한 은혜를 조금은 보답하고 싶었어. 오빠가 없었으면 나는 이미 이 세상에 없는 목숨이었으니까.]

샨은 고개를 저었다.

"아냐, 난 널 지켜 주지 못했어."

그녀는 샨을 끌어안았다. 닿지는 않았다. 그저 끌어안는 시늉을 할 뿐이었다.

그럼에도 샨은 그녀의 온기를 느낄 수 있었다.

[아니야. 누구보다 훌륭하게 지켜 냈어. 나는 그저 다음 단계로 가고 싶을 뿐이야. 샨, 샨 오빠. 내 얼굴을 봐. 울지 말고. 그냥 나를 봐 줘.]

그녀는 샨의 눈물을 닦아 주려 했다. 그러나 그녀의 투명한 손은 여전히 샨의 눈물에 닿지 못했다.

[나는 줄곧 지켜봤어. 내가 없는 공간의 단테스 오빠를 봤어. 그리고 샨 오빠의 삶을 봤고, 내가 아플 때는 결코 알 수 없었던 것들을 지켜봤어. 이건 나만이 가능해. 오빠, 이건 나만이 가능한 거야.]

"어째서, 왜, 네가 해야 하는 건데?"

[나만이 엘의 고통을 온전히 이해할 수 있으니까. 그리고……]

그녀가 말하던 도중에 얼굴을 살짝 붉혔다.

[그 바보가 더 이상 바보짓을 하지 못하게 지켜보고 싶으니까.]

샨이 말없이 고개를 저었다. 그녀가 덧붙여 말했다.

[물론 오빠도 해 줘야 할 일이 있어. 나는 백 년 후에는 엘과 함께 잠시 휴식할 거야. 그 공백기 동안은 류인 황자 혼자 세계를 지탱해야 해.]

"휴식한다고?"

[응. 오빠의 계획에 따르면 휴식은 한 시대에 한 신뿐이지만 말이지. 이번만큼은 나도 엘도 같이 쉬고 싶어. 그러니까 그때만 잠시 부탁할게. 응? 잠시만. 그때는 샨 오빠도 늙어 죽어 있을 거 아냐.]

그녀의 애교에 결국 샨은 섧게 웃었다.

[물론 잠시 동안이라고 해도 세계를 지탱하는 일이야. 샨 오빠의 기억은 모두가 잊게 될 테니 그건 미안하게 생각해. 그래도…… 샨 오빠가 죽고 난 다음이니까 괜찮지 않을까? 응? 혹시 역사에 이름 남기고 싶어? 그럴 계획이면 좀 미안한데.]

"아니야. 이비엔, 그런 건 아무래도 상관없어. 너는 내게 최고의 선물을 주고 있는걸. 하지만 난 네게 해 준 게 없어. 난 약해서 널 지켜 내지 못했어."

[몇 번이나 말했잖아. 오빠는 나를 지켜 낸 기사님이라고. 그리고 그 이후로 오빠는 죽을 각오로 강해지려 했잖아. 단 한 명의 소중한 이라도 잃지 않기 위해 모든 걸 다 했잖아. 나는, 나는 실제로는 죽지 않았어.]

"나는 네가 그런 결정을 하라고 엘과 거래하게 내버려 둔 게 아니야."

[하지만 나는 무척이나 만족하는걸. 거기다가 그 바보를 혼자 두고 싶지도 않고.]

그녀는 엘이 녹은 자리에 자신의 몸을 겹친다. 악몽이 그녀를 삼킨다. 샨이 소리를 지른다.

"무슨 짓이야!"

[자, 도와줘. 샨 오빠. 내가 전처럼 사지가 녹기를 바라는 건 아니겠지?]

그러고는 덧붙여 말했다.

[나 사실 이 다음에는 어떻게 해야 할지 잘 모르거든. 마법에 관해서는 영 꽝이라서.]

라온 교수가 걸어와 샨의 어깨를 붙잡았다.

"자, 그러면…… 결정했나요. 샨 군."

"처음부터 제게 선택의 여지는 있었습니까."

"있었잖습니까. 그리고 샨 군은 선택을 했고요."

류인 황자가 말했다.

"이제 와서 나는 아무나 상관없어. 가장 원했던 건 샨 알테리온, 너였지만 이제 너는 내가 원했던 그런 존재가 아니란 게 밝혀졌고 말이야."

샨은 한숨을 포옥 내쉬며 에론 형을 내려다보았다. 그러고는 어금니를 꽉 맞물리며 뇌까렸다.

"에론 형, 형은 내가 지금 형 때문에 무슨 짓까지 하는지 모를 거야."

어째서일까.

의식 없는 에론의 입가에 아주 작게 미소가 그려졌다.

2.

사라진 중력이 다시 돌아오기 시작했다. 치솟아올랐던 지붕들이, 사람들이 일제히 추락한다. 무언가 붙잡고 있었던 사람이라면 그나마 다행이다. 멋모르고 허공까지 올라왔던 인간들은 점점 몸이 아래로 끌려 내려가기 시작했다.

단테스의 능력으론 이 마을 사람들을 모두 살릴 수 없었다. 그저 자신의 패밀리와 넬을 살리는 게 전부였다.

재앙.

어째서 일어났는지도 모르는 재앙이다. 조금 있으면 이 도시의 수많은 사람들이 대지에 부딪쳐 썩은 토마토처럼 터져 나가리라.

단테스의 옆으로 흰 깃털이 스쳐 지나간다. 중력이 돌아온다고 해도 깃털은 여전히 바람에 날아가리라. 물론 언젠가는 떨어지겠지만, 그 충격이 자신의 몸을 산산조각 낼 정도는 아니다.

곧 다가올 대재앙에 단테스는 숨을 몰아쉬었다.

'만약 공기저항을 높인다면.'

그는 정령왕의 계약자가 아니다. 그 정도의 힘을 사용하려면 최상급 정령으로는 한참 부족하다.

'아아, 이비엔.'

그녀는 괜찮을까. 그래도 아카데미보다 안전한 곳은 없지 않나. 에녹이나 라온 교수의 힘이라면 그녀를 안전하게 지켜 줄 것이다. 단테스는 안심한다.

그건 단테스가 유일하게 이 고난을 견뎌 온 이유였다.

넬이 말했다.

"곧 추락이야."

"그렇군요."

"어떻게든 할 수 있겠어?"

단테스는 넬에게서 감정의 흔적을 읽는다. 마피아와 일하고 있다 해도 이 녀석은 아직 순수한 면이 남아 있다.

"당신이 말하는 '어떻게든'이 당신과 패밀리들을 지킬 힘이 있는지를 의미하시는 겁니까?"

넬의 시선이 살짝 흔들린다. 넬은 스스로의 질문이 얼마나 어리석은지 깨달았다. 지금의 단테스에게는 이 도시 전체를 구할 힘이 없었다.

"응. 구할 수 있어?"

"패밀리만이라면 어떻게든 가능합니다. 다소 골절과 타박상은 있겠지만 그건 어쩔 수 없죠. 그래도 몇 달 쉬면 숟가락은 쥘 수 있을 겁니다."

그 이상을 바라는 건 욕심이라고 단테스는 말하고 있었다.

넬은 자신을 자책한다. 무엇이든 따라할 수 있는 능력이라니, 그건 이 상황에서 없느니만 못하다. 이런 건 약간의 무예나 재주로 헤쳐 나갈 수 있는 종류의 문제가 아니다.

'전략? 전술?'

학교에서 배운 알량한 지식도 의미가 없다.

이대로면 가장 먼저 하층민 구역이 붕괴된다.

벽돌을 쌓아 집을 만들 돈도 없는 사람들이다. 진흙으로 짓거나 나무로 대충 짓는 경우가 허다하다. 이런 경우 땅과 제대로 고정되어 있지도 않다 보니, 중력이 끊겼을 때 가장 먼저 무너진 게 여기였다.

단테스의 눈이 차갑게 가라앉는다.

청년이 된 소년은 너무 많은 피를 보았다. 손에 피를 너무 많이 묻히고 살다 보니 언제부턴가 자신의 감정을 끊어 버린 줄 알았다.

마치 통각을 지우듯 감정도 지워 버린다. 그렇기에 마피아로서 살아갈 수 있었다.

'아아.'

넬은 그렇게는 살지 않았다. 당시 넬에게는 지킬 것이 없었기 때문이었다. 어머니는 죽고, 누이는 사라졌다. 희망을 버렸기에 더 솔직해질 수 있었다. 솔직하게 증오할 수 있었다.

단테스가 말했다.

"곧 중력이 완전히 돌아오겠군요."

"고작 몇 초 후에 이 도시가 붕괴되는 건가."

"아마도요. 다른 지역은 어떻게 흘러가는지 궁금하군요."

결국 넬은 약한 소리를 내뱉고 만다.

"모두가 죽는 건가."

단테스는 그런 넬의 머리를 헝클어뜨린다.

"우리는 살겠죠."

지키지 못하는 것은 지키지 않으면 된다. 이미 평생 피를 묻혀 왔다. 이제 와서 착한 척, 모두를 구할 영웅인 척하기에는 너무 오랜 길을 걸어왔다.

그는 악인이다. 착한 것은 모두 이비엔에게 주면 된다.

이비엔 밖에 남아 있는 그는 모든 악을 끌어안으면 된다.

이상한 빛의 하늘을 바라보며 단테스는 마력을 끌어모았다.

뻥 뚫린 태양이 자신과 닮았다는 생각이 들었다.

그는 정령어를 외우며 정령계의 공간을 열었다. 그 순간, 문득 이상함을 느낀다.

'가깝다?'

애초에 정령계는 마계나 신계에 비해 물질계와 가장 가까운 곳이긴 하다. 그러나 그렇다고 해도 정령계의 문을 여는 게 이렇게 쉬울 리가 없었다.

이건 마치 정령계 자체가 물질계에 붙어 있기라도 한 듯하다.

『아이여. 여신이 될 자의 오라비여.』

바람이 밀려왔다. 이건 일반 최상급 정령이 낼 수 있는 기파가 아니었다. 아니, 그 전에 단테스는 이것을 유지할 마력 같은 건 없었다. 원래 소환하려고 했던 정령이 아닌 뭔가 거대한 존재가 차원을 가르며 나온다.

단테스는 그것의 이름을 알고 있다.

정령사라면 누구나 알고 있는 존재였다. 그러나 어째서 그게 차원을 가르며 그에게 오는지는 알 수가 없었다.

『나는 내 의지로 너에게 온단다. 다가올 '첫 번째 날'을 기념하여 모든 정령계의 대표로 네게 오나니. 망각과 탄식과 영광의 이름으로 선사하노라.』

거대한 새가 푸른 날개를 펼친다.

문헌으로밖에 본 적 없는 기적이 그의 앞에 펼쳐졌다.

"정령왕 실피드."

『그렇다. 나는 한 소녀이자 첫 번째 날을 맞이하는 자를 위해 너를 보러 왔노니.』

소녀.

단테스는 이비엔을 떠올렸다. 그러나 무슨 연유인지는 알 수가 없었다.

"무슨 뜻입니까."

『아직은, 아니 앞으로도 알 수 없게 될 어떤 이름을 기념하기 위해서지.』

정령, 특히 오래된 정령일수록 비밀이 많았다.

『나와 계약하겠느냐?』

"당신과 계약하면 이 재앙을 막을 수 있습니까?"

『네가 저질렀던 모든 악행을 합한 것보다 오늘 한 선행이 더욱 크겠지.』

단테스는 망설였다. 악은 언제나 그의 것이었다. 그리고 용서는 이비엔의 것이었다.

이비엔이 있는 한 단테스는 구원받을 수 있었다. 그녀가 숨을 쉬는 한 단테스는 어떠한 짓도, 지금보다 더한 짓도 할 수 있었다.

스스로에게 내리는 구원이라니, 받을 수 없었다.

자신은 악해야 했다. 악하고 또 악해야 했다.

넬이 말했다.

"단테스, 시간이 없어. 이비엔에게 이 꼴 난 도시를 보여 줄 셈이야?"

그 말에 단테스는 정령의 계약을 받아들였다.

구원은 아니었다. 속죄도 아니었다.

그저 이비엔이 깨어났을 때 예쁜 시가지를 보여 주고 싶다는 이유 하나 때문이었다.

3.

크롬은 힘을 개방했다. 이미 그는 반용반신인 몸.

이론적으로는 용신급의 힘을 끌어낼 수 있다. 그러나 정착이 가장 큰 문제다.

샤이린을 위해 그는 생명을 바쳤다. 두 번 다시 인간으로는 돌아갈 수 없다. 물론 신룡이 될 수도 없었다. 그러나 인간으로서의 지혜와 드래곤의 힘, 그 두 가지는 가질 수 있었다.

대지가 파도가 되어 밀려왔다. 이제 곧 영지를 강타한다.

크롬이 손을 뻗었다. 크롬의 팔에서 드래곤의 발톱이 자라난다. 새하얀 손은 비늘로 뒤덮인다. 농담으로라도 아름답다고 말할 수 있는 손은 아니었다. 그러나 그 손이 마력을 붙잡는다.

크롬의 푸른 눈동자가 용의 동공으로 변한다.

흡사 고양이나 악마와도 같은 좁고 날카로운 눈이 명령한다.

『הריתח (멈춰라.)』

용언이 차원을 가르며 지평선을 부순다. 투명한 보호막 같은 게 아니었다. 공간과 공간 자체를 절단 낸다. 그러나 이 소년은 지금까지 단 한 번도 자신이 낼 수 있는 최대 수준의 힘을 써 본 적이 없었다.

크롬이 만들어 낸 용언과 대지의 파도가 맞물리는 순간, 물리법칙을 왜곡하고 차원이 일그러지기 시작한다.

"크아아아악!"

크롬의 등에서 용의 날개가 돋아난다. 이 힘을 제어해야 한다. 자신의 것으로 삼지 못한다면 이 뒤엔 수만, 수십만의 인간들이 희생당한다.

그의 뒤에서는 신성 사제들이 끊임없이 기도문을 뱉는다. 크롬에게 마력을 보태는 게 아니다. 이미 드래곤 하트를 삼킨 크롬에게 있어 마력은 무한하다. 그들이 하고 있는 건 단 하나였다.

크롬이 정신을 차리게 하는 것.

이 어린 용인(龍人)이 인간으로서 이성을 유지하도록 도와주는 것.

크롬이 만들어 낸 차원의 벽이 영지를 가르며 길게 이어진다.

"젠장, 올해 농사는 망했네."

아버지는 크롬이 시간을 버는 동안 영지 경계마다 마법사들을 배치시킨다. 그게 가주인 아버지로서 할 일. 이 재앙이 이어지지 않도록 버텨 내는 것.

그게 바로 알테리온 가문만큼이나 오래된 마이어하트 가문의 자부심이니까.

"주군! 주군, 대단하십니다! 잠시라도 주군을 눈 병신이라고 생각했던 제 과거가 부끄럽습니다!"

네반이 눈물에 젖어 참회를 했다. 사람이 감동이 지나치면 정신을 놓는다더니 딱 그 짝이다.

"너 지금 날 눈 병신이라고 했냐아아!"

"아닙니다! 우리 주군은 세계 최강이십니다! 우와아아아아!"

크롬의 치아가 으득거리며 송곳니로 변한다. 용의 잔상과 인간의 잔상이 겹친다. 크롬은 이 와중에도 냉정하게 자신의 상태와 마력의 회전 속도를 측정한다.

"주군, 버텨 주십시오! 이 영지만 지키시면 신 네반, 죽을 각오로…… 샨 님에게 성전환 약이라도 먹여서 샤이린 님으로 평생 동안 살게 하겠습니다! 주구우우운!"

"뭔 개소리야!"

그 순간, 기도를 외우던 신관이 네반의 뒤통수를 후려친다.

흥분한 크롬의 등에서 다른 쪽 날개도 돋아난다. 그와 동시에 신관이 소리를 질렀다.

"좀 닥쳐 주십시오, 네반 형제! 진정하시는 데 도움이 되게 말 좀 걸어 달라고 했는데 이젠 더욱 흥분하고 계시잖습니까! 소가주님이 폭주하시면 책임지실 겁니까아아아아!"

그 순간, 대지의 파도가 더욱 강하게 밀려오기 시작했다. 크롬이 만들어 낸 차원의 벽이 약해진 탓이다.

"와아, 진짜 이거 해 먹기 쉽지 않네."

크롬은 용언에 자신의 술식을 더하기 시작했다.

플라멜은 크롬의 어깨에 앉아 뇌를 공유한다. 카이라든가 여타 지능이 높은 다른 드래곤만큼은 아니지만, 그래도 이 정도라면 없는 것보단 낫다. 특히 용언과 마법을 결합하는 이론에 한해서는 더더욱.

이번 일만 끝나면 누구라도 크롬의 권위에 이의를 가질 이는 없으리라.

그 누구도, 심지어 알테리온가조차도 천재지변을 막아 내진 못한다. 힘은 모든 것을 옳게 만든다. 그걸 크롬도 잘 알고 있었다.

"아이고, 주군 죄송합니다. 입이 방정이네요! 우리 주군 최고십니다."

"더 크게! 더 힘이 나시도록 응원하시오!"

신관의 일갈에 네반이 정신을 놓으며 소리 질렀다.

"우리 주군은 최강이다아아!"

크롬은 입술을 깨물었다. 저 자식 때문에 더 혈압이 오르고 있다는 걸 아무도 모르는 모양이다. 도움도 안 되는 거 그냥 좀 닥치고 있으라고 하려다가 또 비 맞은 강아지마냥 구석에서 무릎이나 껴안고 있을 걸 생각하니 그건 그거대로 짜증이 난다.

'아, 쪽팔려.'

이 나이에 유치찬란한 응원이나 받으며 일 처리를 하려니 쥐구멍에라도 숨고 싶다.

그러거나 말거나 네반이 북까지 치면서 크롬을 응원하는 와중에 신관들은 진정의 기도를 하고, 크롬은 죽어라고 마법을 유지했다.

정말 안 맞는 팀이다.

4.

라온 교수님의 손을 타고 그림자가 바닥을 그린다. 고대의 악마라고 하던가. 그것은 악몽 속에 잠긴 그녀를 감싼다.

샨은 카이의 마력을 발동시킨다. 별의 마법진, 자신의 인장을 떠올린다.

"술식은 알고 계시죠?"

"설마 그때 그 마법진을 말씀하시는 겁니까? 죽어라고 유리 위에 새겼던 그거요."

"네. 지금의 샨 군이라면 원리는 충분히 이해하고 계실 겁니다. 그걸 주문으로 변환하는 겁니다."

미친 짓이다. 이건 학과 교수나 대마법사들에게도 힘든 일이다. 그러나 샨은 말했다.

"카이의 연산량이면 충분히 쫓아갈 수 있을 거 같아요."

"그러면 그걸 찬트로 재구축할 수 있겠군요."

"그게 말이 된다고 생각하십니까?"

에녹 교수님이 샨 옆으로 다가온다.

"내가 먼저 소절을 부르도록 하지. 그것에 맞춰서 마력을 운용해라."

"교수님은 그거 계산하신 겁니까?"

"아니, 외웠다."

샨은 새삼 주입식 교육의 폐해를 떠올렸다.

"그거 저도 좀 미리 가르쳐 주시면 좋았잖습니까."

"나라고 이런 일이 있을 줄 알았겠나."

그것도 그렇다. 빨리 하라는 라온 교수님의 재촉에 에녹 교수님이 천천히 음을 골랐다.

그것은 아주 오래된 언어였다. 약속의 언어가 대지를 물들이기 시작했다. 라온 교수님이 말했다.

"이거 기회 한 번밖에 없습니다. 한 소절이라도 실패한다면 우리는 잘 녹은 이비엔 양을 볼 수 있을 거예요."

차라리 말이라도 안 하면.

샨은 그의 멱살을 잡아 탈탈 털어 버리고 싶은 충동을 억누른다.

에녹 교수의 음이 빛났다. 샨은 작게 숨을 토했다. 아무리 생각해도 에녹 교수님의 노래를 따라갈 자신이 없었다. 그러나 라온 교수는 이미 마법을 발동했고, 여기서 자신이 포기할 수는 없었다. 샨은 그를 따라 음을 골랐다.

이번에는 오래된 약속이나 공기 중에 떠돌아다니는 마력을 쓰는 게 아니었다. 엘 자신에게 내재되어 있는 힘을 빌리는 거라고 할 수 있겠다.

음이 느리고도 빠르게 기복을 타고 흘러간다. 마치 폭풍 우를 타는 배처럼 파도를 끊임없이 계속해서 불러 나갔다.

'숨 쉴 곳은 있나.'

악보가 있으면 쉼표라도 보고 할 텐데 그것도 없이 하려 니 죽을 맛이다.

그나마 다행인 건 에녹 교수님이 앞서서 이끌어 주고 있 다는 것 정도. 그가 없었다면 지금 이상으로 고생하는 건 이쪽이었으리라.

'샨은 어디까지 가는 걸까.'

티스는 샨의 뒷모습을 바라보며 생각했다.

'에론 알테리온이 붙잡지 않았다면 어디까지 갔을까.'

자신이나 율케스 두 사람 모두 입학 때와는 비교도 되지 않을 만큼 강해졌다. 그러나 샨의 성장 속도에 비할 바는 아니었다.

드래곤 마스터는 드래곤의 성장을 따라간다고 한다.

신룡의 주인이라고는 하지만 그렇다고 샨이 검을 잘 쓰 는 것도 아니고, 파멸적인 주문을 외울 수 있는 것도 아니 었다.

아마 전쟁터에 집어넣는다면 가장 먼저 죽는 게 샨일 거라 생각했다. 전쟁은 늘 그렇듯 좋은 사람순으로 사라지니까.

'처음으로 욕심을 부렸지.'

오늘이 처음일 거다. 샨이 타인보다 자신의 감정을 우선으로 한 것은.

류인 황자는 그걸 타락이라고 생각했다. 에론으로 인해 샨이 타락했다고.

그러나 티스가 보기에 그건 성장이었다.

'나는 어디까지 가게 될까.'

내심 이 세계가 멸망했으면 하는 생각을 했다. 물론 진짜로 실행에 옮길 생각도 없었고 그런 버튼이 있다고 해도 절대로 누르진 않을 거지만 그래도 조금은 바라고 있었다.

'나는 황제가 되는 걸까.'

웃기는 소리.

과거의 티스라면 지금의 티스를 바라보며 비웃었으리라. 지금이라도 도망치라고, 얽매이는 건 질색이지 않았냐고. 네가 떠나고 류인이 사라지고, 결국에는 후계자가 사라져서 제국이 천 년의 전쟁을 벌이게 되든 말든 알 게 뭐냐고 조소했으리라.

'나도 변한 건가.'

이제는 소중한 이들이 생겨 버렸다. 그리고 그들이 전쟁의 불꽃 속에서 몸을 태우는 걸 보고 싶지가 않았다.

'그래도 도망치고 싶다.'

이 일이 끝나게 되면 샨은, 그리고 자신은 어떻게 변할까. 그리고 율케스는.

어느 한순간, 샨이 눈을 감는다. 그와 동시에 음이 공기 구석구석까지 퍼졌다. 이 세계의 이지(理智)로는 알 수 없는 언어가 가지처럼 뻗어 나간다.

마력을 타고 라온 교수가 맺어 낸 구체가 점점 더 부풀어 오른다.

저 안에 든 것은 무엇일까.

그리고 그녀를 잃게 될 단테스는 과연 어떻게 살아갈까.

다음 순간, 샨의 음이 부서진다. 에녹 교수가 그걸 바로 보완한다. 미세한 실수가 있었다. 하지만 그 실수가 과연 앞으로 어떤 영향을 줄지는 아직 알 수 없었다.

'그렇다고 여기서 멈출 수는 없어.'

샨은 정신을 다잡는다. 1을 실수했다고 남은 99마저 버릴 수는 없다. 라온 교수의 말대로 실패한다 하더라도 여기서 모든 걸 버릴 수는 없었다.

마침내, 샨은 마지막 음을 뱉었다.

어쩐지 혓바닥이 따가웠다.

라온 교수가 만든 구체도 서서히 흔들리며 수축하기 시

작했다.

에녹 교수님이 그런 샨의 머리에 손을 얹는다.

"고생했다."

"실수가 있었네요."

"음, 어쩔 수 없지. 애초에 그만큼 어려운 부탁이었고 큰 실수도 아니었단다."

"문제가 생길까요?"

"없길 바라야지."

부디 저 안에서 나오는 게 녹은 이비엔이 아니길 샨은 간절히 기원했다. 이미 지금까지 한 것만으로도 샨은 단테스에게 평생의 빚을 졌다.

그녀를 감쌌던 어둠이 사라지기 시작했다. 그녀는 눈을 감고 있었다. 은색 머리카락이 엘과 똑같은 색이었다.

이윽고 완전히 어둠이 걷히고 그녀가 눈을 뜬다. 눈동자는 그녀의 원래 색이었다.

그 순간, 그녀가 휘청거리더니 바닥에 엎어진다.

"아, 다리에 감각이 없네. 오빠, 너무하잖아. 제대로 좀 만들어 주지."

샨은 눈물을 꾹 참으며 그녀를 일으켜 줬다.

"미안해."

"농담이야. 이렇게 성공적일 줄은 몰랐거든."

그러더니 오래된 언어를 사용한다.

[קום (일어나라.)]

그녀의 몸이 허공으로 떠오른다.

"엘의 힘을 제대로 흡수하긴 한 모양이야. 머릿속에 여러 지식들이 들어오고 있거든."

눈물이 그렁그렁해서 쳐다보는 샨을 그녀는 꽉 끌어안았다. 이번에는 영혼이 아닌 사람의 육신이었다. 제대로 체온이 느껴진다.

"네가 원래 돌아갔어야 할 몸은……."

"응, 죽었어. 이제 나는 엘과 반쯤 섞였으니까. 뭐, 그래도 나는 나라고 생각해. 그리고 걸어서 산책할 수는 없어도, 날아서 산책할 순 있잖아? 그러니……."

그녀는 샨의 이마에 입술을 맞췄다.

"……자책하지 마. 이건 내가 택한 길이니까. 오히려 단테스 오빠에겐 내가 미안한걸. 평생 잘 키워 놓은 여동생, 다른 놈한테 가는 셈이잖아."

그녀는 그리 말하고는 누워 있는 엘의 곁으로 향했다. 그녀가 손을 대자 엘을 덮고 있던 수정이 천천히 부서지기 시작했다.

그러나 수정 조각은 아래로 떨어지지 않고 위로 솟아올랐다. 누워 있는 이를 조금도 상처 입히지 않고 그것들은 부서져서 멀어진다. 그녀가 말했다.

"자, 이제 일어날 시간이야, 엘. 세계 제일의 바보 아저씨."

의식을 시작하자.

그녀는 그의 이마에 키스했다.

정적 속에서 엘의 눈꺼풀이 서서히 열린다.

그러나 그 눈동자는 텅 비고 공허했다. 육신은 깨었지만 정신은 돌아오지 않았다. 그녀는 그의 심장께에 손을 얹고는 들어 본 적 없는 언어를 속삭였다.

그러자 주변이 변하기 시작했다. 샨이 한 번 본 적 있던 세계였다.

꿈의 공간과 현실이 겹친다. 엘의 악몽이 그녀를 따라 모여들기 시작했다.

5.

라이너스는 검을 날렸다.

라이너스 알테리온식,

천살검(千殺劍)!

에론 알테리온의 검이 극한의 날카로움을 추구한다면, 라이너스의 검은 극한의 강함을 추구한다.

그 일검에 천 명의 마족을 베어 넘겼다.

리오 알테리온이 휘파람을 불었다.

'저게 진짜 천살검.'

에론이 사용했던 건 엄연히 말해 변형이다. 에론은 천 번의 검격으로 한 명을 죽이는 데 집중한다면, 아버지는 천 번의 검격으로 천 명을 죽이는 데 사용한다.

서로 추구하는 바가 다르기에 생기는 일이다.

철검은 라이너스의 힘을 이기지 못하고 부러진다. 그러나 상관없었다. 라이너스는 죽은 마족의 검을 들고는 다음 공격에 나선다. 그 뒤를 리오가 따른다.

리오의 목적은 단 하나다.

그래도 알테리온 소드 한 자루 몫은 하는 거.

"검 끝이 둔해졌구나, 아들."

시어머니도 이런 시어머니가 없다. 아버지는 한 번의 도약으로 10미터를 치솟아, 고위급 마족의 가슴에 박힌 보석에 검을 찔러 넣는다.

그저 한 번 훑어보는 것만으로도 적의 약점을 파악했다. 그러나 마족의 심장은 두 개다.

그는 검에 적을 꽂아 넣은 상태로 검격을 날려 뒤에 있는 놈의 목을 쳐 날린다. 그러고는 마력을 검에 넣어 검째로 폭파시킨다.

콰앙!

검편이 수십 개로 조각나며 마족의 몸 구석구석을 터뜨린다.

아무리 회복력이 빠른 놈들이라 해도 몸속에서 마력을 터뜨리니 방어가 불가능하다.

아버지가 리오를 향해 자랑스럽게 말했다.

"자, 봤지? 배웠지? 이제 실전이다."

"지금 한 번만 보고 똑같이 하라굽쇼?"

"못 하면 그냥 죽든가."

미치겠다.

아버지야 어릴 때부터 검의 천재였고 어떤 기술이든 고작 단 일합에 터득하였으며, 이미 마왕도 몇 번 쓰러뜨린 역전의 베테랑이라지만 리오는 이게 초행이다.

물론 아버지만큼 빠르게 깨우칠 자신도 없다.

리오도 일단 열심히 적을 향해 검격을 날린다. 그러나

당연한 말이지만 아버지와 같은 속도나 판단력은 없다.

"둔한 것."

그 순간, 아버지가 눈을 흡뜬다.

리오가 깨닫기도 전에 허공에서 치명적인 보라색 마력이 쏟아진다. 아버지는 급한 대로 리오를 밀쳐 냈다.

그러고는 대신 뒤집어쓴다.

"크아아악!"

아버지의 팔 한쪽이 날아간다. 그 틈을 놓치지 않고 마족들이 공격을 날린다. 리오는 아버지의 앞을 막아선다.

마족들 앞에 사람과 똑같아 보이는 존재가 서 있었다.

한눈에도 저들과는 다른 힘을 가지고 있는 존재였다. 아버지는 어깨를 붙잡는다. 빠르게 마력을 모아 지혈한다. 그러고는 놈을 향해 검을 쳐 날리며 말했다.

"마왕."

최악의 상황이다.

리오의 얼굴에 자책의 기색이 스쳐 지나간다.

"가라. 그럴 때가 아니다."

저 상대는 양팔을 다 가진 아버지도 상대하기 버겁다. 심지어 알테리온 소드도 없이는 더욱이.

"어서."

망설임은 짧았다. 리오는 달려 나갔다. 에론이나 아르고보다도 무른 자신이었다. 무(武)에 대해 늘 수련해 왔지만 그렇다고 지금의 아버지보다 강한 것도 아니었다.

"나를 뛰어넘어라."

아버지의 목소리를 끝으로 리오의 검이 궤적을 그리기 시작했다.

넘지 못하면 죽는다. 영지의 모든 이들이 죽는다. 어쩌면 이 세계의 모든 이들이 사라질지도 모른다.

아이러니하게도 이 순간, 그는 세계의 모든 사람보다 한 명의 소녀가 떠올랐다.

저 영지 안에서 기다리고 있을 작은 소녀가 있다. 그의 손으로 데려온 아주 작은 소녀.

그 소녀의 단아한 옆얼굴이, 그리고 얇은 속눈썹이 어떻게 떨렸는지 생각났다. 그 순간, 그는 피가 끓어올랐다.

그의 검이 빛을 그린다. 그가 단 한 번도 넘지 못한 경지가 눈앞에 있었다.

그것은 그가 수천 번, 수만 번 상상해 왔고, 열망해 왔던 경지였다.

생의 끝에서 리오의 검이 춤을 추었다.

그와 동시에 아버지는 생각했다.

'잘하고 있군.'

리오 녀석은 자신감이 없는 게 늘 문제였다. 자신의 성격에 눌려 살다 보니 그런 탓이 컸다. 하지만 이렇게 생겨먹은 성격을 고칠 수도 없었고, 리오 역시 그럭저럭 검을 배우며 살아왔다.

그러나 어느 경지에 올라선 후부터는 도통 자신을 뛰어넘지를 못했다.

'멀리서만 보았던 산이 가까워지니 이제는 그 위용을 알게 되는 거지.'

거기다 본래의 성격까지 겹쳐져서 더욱 자신을 뛰어넘지를 못했다.

'이걸로 녀석은 나아가겠군.'

이걸로 되었다. 라이너스는 생각했다.

'리오의 도움을 얻는다면 마왕과 같이 죽는 것 정도는 할 수 있겠지.'

이미 팔 하나를 잃어버린 이상, 자신은 그저 짐덩이일 뿐이다.

라이너스는 나아갔다. 목숨과 맞바꾸어 새로운 세대에 힘을 실어 줄 생각이었다.

'아아, 당신. 이번에야말로 당신 곁으로 갈 수 있겠구려.'

늘 하나밖에 없던 무덤이 얼마나 아쉬웠는지 모른다. 그녀와 함께 눕길 늘 소망하지 않았던가.

그녀가 샨을 낳고 사라진 후 지금까지, 그래도 이 정도면 아버지로서도, 영웅으로서도 모든 책무를 다했다고 그는 생각했다.

미련은 없었다.

그렇게 그의 쓴웃음 뒤로 문득 샨이 떠올랐다 흩어졌다.

6.

현실과 꿈의 경계가 점점 더 옅어지기 시작했다. 중력이 한순간 사라진다. 산소도 같이 없어지려는 순간, 이비엔이 손을 뻗어 언어를 내뱉는다.

이윽고 중력도 산소도 정상화된다. 이비엔을 중심으로 엘의 악몽이 엘의 안으로 계속해서 들어갔다. 눈과 코, 입, 귓구멍 안까지 먹빛이 계속해서 모여든다. 그로테스크한 광경이었다.

그렇게 있기를 한참.

엘이 눈을 뜬다.

"아, 이비엔. 나 무서운 꿈을 꿨어."

깨어난 그는 백치처럼 웃었다. 이비엔은 그런 엘을 끌어안았다. 엘이 그런 그녀의 머리를 쓰다듬었다.

"누군가 말이야, 나보고 평생 일을 하라는 거야. 그렇지 않아도 나는 이미 인간이 기억하기 이전부터 줄곧 일해 왔는데 말이지. 대신에 지금부터는 휴가를 조금 줄 테니 계속 일하래. 나는 이제 그냥 벗어나고 싶은데 말이야."

그 자리에 있던 누구도 답하지 않았다.

정적이 이어진다. 엘이 말했다.

"응, 그래. 악몽이 아니지. 사실 난 류인 너에게 모든 걸 넘기고 싶어. 하지만 그렇게 되면 정말로 이 세계는 시한부가 될 거야."

엘은 샨을 돌아보았다.

"이리 오렴. 불행이 수호하는 아이야. 까마귀처럼 검은 머리카락에 까만 눈을 가진 아이야. 너는 내게 무슨 악몽을 속삭이러 왔니."

그가 한순간 힘을 풀었다. 그러자 공기 자체가 무게가 되어 모두를 짓누른다. 이 힘에 저항할 수 있는 건 환상을 부수는 검, 알테리온 소드뿐이다.

신조차도 죽일 수 있는 검. 인류에게 해가 된다면, 엘조차도 죽이라 만든 검.

그것은 어떻게 보면 모성과 비슷했다. 어머니는 누구보다 강하고, 자신의 아이를 사랑하며, 아이를 지키기 위해서는 무슨 짓이든 할 수 있으니까. 그게 설령 인류가 저지를 수 있는 최고의 악이라 해도.

'쥐지 않아.'

여기서 알테리온 소드를 들게 되면 안 된다.

샨은 알테리온 소드의 계승자가 아니다. 계승자는 에론 알테리온뿐.

그는 신도 영웅도 아닌 그저 중재자일 뿐이다.

이미 영웅의 길은 버리지 않았던가.

샨은 공기의 압박 속에서도 그를 향해 걸어갔다. 살기라고는 조금도 섞여 있지 않은데도 이토록 힘이 든다. 만약 그가 약간의 살의를 품기만 해도 샨은 죽는다.

그는 신이었다.

우리가 믿는 빛의 신이나 어둠의 신 같은 게 아니라 진정한 '신'이었다.

샨은 힘겹게 다가가 그에게 한쪽 무릎을 꿇었다.

예를 갖출 생각이 있기도 했지만 애초에 그의 앞에서 두 다리로 서 있을 수가 없었기 때문이다.

엘은 손을 뻗어 샨의 턱을 들었다.

"검을 들고 오지 않았구나. 그 사람이 만든 검이라면 찔려도 좋다고 생각했건만. 너는 그 기회마저도 앗아 갔어."

역시 칼을 들지 않은 건 옳은 선택이었다.

샨은 얕게 숨을 토했다. 그는 샨의 광대뼈부터 턱까지 손가락으로 문질렀다.

"확실히 아름답긴 참 아름답단 말이지. 내 취향에 맞게 생겼어. 이런 미모를 하고 여자아이가 아닌 것은 정말 아쉽구나. 아니, 어쩌면 이편이 낫겠지. 여자아이였다면 그리 좋지 않은 꼴을 봤을 테니."

샨은 아무런 맞장구를 치지 않았다. 분명 그의 목소리와 표정은 무척이나 평안했으나 눈빛은 여전히 불안했다.

이성과 광기 사이에서 그는 헤매고 있다.

"그래, 말해 보렴. 이게 아마 인류에게 줄 내 마지막 기회인 것 같구나. 악몽의 아이야, 말해 보거라."

"……."

"나는 어째서 너희를 위해 일해야 하고, 너희를 위해 꿈을 꾸어야 하지? 나는 어째서 너희를 위해 살아가야 하지?"

인류에게 주는 마지막 기회라고 했다. 샨은 침을 삼켰다.

어째서 이런 무거운 짐이 자신의 어깨에 얹혔는지는 모

르겠다.

이런 역할을 맡는 건 적어도 그보다는 현명하고 뛰어난 자들이어야 했다. 아직 성인도 되지 않은 평범한 소년이 맡아도 될 짐은 아니었다.

'아니야.'

샨은 눈을 감는다.

'오히려 어설픈 언변은 엘이 간파할 거야. 그는 평생 인류를 봐 온 자니까.'

그렇다면 결국 남는 것은 진실이었다.

옳은 답을 할 수 있을 거라는 자신은 없다. 이 답변이 그에게 맞는 답변인지도 모른다. 하지만 적어도 샨은 진실을 말할 수는 있었다. 자신이 생각하는 진실을.

샨은 천천히 숨을 몰아쉬었다.

그의 눈동자를 가만가만 바라보았다.

저도 모르게 자신의 뺨을 쓸어내리는 그의 손을 붙잡았다.

이윽고 샨이 내뱉은 건 간단한 세 문장이었다.

"당신이 시작했으니까. 그리고 당신밖에 없으니까. 그리고 이제는 혼자가 아닐 테니까."

"웃기는군. 이왕 맡은 거 끝까지 책임져라? 그리고 나

를 대신할 사람은 없으니 끝까지 가라고? 그나마 노동 조
건은 개선되었으니 그걸 위안으로 삼아라?"

샨은 그를 향해 올곧은 눈으로 바라보았다.

"네."

"이기적이야."

"네."

"하지만 틀린 말은 아니지. 얼렁뚱땅 내가 자원한 일이
었으니. 뭐, 시간을 그때로 돌린다면…… 아니, 그래. 그
때도 같은 선택을 하겠지. 이렇게 될 걸 알면서도."

그는 샨에게 손을 잡힌 채로 생각에 잠겼다. 이윽고 입
술을 열었다.

"너 정말 약은 거 알아? 만약 네가 인류를 사랑해 달라
거나 이 세계는 당신만 봐오며 자라왔다고 한다면 다른 답
을 하려고 했어. 할 만큼 했다고. 이제는 지쳤다고. 시작이
있다면 끝이 있는 법 아니냐고."

흔들리던 그의 눈동자가 천천히 가라앉는다.

"너는 '그녀'를 닮았구나. 그녀도 그랬지. 내가 잘못한 게
있으면 언제나 나를 후려치러 왔어. 내 처지를 알고도 동정
하나 베푼 적 없고, 오히려 이런 데서 쓰러질 거냐고 혼을 냈
지. 손가락 딱밤만으로도 죽을 여자가 나를 두려워하는 법

이 없었어. 그러고는 마지막에는 자기가 책임져 주겠노라고 검을 만들었지. 나를 죽일 수 있는 칼은 그것 하나뿐이야."

그는 이제는 닿지 않는 아주 먼 곳을 바라보았다.

"세계는 참 덧없단다. 소중한 것들은 언젠가 다 손가락 사이로 빠져나가니 말이야. 너도 언젠가는 죽겠지. 늙든가, 아프든가, 다치든가. 음, 그래……."

그가 샨의 이마에 손톱을 박아 넣는다.

"너는 네 말에 책임을 져야 한단다. 그 무게를 감당할 수 있겠니?"

"네."

"너는 이제 늙지 못하고 죽지 못한단다. 백여 년 후, 세계가 정리되고 나서 나와 이비엔이 짧은 휴가를 나가는 동안 너는 모든 이들에게 잊히게 될 거란다. 음, 그래. 그 후에는 세계를 걸어 다니며 그 자리에 있어 주렴. 우리 셋 중에서 누군가는 제구실을 못 하는 때가 올 수도 있으니 그때를 대비해서."

"……."

"이름이 바뀌고, 모습이 바뀌고, 얼굴이 바뀌고, 성별이 바뀌고, 성격조차, 내면조차 바뀌어도 너는 그 자리에 있어야 한단다. 너만은 우리를 기억해야 해."

"저는……."

"네가 책임지렴. 네 발언에. 그래도 내가 너를 들어 별자리로 만들거나 평생 거미나 뱀으로 살라고 하지는 않았잖니. 이 정도 심통은 받아들이렴."

심통이라고 하기에는 스케일이 너무 크다.

이비엔이 샨을 향해 작게 속삭였다.

"괜찮아, 오빠. 내가 눈치 봐서 나중에 몰래 어떻게든 해 줄게."

작다고는 해도 엘이 다 들을 수 있는 크기다. 그런데도 엘은 그냥 내버려둔다. 샨은 작게 웃음을 터뜨렸다.

'우리들의 자애로운 신.'

그저 지켜보는 게, 그러다 가끔씩 도와주는 게 샨에게 내려진 저주라면 샨은 기쁘게 받아들이기로 했다.

무엇보다 그는 너무 물렀다. 이 와중에도 그는 모질지 못했다. 엘이 샨의 말을 들어주는 대신 그에게 평생 개구리로 사는 저주를 걸어도 담담하게 받아들일 생각이었으니까.

그렇기에 고맙고 미안했다.

"하겠습니다. 받아들이겠습니다."

"그래도 당장 성장을 멈추지는 않을 거란다. 영원을 살아갈 텐데 평생 소년으로 살면 재미없을 테니."

그가 샨의 이마에서 손을 떼자 샨의 이마에 작은 무늬가 박혔다가 사라진다.

"그러면 의식을 시작하자. 조금은 위험하게 되겠지만…… 음, 그래. 그편이 더 편할지도."

주변이 순식간에 어두워진다. 티스도 율케스도, 에론 형이나 에녹 교수, 라온 교수님조차도 어둠 속에서 사라진다.

마치 동화책 위를 검은색 크레파스로 죽죽 지우듯이 세계가 지워진다.

'이게 바로 신의 힘.'

엘의 목소리가 변한다. 마치 다른 사람인 것처럼.

"신룡의 마력이 필요합니다."

이윽고 가만히 있다가 아까의 목소리로 돌아온다.

"이 이상은 인간의 뇌로 따라오기 힘든 영역이란다. 샨, 너는 자고 있으렴. 의식만 재우는 거야. 무의식은 살아 있단다. 네 정신이 붕괴되는 걸 막기 위해서니 이 정도는 참아 주렴."

그 말을 끝으로 샨의 몸이 쓰러진다.

샨의 반지와, 카이의 목걸이만이 서로 연결된 듯 빛이 났다.

엘과 이비엔, 류인.

이 세 사람이 서로를 바라본다.

카이는 샨을 끌어안았다.

빛도 어둠도 없는 무채색의 공간 속에서 엘이 말했다.

"자, 그러면 '첫 번째 날'을 시작하자."

이 세계의 누구도 모를 숨겨진 창세기가 시작되었다.

7.

샨은 떠 있었다. 빛도 어둠도 없는 그곳에서 부유하고 있었다. 이비엔이 정신체로 지내며 느꼈던 그 감각을 지금의 샨이 느끼고 있었다. 눈을 감으면 육신이 맥동하는 소리가 들린다. 카이의 마력이, 자신의 혈관을 타고 도는 게 느껴진다.

그의 육신은 무언가를 돕고 있었다. 그러나 샨의 정신만은 분리되어 이 세계를 떠돌고 있다.

엘의 말대로 이 이상은 인간의 정신으로 감당하기 어려운 영역인 모양이었다.

여러 수식이 나타났다가 사라지지만 샨은 그중 무엇에

도 집중하기가 어려웠다. 기억하려고만 하면 머리가 아파왔다. 마치 아침이 되면 밤새 꾸었던 꿈들이 잊히듯이.

[류인은?]

의식을 하는 순간, 샨의 옆에 류인이 보였다.

[아아, 나는 괜찮아. 조금 미칠 거 같지만, 아니 제정신을 유지할 수 있다는 것 자체가 이미 미쳐 있는 것일지도.]

샨이 입을 열었다. 분명 이것은 언어였지만, 공기가 성대를 진동해서 울리는 형태는 아니었다. 마음과 마음이 이어지는 형태에 가깝다. 그가 말했다.

[애초부터 엘과 카이의 역할이 컸지. 나와 이비엔은 지금 얹혀 가고 있는 거니까. 이 상태에서는 더 이상 필요 없어.]

말끝에서 자주색 맛이 났다. 언어가 아니라 정신과 정신이기에 언어 외적인 감각도 함께 공유되었다. 이를테면 지금 그의 말은 꽤나 자조적이었다는 것 정도.

[이비엔은요?]

[엘 곁에 있어.]

빛도 어둠도 없는 이 세계에는 말 그대로 아무것도 없었다. 소리도 공기도, 심지어 차원의 파편조차도.

샨은 적막함을 느낀다.

[당신은 원하는 걸 이루었군요.]

[말끝에서 투덜거림이 느껴지는데? 마치 '우리를 이용해 먹고 신의 자리까지 가다니 밉살맞은 금수저놈!' 이라고 돌려 말하는 느낌이야.]

샨이 그의 감정을 느낀다면, 그 역시 샨의 감정을 느낀다는 거다.

참 귀찮게 되었다고 샨은 생각했다. 그런데 그에게서 나온 말은 샨은 생각도 못 한 의외의 말이었다.

[아니야. 나야말로 네게 이용당한 셈이지.]

[네?]

[그런 표정 짓지 마. 착한 척, 순수한 척, 고고한 척하지마. 너는 아무것도 희생하지 않고 모두 네 뜻대로 만들었어. 이비엔이 망각 속에 잊힌다 해도 너만은 이비엔을 기억하겠지. 그게 영원을 사는 자들에게 어떤 의미인지는 모르겠지만 아마 작은 의미는 아닐 거다. 그리고 너는 평생 이 세계를 위해 살아갈 수 있겠지. 엘이 죽지 않는다 했으니 죽지도 늙지도 않을 거고.]

[저는 영웅이 될 생각이 없습니다. 그럴 자격도 없고요.]

[그래. 그래서 더 분해.]

그의 말이 따끔거렸다. 그는 말을 이어 나갔다.

[나 역시 이비엔과 마찬가지지. 너는 나를 기억해 줄 이 세계의 유일한 존재니까.]

이윽고 어둠이 생겼다. 그 순간, 한 점에서 빛이 폭발하기 시작했다. 빛은 폭발하면서 별을 흩뿌렸다. 수천, 수억 개의 별이 세계를 뒤덮는다.

물리 법칙의 시작이다.

그가 말했다.

[뭐, 됐어. 여기는 쇼의 특등석이고, 오늘은 이 세계의 누구도 모를 가장 중요한 창세기니까.]

별과 별이 충돌하기 시작했다. 정보와 정보가 뒤섞인다. 사상과 사상이 흔들리기 시작했다.

류인이 웃었다.

[첫 번째 날이 이제 시작되는군.]

8.

낮과 밤이 손을 잡는다. 여름에는 덥고, 겨울에는 춥도록. 물은 위에서 아래로 흐르며 좁은 곳을 향해 나아가도록.

대전제가 완성되고 세부적인 법칙들이 적용되기 시작했다. 그리고 '공간'이 모습을 드러낸다.

지평선이 나타난다. 지평선 너머로 해가 어스름히 보인다. 붉은빛이 마치 핏줄 같았다.

원래 있었던 세계, 우리가 알던 도시들이 하나둘 모습을 보이기 시작한다. 아직 동물이건 사람이건 생명체는 무엇 하나 보이지 않는다. 그저 산맥과 도시와 바다가 그 자리를 차지한다.

샨이 말했다.

[아무도 없군요.]

[아직 시간이라는 개념을 적용하진 않았으니까. 어느 때로 시간을 되돌릴지 고민 중일 거야. 시간을 많이 돌릴 수는 없지만 그렇다고 안 돌릴 수도 없지. 종말 직전에 너무 많은 사람이 죽었거든.]

샨이 물었다.

[시간을 돌리면 죽은 사람은 살아나나요?]

[살아난다는 표현은 맞지가 않아. 이 세계의 어떤 법칙도 죽은 사람을 살릴 수는 없어. 그냥 애초에 죽은 적이 없었던 때로 돌리는 것뿐이야.]

두 개는 같아 보이지만 전혀 다른 말이다. 이윽고 그가 한참 허공을 바라보다 씨익 웃었다.

[방금 재미있는 이야기를 들었어.]

그의 언어에서 화려하고 예쁜 버섯이 피어났다. 독버섯이다. 이어질 말이 분명 좋은 말은 아니리라 샨은 짐작한다.

[무슨 이야기죠?]

[만약 샨, 너희 아버지를 살릴 수 있다면 어쩌겠어?]

[살릴 수 있다면……?]

아버지는 대체 뭘 하고 계셨던 걸까. 검은 태양이 뜨는 날, 이미 이 세계에 큰 재앙이 나타나고 있다는 것은 샨도 알고 있었다.

아버지라면 그 재앙에 앞장서서 대처하고 있으리라는 것도 어렵지 않게 추측할 수 있다. 하지만 '살릴 수 있다'는 건, 이미 죽었다는 소리다.

[돌아가셨다는…… 아니, 아닙니다.]

탄식이 내려앉았다. 샨은 이마를 짚었다.

'알테리온 소드까지는 아니더라도 제대로 된 검이라도 있었다면…….'

샨은 입술을 깨물었다.

[만약 너희 아버지를 죽은 적 없는 걸로 만들게 되면 상황이 굉장히 복잡해져. 그냥 천재지변이라면 차라리 편하

겠지만, 너희 아버지는 다른 차원의 존재에게 죽었기에 일이 더 복잡하다. 그리고 너희 형은 너희 아버지를 죽인 그 다른 차원의 존재를 죽였거든.]

죽고 죽인 건가.

[다른 차원의 존재란 게 누구입니까?]

[마왕.]

짐작은 했다. 그가 깔깔 웃음을 터뜨렸다.

[당연한 말이지만 엘은 이 차원의 존재라면 전부 돌릴 순 있어. 너희 아버지도 아예 처음부터 마계 놈들과 싸운 적이 없는 걸로 만들 수도 있어. 하지만 마왕은 살릴 수가 없어. 그들은 다른 차원의 존재니까. 만약 그렇게 되면 이건 차원 간의 협정을 어기게 되는 거야. 일이 복잡해진다고. 단순히 마왕 좀 강림하고 용사가 그 마왕을 물리쳐서 세계를 구하는 시나리오 정도가 아니야. 모든 마계가 물질계를 불바다로 만들 거야. 이쪽에서 협정을 지키지 않았으니 그쪽에서도 지킬 이유가 없지.]

그는 황금 사과를 던졌다.

이걸 집어 들면 샨은 영웅이 아니라 악당이 되어 버린다. 단순히 형 때문에 스스로의 신념을 버리는 정도가 아니다. 아버지 하나 때문에 차원 자체를 일그러뜨리는 게 된다.

[지금 이걸 제게 말하는 이유가 뭐죠?]

[아버지가 살아났으면 좋겠어?]

명백한 악의였다. 이 사람은 자신을 좋아하는 걸까, 싫어하는 걸까. 아니면 둘 다일지도 모른다. 복잡한 감정의 향기를 맡으며 샨은 고민에 빠진다. 살아난다면 그 다음은?

작은 샨이 속삭인다. 그냥 살려 달라 부탁하라고. 뒷일은 나중에 생각하라고.

그러나 그 다음은?

아버지는 기억조차 하지 못하는 일로 일어나는 사태를 겪으며 평생을 살아야 한다.

그러나 이 사과는 너무 달콤하다.

이미 한 번, 샨은 자신의 욕심을 위해 길을 걷지 않았던가.

두 번이라고 못 할 짓은 아니라고, 샨 안의 어둠이 말했다.

[아버지는 고통스럽게 돌아가셨나요?]

그는 손을 뻗었다. 허공에서 구슬이 맺힌다. 무에서 유를 만들었으니 창조의 마법이다. 신만이 할 수 있는 권능이었다. 그래도 샨은 그리 놀라지 않았다. 그저 지금 류인이 착실하게 변화하고 있구나 생각한다.

[세계의 기억을 복사한 거야.]

그의 구슬을 받아 들자 장면이 보였다.

수많은 마족들 사이에서 아버지와 리오 형은 계속해서 싸웠다. 아버지는 한 팔을 잃었지만 그의 무위는 조금도 일그러지지 않았다. 그는 고고했다. 고아했다.

강하고, 또 강했다.

리오 형은 아버지의 검격에 맞춰서 점점 더 무아의 세계에 빠졌다. 저 느낌을 샨도 알고 있었다. 자신도 잊고, 타인도 잊어버리며, 마침내 모든 것을 지우는 경지.

한 단계 더 나아가기 위한 도약.

그러나 적의 수는 많았고 마족은 막강했다. 두 사람이 지킬 것이 없었다면 모르겠지만, 둘의 뒤에는 영지가 있었다. 무언가를 지키면서 싸운다는 건 쉬운 일이 아니었다.

마왕이 보였다. 그는 강대했으나 아버지도 강했다. 물론, 그건 아버지 손에 제대로 된 검이 있을 때 할 수 있는 말이었다.

알테리온은 알테리온 소드가 있을 때 발현된다.

마족 졸개들에게 빼앗은 검으로 놀랍게도 분전하고 있었지만 그것만으로는 부족했다.

두 사람은 밀렸고, 두 사람의 상처도 점점 더 늘어만 갔다.

그리고 한순간, 아버지는 마왕의 심장에 검을 꽂는다. 마왕 역시 아버지의 심장에 검을 꽂았다.

인간의 심장은 하나. 마족의 심장은 둘.

아버지는 죽음을 느낀다. 그러나 검을 놓지 않았다. 시간을 벌기 위해서.

죽어 가는 와중에도 어떻게든 버티기 위해서.

망설이는 아들에게 아버지는 일갈했다.

"리오—!"

흐려지는 의식 속에서 아버지는 버틴다. 놈을 붙잡아야 했다. 이 기회를 놓칠 수는 없었다. 여기서 꺾인다면 뭘 위한 검이란 말인가. 무엇을 위한 무(武)란 말인가.

리오가 고함을 지른다.

그것은 절규였다. 그리고 최고의 무를 이룬 자에 대한 경애였다.

그는 증오를 삼킨다. 절망을 삼킨다. 그러나 그의 검 끝은 희망으로 빛나고 있었다.

만살검(萬殺劍).

아버지가 쓰고, 에론이 썼던 천살검(千殺劍)을 뛰어넘는 검격이 맺혔다. 한 번의 휘두름에 만 번의 검격을 담는다.

아니, 여기서부터 숫자는 중요치 않았다. 찌르기가 점이고 베기가 선이라면, 이것은 면이었다. 공간 그 자체를 멸한다!

아버지와 함께 마왕의 심장을 가른다. 마왕의 심장이 찢어지고 목이 솟구친다. 그와 동시에 아버지의 상반신 역시 찢겨 날아간다.

"둔한 것……."

마지막까지 좋은 말이라고는 하질 않는 분이었다. 그럼에도 그 목소리만큼은 사무치게 자애로워서 리오는 아버지의 잘린 상반신을 끌어안았다.

아버지의 눈이 빠른 속도로 흐려진다. 그가 문득 허공을 보았다. 여기를 볼 수 있을 리가 없었다. 여긴 시간 축도 공간 축도 다르다. 그저 그때의 기억을 재생했을 뿐이다. 샨을 볼 수 있을 리가 없었다.

그런데도 눈이 마주친다.

아버지의 감이었을까. 아니, 이건 그 무엇으로도 설명할 수 없었다. 어쩌면 마지막 주마등 앞에서 그저 환상을 보는 걸지도 모른다.

그는 존재할 리 없는 샨을 바라보다가 웃었다.

입술이 작게 달싹이더니 그대로 멎었다.

샨은 기억을 멈춘다.

그 자리에 앉아서 오열한다. 아버지는 말했다. 샨에게 말했다.

우연의 일치일지도 모른다. 그저 우연히 샨의 방향을 바라보았고, 그저 우연히 입술을 달싹인 걸지도 모른다. 그런데도 샨은 무너지고 말았다.

'나아가렴. 사랑스러운 작은 빛…….'

샨은, 샤인(Shine)은 자신의 이름이 단 한 번도 좋은 적이 없었다. 계집아이 같은 이름이라며 누군가 수군거렸을 때부터 싫었다. 어머니는 자신이 딸인 줄 알고 그런 이름을 지었고, 그렇기에 자신을 아는 모든 지인들에게 샨이라 불러 달라 했다.

처음 태어나 자신을 바라보는 카이에게조차도 '샨'이라 부르게 했다.

그럼에도 아버지는 그 이름을 고집했다. 본인도 샨이라 부를지언정 이름을 바꾸는 일은 없었다.

어둠 속에서 빛나기를.

마치 밤을 밝히는 달처럼, 절망 속에서도 희망으로 남아 있기를 바랐다.

어떤 고난에도, 역경에도 빛이 되기를 바랐다.

샤인은, 아버지의 작은 빛은 그의 죽음에 통곡하고 애도하며, 절망했다.

분명 세계를 구했지만 아버지를 구하진 못했다.

류인 황자가 물었다.

[살리고 싶어?]

샨이 답했다.

[아니. 아니, 아니…….]

무릎을 끌어안으며 절규한다. 그러나 무르진 않는다. 무를 수는 없었다. 샨에게 있어서 기적은 에론까지였다.

그 이상은 안 된다. 그 이상을 넘어서는 안 됐다.

결코, 절대로.

기적은 단 한 번이기에 기적이니까.

[살릴 수 있어. 네가 원한다면 살릴 수 있어. 모든 인과율을 꺾고, 차원의 율법을 어긴다고 해도 네가 원한다면 그게 가능해. 처음부터 죽지 않은 사람으로 만들 수 있어.]

샨이 비명을 지른다.

[그러면 그 다음은? 어머니를 살리고, 내가 잃은 모든 이들을 하나씩 살려 가며 내 손으로 차원을 부수고 엘에게 청원하며 살아갈 텐데!]

한 번이라도 사탕 맛을 본 아이는 그 맛을 잊을 수가 없다.

이건 시험이었다.

샨이 사탕 상자를 열지 않을 수 있는지 확인하는 시험.

'나아가렴. 사랑스러운 작은 빛…….'

대체 아버지는 무엇을 본 걸까.

정말로 자신을 본 걸까. 우리가 알고 있는 모든 이론을
뛰어넘어, 그저 부정(父情) 하나만으로 여기까지 볼 수 있
게 되는 걸까.

류인이 말했다.

[하지만 너희 아버지는 살아나. 너와 같이 있을 수 있
어. 평생은 아니겠지. 너는 영원을 살아갈 테니까.]

[이미 나는 에론 형을 한 번 살렸어.]

샨이 눈가를 닦는다.

어금니를 악물며 그에게 말했다.

[내 기적은 끝났어, 류인. 더 이상은 기적이 아니야. 탐
욕일 뿐이지.]

[그래서 이대로 둘 거야?]

[그래. 무덤을 만들어 드릴 거야. 그게 모든 아들이 모
든 아버지에게 하는 일이니까.]

[하하하! 아아, 샨 알테리온. 내 귀여운 벗이여.]

그는 샨을 끌어안았다.

[내 장난을 용서해 주게. 결정을 내렸으니 용서를 빌겠네. 그대의 마음을 조금 가볍게 하자면 인과율이라는 게 그리 쉽지는 않아. 특히 다른 차원이 걸린 문제는 아무리 신이라도 하고자 한다고 마음대로 되지는 않지. 벽돌 하나를 올리면 하나를 빼야 해.]

[…….]

[아버지를 살린다면 대신 리오가 죽었어야 했어. 그럼에도 차원의 룰을 어겼다는 사실은 변함이 없지.]

[악마 같은 인간.]

[이젠 신이지. 그것도 인간의 신이라고?]

샨은 한숨을 내쉬었다.

명백한 시험이었다. 샨이 아버지를 살려 달라 청원했어도 류인은 들어주지 않았으리라. 그는 샨 하나만을 위해 뭔가를 하는 존재가 아니었다.

에론을 벌한다며 함정에 처넣고는 샨에게 똑같은 기회를 준다고, 너를 좋아해서 하는 거라며 그 함정에 함께 기어들어 가게 하지 않았던가. 그런 결벽에 가까운 공정함에 관해서는 광기까지 느껴졌다.

그렇다면 애초에 하지도 않을 걸 물었다는 건 그냥 샨을 떠봤다는 뜻밖에 되지 않는다.

불쾌했지만 한편으로는 안도했다.

'아버지의 마지막을 볼 수 있었으니까.'

몰랐다면, 모르고 넘어갔다면 평생의 짐이 되었으리라.
류인 황자가 말했다.

[영혼 소환할래? 흑마법 알잖아.]

[저보고 우리 아버지 혼을 불러다 사역마로 쓰라는 겁니
까?]

[뭐 어때?]

[됐습니다. 저는 그보다 더 좋은 방법을 알고 있습니다.]

[더 좋은 방법?]

[늘 기억하고, 자주 찾아뵙는 거요. 그리고 너무 슬퍼하
지 않도록 노력하는 거 말입니다.]

그 말을 끝으로 샨은 눈물을 힘껏 닦았다.

빛이라 하셨다. 나아가라 하셨다.

그게 유언이라면, 받을 수밖에.

샨은 입술을 깨물었다. 류인이 그런 샨을 보며 휘파람을
불었다.

[신기하군. 조금은 남자 같은 얼굴이 되었어.]

샨은 눈을 감는다.

산다는 건 피로한 일이다. 영원이라는 무게가 내려앉는다는 게 과연 어떤 느낌일지, 샨은 상상도 할 수 없었다. 그 전에 에녹 교수님만큼 살 수 있을지조차 자신이 없었다.

그래도 많은 사람을 만나고 그들 중의 일부를 사랑하고, 또 그 사람들을 보내며 살아가리란 건 알고 있었다.

'그래도 카이는 오래 함께해 주겠지.'

그거면 되었다고 샨은 생각한다.

'그러고 보니 율케스도 제법 오래 함께하겠네. 마왕의 피니까 최소 마족만큼은 살겠지. 그런데 티스는……?'

잠시 생각하던 샨의 등에서 식은땀이 흘렀다.

'티스 혼자만 늙겠군.'

황제가 돼서도 친구 관계를 유지할 수 있을지는 모르겠지만, 어쨌든 동창회라도 하게 되면 매해마다 늙어갈 티스의 히스테리를 들어야 한다니 끔찍하다.

'단테스나 넬도 아마 언젠가는 보내야 할 거고, 크롬은 어떻게 되는 거지?'

인간과 용이 결합한 용인이다. 보통 사람보다 오래 산다는 거야 확실하지만 정확한 수명이 어떻게 될지는 아직 알

수가 없다. 이런 예시가 기록에 있는 것도 아니고, 반은 드래곤이니 절반은 카이의 관할인 셈이다.

만약 카이가 춤추는 천칭으로서 모든 드래곤들을 용신계로 보내게 되면 크롬도 같이 가는 건지, 아니면 또 다른 변화가 생길지 어떨지도 알 수가 없다.

샨은 그렇게 손가락으로 하나하나 꼽아 본다.

'하하, 그래도 우리 가족들은 전부 보내야겠구나.'

이미 아버지를 보냈다. 그리고 언젠가 형들도 보내게 될 거다. 아버지처럼 세계를 구하다 죽을 수도 있겠지만, 적어도 에론 형이나 아르고 형은 천수를 다할 거라는 이상한 확신이 들었다.

일단 그 형들은 세계 평화보다는 내 가족, 내 목숨 우선파가 아니던가.

'재미있네. 내가 이렇게 미리 사람을 보낼 준비를 한다는 게.'

샨은 손가락 꼽는 것을 멈춘다.

'실감이 안 나는구나. 응, 전혀 실감이 안 나.'

누군가를 보낸다는 것, 가슴에 묻고 살아간다는 것.

이제 겨우 아버지를 보냈다. 그런데도 아직 아버지가 돌아가셨다는 게 실감이 나질 않았다. 집에 돌아가면 어디

나무 밑에서 그렇게 즐기시는 동대륙산 술을 홀짝이고 계실 것만 같았다.

돌아가시는 모습을 보았는데도, 샨 스스로 아버지의 죽음을 받아들이기로 결정했음에도 그랬다.

샨은 텅 빈 도시 사이를 걸어 다녔다.

시간이 없는 이곳에는 적막만이 흘렀다. 샨은 문득 세계 멸망이란 이런 모습이 아닐까 생각한다.

텅 빈 사거리를 바람이 가로지른다. 사람이 없는 세상이란 외로울 정도로 넓었다.

이윽고 류인이 말했다.

[응, 방금 시간 결정이 끝났어.]

건물이 낡거나 부서지는 곳이 생겼고, 사람의 형상이 세계를 채워 나갔다. 그러나 어디까지나 형상일 뿐 움직이는 건 아니었다.

마치 인형의 집과 비슷했다.

아직 사람이라고 부르기는 어렵다. 사람이라기보다는 그림자에 가까웠다. 그때 허공이 열리더니 이비엔이 내려왔다.

[류인, 샨 오빠 괴롭힌 거야? 내가 가만히 안 둬!]

[이 계집이 초면에 반말하네.]

[됐거든? 애초에 네가 뭐 아직 황자라도 돼? 이제 계급

장 뗐으니까 말 막 하는 거지. 게다가 그 전에 샨 오빠를 괴롭힌 시점에서부터 이미 난 네가 무지 싫거든?]

그녀의 머리카락이 엘과 같은 은빛으로 빛났다. 처음 갓 변화했을 때는 아직 그래도 인간 이비엔으로서의 색이 남아 있었다면, 이번에는 완연한 순 은빛이다.

류인의 머리카락도 점차 엘과 같은 머리색과 눈색으로 변하기 시작했다.

[샨 오빠를 데리러 왔어. 첫 번째 날의 하이라이트에 오빠를 초대하겠어.]

그녀가 손을 뻗었다. 샨은 그 손을 맞잡았다.

Chapter 5

끝의 날

1.

이불이 손끝을 타고 휘감긴다.

샨은 몸을 웅크린다. 차 끓는 소리가 탁탁, 공기를 데운다. 소년은 한참을 그렇게 몸을 웅크리다가 결국 눈을 뜬다.

침대. 그것도 양호실 침대다.

그의 앞에 에녹 교수님이 앉아 있었다.

그가 담배 태우는 연기가 길게 이어진다.

"세계가 개편된 이후로 첫 번째 날이구나."

샨이 힘겹게 몸을 일으킨다.

"알고 계시나요?"

"엘의 신관인 덕에 개편되었다는 것은 알고 있지. 전 세계에 대한 기억은 내게 없다. 그저 바뀌었다는 사실만 알고 있어."

"예전에도 이와 같은 일이 있었나요?"

샨의 질문에 그가 답했다.

"딱 한 번. 그때는 이런 것보다는 훨씬 나은 문제였지만."

샨은 천천히 등을 벽에 기댄다. 차갑고 단단한 감촉이 이토록 안심이 된 적은 처음이었다.

"그래, 너는 기억하고 있겠군. '끝의 날'을."

"네."

"알려 주렴."

"들으시면 믿으시겠습니까? 이미 개편 전의 세계에 대한 기억은 휘발되셨잖아요."

"믿고 안 믿고의 문제는 아닐 텐데? 나는 그저 어제와 같은 오늘과, 오늘과 같은 내일을 살아갈 뿐이다."

샨은 작게 숨을 몰아쉬었다. 그가 본 광경을 언어화하려면 많은 노력이 필요했다. 샨은 힘겹게 기억을 추스른다.

"끝의 날에 이비엔이 저를 인도했고, 그때부터 주변 풍경이 바뀌었죠."

새카만 어둠 속에 별만이 가득했다. 그들은 별 위를 밟고 있었다. 짙은 밤 위에 그 셋은 서 있었다.

류인이 말했다.

[나는 사고(思考)를.]

이성과 광기가 함께 공유하기 시작했다. 그는 지극히 이성적이었으나 동시에 광기에 차 있기도 했다. 모든 생명들의 이성이 그에게 영향을 미친다. 반대로 그의 사고 역시 모든 생명들의 무의식에 동조된다. 그는 더 이상 류인이 아니었다. 이름 없는 또 다른 신 중의 하나가 되었다.

엘이 말했다.

[나는 생명을.]

그가 존재함으로써 생명은 생명으로 오롯이 존재할 수 있게 되었다. 살아 있는 생명은 모두 엘에게 영향을 주고, 엘은 살아 있는 생명들의 근원에 도달한다. 엘은 과거의 엘은 아니었다. 그저 조금 더 가벼워진 엘이었다.

이비엔이 말했다.

[나는 사랑을.]

그 순간, 그녀는 사랑이 되었다. 살아 있는 모든 생명들의 감정을 그녀는 느꼈다. 그리고 그녀의 감정을 생명들이 함께 공유하기 시작했다. 그리고 이비엔이란 이름이 옅어진다.

그녀의 존재 역시 모든 이들의 기억 속에서 사라진다.

[셋은 하나이며, 하나는 셋이 될지니.]

[이것은 단 한 명의 증인 앞에서 이루어지는 맹약이로다.]

[이 세상 어떤 것으로도 깰 수 없으며, 어떤 오래된 약속도 이 약속보다 우선될 수 없으니.]

셋이 어둠 속에 잠긴다.

별이 점점 어두워진다. 꿈의 세계와 현실이 될 세계가 다시 경계를 따라 갈리기 시작했다.

무수한 지식과 무수한 혼돈이 스쳐 지나간다.

그러나 종말 직전 샨이 보았던 그런 광경은 아니었다.

조금 더 온화했고, 조금 더 따뜻했다. 그리고 조금 더 정돈되어 있었다.

어둠도 한 움큼 더 생겼다.

샨은 그곳에서 세계가 변하는 것을 바라본다.

첫 번째 날이 시작되고 이제 끝의 날이 다가왔다. 새로움과 동시에 구시대는 사라진다.

'아무도 기억하지 않겠지.'

이것은 샨과 세 명의 신만이 기억하고 있는 이 세계의

종말이자 창세기.

이윽고 샨의 몸이 천천히 떠오른다. 꿈의 세계 위로 현실의 세계가 덧붙여진다. 꽃이 보였다. 그리고 세 개의 유리관이 모습을 드러냈다.

세 사람의 육신이 관 안에 잠들어 있었다.

샨이 처음 엘의 육신을 보았던 그 장소에서, 한 개의 관은 이제 세 개의 관이 되어 있었다.

한 팔밖에 남지 않은, 죽어 가던 류인의 몸은 어쩐지 예전보다 혈색이 돌아 있었다. 아마 신이 됨으로써 원래 육신도 변화한 모양이다.

수정으로 된 관의 관 뚜껑만큼은 활짝 열려 있었다. 샨은 막 잠이 든, 그리고 이제 영원히 잠을 잘 이비엔의 뺨을 손등으로 쓸었다. 그때 목소리가 들렸다.

[닫아 줘.]

"못 해."

[잠가 달라는 게 아니야. 어차피 나도 엘도 때가 되면 잠시 휴가를 떠날 거야. 이 육신으로 돌아다니게 될 거야.]

그녀는 샨을 향해 상냥하게 덧붙였다.

[그러니 잠글 필요는 없어. 그냥 오빠가 닫아 주기만 하면 돼.]

그러고 보니 그때 엘의 유리관은 사슬로 봉인되어 있었다. 지금은 관을 묶는 사슬은 없다. 원하면 언제든 나갈 수 있도록 열려 있다.

[오빠가 해야 해. 오빠의 손으로. 오빠가 유일한…… 목격자니까.]

샨은 입술을 깨문다. 그러고는 셋의 관 뚜껑을 차례로 하나하나 덮어 주기 시작했다.

마지막으로 이비엔이 말했다.

[단테스 오빠를 부탁해. 새로운 세계에서도 그는 여전히 바보 같은 짓을 하고 있을 테니까.]

그 말을 끝으로 이비엔의 관이 닫혔다.

세계가 멀어지기 시작했다.

아니, 세계가 아니라 샨의 혼이 멀어지는 것이리라. 세계가 다시 정립되기 시작했다. 차원과 차원이 맞춰지며 세계에 대한 기억이 개편된다.

아카식 레코드.

정보는 변화하며 수정된다. 그리고 그 정보에 따라 세계는 다시 변모한다.

샨은 중력을 느낀다. 호흡을 느낀다.

이 세계가 다시 제대로 돌아가고 있음을 깨닫는다. 이윽고 샨이 천천히 눈을 뜬다.

"……여기까지입니다."

"세 명의 신이 원래는 한 명뿐이었다는 건가?"

"모르셨나요?"

"나는 원래부터 셋으로 알고 있었다. 뭐, 세계가 그리 개편된 거니까 애초에 알 수 없는 부분이지만."

샨이 물었다.

"믿어요?"

"그래. 네가 더한 말을 한다 하더라도."

문득 샨의 팔 아래에 카이가 보였다. 카이는 몸을 웅크리고 자고 있다. 세계의 개편을 직접 도왔으니 무척이나 지쳤으리라. 그때 카이가 샨의 팔을 당겼다.

"우우, 마마. 또 날 두고 먼저 일어나려고."

"괜찮아? 피곤하지 않아?"

"으응, 괜찮아. 하나도 안 피곤해."

카이는 부득불 몸을 일으키더니 제 주인을 뒤에서 끌어안았다. 샨은 에녹 교수님에게 말했다.

"저 교수님께 묻고 싶은 게 많아요."

"우연이구나. 나 역시 네게 묻고 싶은 게 많단다."

둘은 그렇게 한참을 바라본다. 창밖에는 태양이 떴다. 새카맣지 않은 제대로 된 태양이었다.

샨은 한여름의 더위를 느낀다.

여름방학.

여름에는 덥게, 겨울에는 춥게. 이 세계가 제대로 맥동하고 있는 증거가 있었다.

샨은 찻잔을 집어 든다.

아스라이 긴 여름잠이 그렇게 끝났다.

Epilogue

1.

탁, 타닥.

샨은 책을 읽어 나갔다. 깃펜이 아닌 만년필 끝으로 책
상을 계속해서 두드렸다.

타닥, 탁, 탁.

계속해서 일정하게 이어지던 리듬이 어느 한순간 멈춘
다.

'미치겠네.'

개편된 세계의 마법은 샨이 알던 세계의 마법이 아니었
다. 카이가 말했다.

"마마, 힘들어?"

"이런 건 마법이 아니야. 진짜 마법은 옛날에 있던 그런 게 마법이지."

"엘이 했던 말과 똑같네."

그 말에 샨은 숨을 삼킨다.

엘도 같은 기분이었을까. 매번 세계를 개편하면서 이런 기분을 느낀 걸까.

마법이란 현상이 변한 건 아니다. 공식이 변한 셈이다.

쉽게 말해서 예전에는 1을 1과 더해서 2라는 간단한 답을 만들었다면, 지금은 1과 2를 더해서 3을 만든 후 거기에서 다시 1을 빼서 2가 된다.

2라는 숫자를 만드는 건 똑같다. 하지만 그 결과를 도출해 내는 공식이 변했다. 아마 이 세계를 유지하는 신이 하나에서 셋이 되었기에 영향을 미친 거라고 생각한다.

'전부 다시 공부해야 한다니.'

공부 하나만은 자신 있던 샨이었지만 이번만큼은 한숨을 포옥 내쉬었다.

그때 문이 열리더니 율케스가 들어왔다.

"준비는?"

"공부하느라 하나도 못 했어. 곧 시험 기간이잖아."

"크롬이 화를 내고 있더군."

"마이어하트 가문도 영지 때문에 바쁘지 않아?"

세계의 역사는 다시 쓰였다. 물론 실제로 있던 사실을 어느 정도는 반영하되 진정한 진실만은 감춘 상태로.

이 세계에는 대재앙이 왔고, 그 재앙은 아카데미 지하에 잠들어 있던 거대한 마수 때문이었다.

크롬과 단테스, 넬은 각자 자신의 자리에서 자기 영지를 지키기 위해 싸웠으며, 샨과 그의 일행은 그 마수를 무찔렀다.

그 과정에서 샨은 자신을 희생했고, 기억의 일부를 잃게 되었다……라는 이야기가 되어 있었다.

물론 대부분은 맞는 말이다. 그 마수가 사실 우리들을 돌보는 신이었다는 사실을 제외한다면.

세계의 재앙은 원래 규모의 절반 정도로 축소되었다. 엘과 류인, 그리고 이비엔이 시간을 돌린 덕분이다. 그래도 완전히 멸망 이전으로 돌릴 수는 없었는지 많은 사람들이 죽었다.

"에론이 안부를 전하더군."

에론 형은 마수 앞에 희생을 하려던 샨을 말렸던 걸로 되어 있다. 그 말을 들은 샨은 문득 저도 모르게 말을 뱉었다.

"류인 황자는?"

"병으로 일찍 돌아가셨지."

"아니, 쌍둥이 쪽."

"쌍둥이? 류인 황자는 쌍둥이가 아닐 텐데?"

샨은 어색하게 웃었다.

"아냐 아냐, 지난번에 본 소설이 생각나서."

그는 없다. 처음부터 그런 존재는 없었다. 그는 그림자로 태어나서 그림자로 살아갔고, 인생 처음으로 스포트라이트를 받는 순간 다시 세계의 뒤편으로 떨어졌다.

흡사 중성자별과 같았다.

생애 단 한 번의 폭발 후에는 외롭고 고요히, 빛으로도 관측할 수 없는 그런 존재가 되어 살아가게 된다.

그렇기에 그의 존재를 부정하는 것도 무척이나 쉬워서, 세계는 뭐 하나 크게 움직이는 것도 없이 그를 쉽게 흩어 버렸다.

'있잖아, 류인. 정말로 네 이름은 '류인'인 거야? 평생 형의 이름밖에 없었어? 네 진짜 이름은 없었던 거야?'

샨은 생각을 마치고는 만년필을 내려놓는다.

이번 시험에서 그래도 중상위권까지는 쫓아가야 한다. 새로운 마법 공식을 외우고, 응용하고, 그 안에 숨겨진 비의를 찾아낸다.

교수님들은 기억을 잃은 사람치고는 정말 빠른 속도의 성취를 보인다고 놀라워했지만 에녹 교수님은 말했다.

'같지만 다른 세계를 이어 나가기 위한 적응 훈련이지. 다행인 점은 네 제한 시간은 거의 무한하다는 것 정도인가.'

그는 한마디 덧붙였다.

'영원을 살아간다는 건 그만큼 권태에 빠지기 쉽다는 거다. 그나마 축복이라면 인간은 하이엘프와는 달리 싫은 일은 망각할 수 있다는 거지.'

그러고는 매일 아침마다 신전 청소를 명목으로 샨을 불러서 이런저런 걸 가르쳐 주었다.

이제 아득한 여행을 걸어갈 자신의 애제자를 위해 에녹 교수님 나름의 결심을 한 모양이다. 그는 샨에게 느리게 사는 법을 가르쳐 주었다.

'그래도 어리니 금방 배우겠지.'

앞으로는 인간과는 다른 시간관념으로 살아가야 한다.

에녹 교수님은 그런 샨을 바라보며 신룡의 주인이 되고도 운도 지지리 없다고 탄식했지만, 정작 샨 자신은 스스로를 행운아라고 생각하게 되었다.

마지막 그 한 번을 위해 평생의 행운을 다 썼다고.

에론 형을 지키고, 친구들을 지키고, 그리고 샨 자신도 지키기 위해 그동안 행운을 아껴 놓은 것뿐이라고 생각했다.

　[너야말로 그걸로 괜찮아?]

　문득 샨은 뒤를 돌아본다.

　방금 익숙한 목소리가 들렸던 것 같다.

　율케스는 듣지 못했는지 별 반응 없이 샨에게 교복 셔츠를 던진다. 샨은 그걸 받아 옷을 갈아입는다. 율케스가 말했다.

　"아참, 방금 네반 경을 우연히 만났는데, 앞으로 그 인간이 주는 음료는 마시지 마라."

　"음료?"

　"……."

　율케스는 뭔가 생각에 잠기다가 덧붙여 말했다.

　"먹을 것도 받지 마."

　"왜, 뭐 약이라도 탔어?"

　샨은 바지에 다리를 넣는다. 율케스는 그런 샨을 보며 고개를 저었다.

　"무슨 약을 탔는지는 네반 경과 크롬과, 네 명예를 위해서 함구하마."

　"뭔가 타긴 탔구나. 아, 뭐기에 그래?"

"……."

율케스는 그 말을 끝으로 조개처럼 입을 다물어 버린다. 율케스가 저렇게 나오면 숨기고 있는 걸 캐내기가 쉽지 않다.

그래도 허튼소리를 할 친구가 아니니 네반 경이 주는 건 뭐든 안 먹고 안 받기로 결정한다.

샨은 거울 앞에서 교복 매무새를 단정하게 한다. 율케스는 그런 샨의 넥타이를 당겨서 매 준다.

"교복으로 되려나?"

율케스가 답했다.

"어차피 황도는 황도야. 어설프게 격식 있는 옷을 챙긴다고 한들 촌스러워 보일 뿐이니까."

역시 몇 번 황도에 다녀온 사람답게 익숙하다.

하긴 선대 황제 앞에서 검술을 시연해 보이기도 하고 천재 검사라는 소리도 들을 정도면, 율케스도 제법 사교계 여기저기에 불려가 본 짬이 있다는 거다.

샨은 바짝 긴장한 얼굴로 손을 탈탈 털었다.

"와, 이거 진짜 무섭네."

"마수 앞에서도 의연했잖아. 무서워할 게 있나? 죽는 사람도 죽이는 사람도 없는데."

정확히는 마수가 아니라 신이었지만.

샨은 억지웃음을 지었다.

"진짜 괜찮아? 나? 고작해야 교복만 입었는데 이상해 보이지 않을까?"

결국 율케스는 티스가 했던 말을 샨에게 그대로 건넸다.

"괜찮아. 얼굴로 커버 돼."

샨은 율케스의 정강이를 발로 찬다.

그런데 맞은 율케스보다 때린 샨의 발이 더 아프다.

율케스가 덧붙여 말했다.

"어설프게 호화롭게 갔다가는 비웃음당하기 쉬운 곳이야."

"보통 사교장과는 달라?"

"많이 달라. 황궁은. 특히 오늘은 황제 폐하의 대관식이니까."

정돈을 마치고 샨은 문을 열었다. 오늘은 대관식, 그의 친우인 티스가 티메리스 황제 폐하가 되는 날이다.

2.

복도로 나오니 벌써 많은 학생들이 잔뜩 단장하고 있었다. 교복을 입고 오라는 별도 지시가 없다 보니 학칙에 아슬아슬하게 어긋나지 않는 드레스들이 잔뜩이다.

샨이 율케스를 붙잡고 물었다.

"어깨랑 가슴, 저렇게까지 파이면 안 되는 거 아니야?"

기합을 주다 보니 자연스레 노출이 너무 들어가게 되었다. 예쁘냐고 묻는다면 예쁘다고 답하겠지만 기품이 있어 보이냐고 묻는다면 답할 수가 없는 그런 의상들이 대부분이다.

그때 단테스가 샨에게 인사한다.

"상관없지 않습니까. 눈이 즐거우니까요."

단테스 역시 교복을 입었다. 눈에 띄는 걸 싫어하는 단테스 고유의 성격 탓이다. 샨은 저도 모르게 시선을 피한다.

"아, 응. 그러네. 그런 면에서는 좋은 거 같아."

평소 샨이 할 법한 대답이 아니다. 오히려 억지로 단테스에게 뭐든 맞춰 주려고만 하고 있다. 눈치 빠른 단테스라면 분명 이 사실을 깨닫고 있을 텐데도 캐묻지 않고 있다. 오히려 뭔가 기회를 노리는 느낌이었다.

지젤이 나왔다.

"지금부터 공간 이동 게이트 장소로 이동합니다. 앞줄

부터 따라와 주세요."

그녀는 연청색 드레스를 입었다. 오히려 평소보다도 답답하다 싶을 정도로 단정하게 격식을 차렸다. 율케스가 말했다.

"역시 보통은 아니군."

학생회의 신호에 맞춰 앞줄부터 이동하기 시작한다.

샨은 좌 율케스, 우 단테스, 뒤 카이 사이에 껴서 어색한 걸음만 옮긴다.

기숙사 밖으로 나온 후 정원 한가운데에 순간이동 게이트가 발동된다.

이렇게 대규모 인원이 순간이동 게이트로 이동하는 경우는 흔치 않았다. 그에 필요한 자본이나 사전 준비, 인력이 그냥 열차 한 번 대절해서 이동할 때 드는 것을 훨씬 상회하기 때문이다.

'황제의 대관식이라 가능한 호사이려나.'

샨은 그렇게 생각한다. 지금 티스는 무슨 표정을 짓고 있을까.

왕관을 바라보며 옥좌를 손가락으로 쓸며 무슨 생각을 하고 있는 걸까.

레드 타워부터 순서대로 들어가기 시작했다. 블루 타워가 호명될 때까지는 아직 시간이 남아 있었다.

그때 단테스가 샨의 팔을 잡아당겼다.

"잠시 단둘이 이야기 좀 하실까요?"

카이가 샨을 뒤에서 끌어안는다.

"싫어!"

단호하다. 샨은 그런 카이의 팔을 푼다.

"잠깐만 이야기하고 올게."

"마마는 단테스의 말이라면 뭐든 다 들어주려고 하잖아! 절대 안 돼!"

정곡이다.

카이는 늘 샨의 감추고 싶은 부분을 찌르곤 한다. 샨은 살짝 입술을 깨문다. 그러고는 카이를 슬쩍 밀어냈다.

"카이가 잘못 보고 있는 거야."

카이는 뭔가 말하려고 입을 열었다. 그때 율케스가 그런 카이를 제지한다.

"10분이다. 그 안에 돌아와. 그때도 출발하지 못하면 찾으러 가겠다. 게이트가 닫히기 전엔 여기 와 있어야 하니까."

샨은 고개를 끄덕였다.

단테스가 샨의 팔을 붙잡고 성큼 앞으로 걸어갔다.

여름방학이 끝나고 단테스의 키가 많이 커진 터라 샨은 그런 단테스에게 끌려가다시피 걸음을 맞추어야 했다.

샨이 천천히 가 달라고 말했지만 단테스는 듣지 않았다. 앞서 나가는 그의 뒷모습이 어딘가 차가웠다.

3.

외진 곳에 도착하자 단테스가 물었다.

"대체 뭐가 문제입니까?"

"뭐? 무, 무슨 소리야?"

그가 피식 웃었다.

"지금 샨 군은 제가 담보 사채나 신체 포기 각서 같은 걸 내밀면 지장이라도 찍어 줄 것 같은 얼굴을 하고 있습니다만 무슨 이유라도 있습니까?"

샨은 한순간 말문이 막혔다. 아니라고 부정해야 했다. 잘못 느낀 거라고 대답해야 했다. 그러나 목 안에 가시라도 박힌 것처럼 말이 나오질 않았다.

"유적 밖으로 나온 후로 무슨 일이라도 있었던 겁니까? 저에게 약점이라도 잡힌 것 같은데요. 뭔지 들어나 봅시다."

"약점이 아니야."

샨은 쥐어짜듯 소리를 토한다.

"빚을 진 것뿐이야."

"그게 무엇입니까."

"······말할 수 없어."

무엇보다 믿어 주지도 않을 거고.

샨은 뒷말을 삼킨다. 그에게 여동생이 있고, 엄연히 말해 그 여동생은 옛날 세계의 여동생이라 지금의 그는 모를 거라고. 이런 말을 한들 미친 사람 취급받기 딱 좋았다.

단테스는 느릿느릿 연기를 뿜는다.

"실피드가 그러더군요. 제 가족 중의 하나가 '첫 번째 날'을 만들었다고."

바람의 정령왕 실피드.

물의 정령왕과 계약한 에녹 교수님은 신마전쟁에서 밀려오는 마족의 군세를 단신으로 물리쳤다. 그저 정령왕의 계약자란 것 하나만으로 전세를 뒤집어 버렸다.

아직 단테스는 정령왕의 마력을 온전히 감당할 힘은 없다. 그러나 10년 후, 20년 후라면 어떨까? 단테스가 좀 더 많은 마력을 사용할 수 있을 때, 그때라면 어떨까.

일개 왕국 정도는 단신으로 부술 수 있게 된다. 정령왕이란 그런 존재다. 군대라기보다는 자연재해에 가깝다. 아무리 강한 무기를 갖고 있은들 날아오는 태풍을 막을 수는 없다.

단테스가 말했다.

"이상하긴 하더군요. 저는 하이엘프도 아니고, 그리 착한 삶을 살지도 않았거든요. 그런 제게 정령왕이 나타나 계약을 청하다니, 이게 말이 되는 거래냔 말이죠."

세계의 멸망 앞에서 초월적 존재가 내려와 용사에게 힘을 주는 동화 속 이야기를 믿기에 소년은 너무 많이 자라버렸다.

단테스가 말했다.

"정령왕을 현신시킬 수는 없지만 그래도 영체화시켜 대화하는 것 정도는 가능합니다. 에녹 교수님이 가르쳐 주시더군요."

그래서 에녹 교수님이 주문도 없이 물을 쉽게 다룰 수 있는 거구나. 샨은 살짝 눈을 크게 떴다. 정령술에 관한 지식은 드래곤 테이밍 관련 지식만큼이나 얻기가 힘들다.

단테스가 손가락으로 샨의 이마를 딱 튕겼다.

"이 와중에도 학구열에 불타는 겁니까. 정말이지 당신이란 사람은."

샨이 얼굴을 붉히며 당황한다.

"아, 아냐, 그런 거 아니야."

"아무튼 '첫 번째 날' 전에 제게 동생이 있었다고 하더군요. 그리고 그 동생이 신이 되었다고 하네요. 그래서 이제는 그 동생이 없는 세계로 다시 시작된 거라고, 그래서 제가 기억을 못 하는 거라고 했습니다. 듣고도 이해가 가지 않았습니다. 누가 믿겠습니까, 그런 황당한 말을."

"……."

샨은 입술을 깨물었다. 단테스가 말했다.

"당신은 기억하고 있는 거죠?"

샨의 눈이 살짝 커진다. 티스 덕에 거짓말에 능숙해졌다고는 해도 단테스를 속이려면 멀었다. 샨의 작은 흔들림만으로도 단테스는 답을 들었다.

"이름이 뭐였습니까."

샨은 머뭇거리다가 결국 진실을 토한다.

"이비엔."

"그렇군요."

그는 눈을 감고 '이비엔, 이비엔…….' 하고 몇 번이고 반복해서 발음했다. 처음에는 생소했던 그 이름이 점차 명확하게 형태를 갖춰 간다.

"본인의 의지로 선택한 겁니까."

이비엔은 엘을 택했다. 그녀의 작고 곧은 등이 떠오른다.

"그녀는 그걸 원했어."

"하지만 샨 군은 거기에 죄책감을 갖고 있군요."

"나는 그녀를 말리지 못했어. 아니, 내가 등을 떠민 거나 마찬가지야."

연기가 한숨이 되어 맺힌다. 묵직한 침묵 위로 연기가 짙게 가라앉는다.

단테스는 눈을 감고 뭔가 깊게 생각하고 있었다. 그의 안경이 투명한 빛을 반사했다. 그가 말했다.

"저는 악당이죠. 날 때부터 혼자였고, 제 아비를 죽일 때도 제 의지로 행했습니다. 살기 위해 홀로 알파도 일파에 뛰어들었고, 지금도 그렇게 살고 있었다고 생각했습니다만…… 그래요, 그렇군요. 제게 여동생이 있었군요."

그가 샨의 머리에 손을 집어넣고 쓰다듬었다. 단테스는 종종 이비엔의 머리를 이렇게 쓰다듬고는 했다. 그의 얇은 입술이 부드럽게 휘어졌다.

"그것만으로도 제게는 구원입니다."

샨이 물었다.

"단테스는 계속 알파도에 있을 거야?"

"있을 겁니다. 다만 예전과는 다른 일을 하겠죠. 저희 '아버지'께서는 요즘 건강이 좋지 않으시고 그러다 보니 제가 이래저래 실권을 쥐고 있습니다만, 그러게요. 안타깝게도 아버지의 친아들분들도 전부 요절하셨으니까요."

말이 차갑다. 샨은 그들의 죽음에 단테스가 직간접적으로 개입되어 있음을 어렵지 않게 짐작할 수 있었다.

'어쩌면 지금 보스의 건강 악화도……'

섣부른 추측은 금물이지만 시기가 지나치게 맞아떨어진다. 단테스는 그런 샨의 눈동자가 굴러가는 걸 지켜본다. 생각만 할 뿐 샨은 말을 하지 않는다.

쓸데없는 말을 입 밖으로 뱉는 법이 없었다. 그 점이 옛날부터 마음에 들었다. 머리는 좋고 입은 무거웠으니까.

단테스가 말을 이었다.

"조직원들이 간호를 하고 있지만 도무지 차도를 보이지 않고 있으니까요. 이대로라면 올해를 넘기기 힘들 거라고 하더군요. 그렇게 되면 아마 제가 알파도 파를 이어받을 것 같습니다."

고작 스물도 되지 않은 나이로 조직 하나를 전부 삼킨다. 샨의 그의 말 속에서 어두운 쾌감을 본다. 누구나 한

번쯤 느끼는 그런 종류의 쾌락이었다.

"예전이라면 법을 지키는 것보다 어기는 쪽이 더 이득이 컸겠지만, 이제는 그러진 않을 것 같군요."

"합법적인 일로 바꾸는 거야?"

"네. 합법적인 금융업을 할 생각입니다."

"고리대금? 사채?"

"뭔가 어감이 이상하군요. 소비자 금융업입니다. 물론 돈을 빌려주고 이자를 받는 건 똑같습니다만, 그래도 인신매매나 마약 같은 일을 겸업했던 과거와는 다르죠. 이제는 합법적인 일만 하는 거니까요."

그는 마치 하늘을 우러러 한 점 부끄럼 없다는 듯이 환하게 웃었다. 샨의 등에서 식은땀이 주룩 흘러내렸다.

"도박장은?"

"합법 카지노입니다. 세금도 제대로 내고 있는 제국 공인 유흥 시설이죠."

그렇구나. 그렇구나.

막장 마피아에서 이제는 금융 마피아로 떠오르겠다는 거구나.

'그러니까 서민 등쳐 먹지 않고, 귀족을 등쳐 먹겠다는 거네.'

일반 뒷골목 도박장이 아니라 합법적인 카지노 시설에 가려면 드레스 코드부터 맞춰 입고 들어가야 한다. 남성은 신사복, 여성은 드레스를 맞춰 입어야 하는데 일반 평민이 그런 게 가능할 리가 없다.

거기다가 합법적인 금융업.

이른바 은행과 비슷한 개념인데, 좀 더 대출업에 집중한 사업이라는 의미 같다.

"대출은 주로 사업 대출?"

"네, 영지를 관리하다 보면 이래저래 돈이 부족할 때가 있지 않습니까. 저희는 그런 곤란한 귀족분들에게 약간의 도움을 주고 이자를 받는 거죠."

샨의 추측은 확신이 되었다.

'너무 단테스답잖아!'

합법은 무슨 놈의 합법, 그냥 돈 모였으니 이제 옛날에 하던 거 합법 버전으로 하겠다는 거잖아!

동생은 무슨 놈의 동생. 나쁜 놈은 원래대로 나쁜 놈…….

샨은 거기까지 생각하다가 고개를 저었다.

'아니야. 지금 모습이 진짜 단테스일지도.'

예전에는 지킬 게 있었고 그로 인해 수단과 방법을 가리지 않았다면, 지금의 단테스는 철창 밖으로 나온 뱀이다.

하고 싶은 것만 하면 된다.

'엄연히 말해 금융업도 카지노도 나쁜 짓은 아니니까.'

마약이나 인신매매와는 달리 당당히 헌법에 명시되어 있는 직종이고.

한 영지를 책임지는 직책씩이나 되는 사람이 경영 실패로 대출까지 받았는데 그래도 정신 못 차리고 파산하면 그건 결국 본인 책임 아닌가.

"그러고 보니 빚 다 못 갚으면 어떻게 돼?"

"저희는 합법적으로 처리합니다. 담보를 압류하죠."

"담보란 영지?"

"네."

공성전이다. 신개념 공성전이다.

돈으로 하는 공성전. 내년부터 단테스가 완전히 장악하게 되면 알파도 파는 또다시 미래를 향해 날아오르리라.

단테스는 그런 샨의 어깨를 툭 쳤다.

"그러니 죄책감 갖지 마십시오. 미안하다 하지도 말고요."

"나는 네게 큰 빚을 졌어."

"아닙니다. 저야말로 당신의 말로 구원받았으니까요."

그는 먼저 한 걸음 걸어갔다. 문득 샨이 말했다.

"혹시 이비엔을 만나고 싶어?"

그 말에 단테스는 슬프게 웃었다.

"아뇨. 괜찮습니다. 이제는 더 이상 제가 지켜 줄 수 있는 사람이 아니니까요."

그저 행복하길.

단테스가 멀어진다.

샨은 그런 단테스의 등을 한참이나 바라보았다.

그는 지금 무슨 생각을 하고 있는 걸까.

아마 그건 이비엔 본인 외에는 아무도 알 수 없겠지. 샨은 생각한다.

단테스는 샨을 용서했다. 그것도 너무나도 쉽게, 그 무게를 알고서도 오히려 자신이 구원을 받았노라고 했다.

샨은 웃지도 울지도 못한 채, 그 자리에 못 박힌 듯 서 있었다.

4.

"마마, 늦어!"

카이가 뺨을 부풀린다. 도착하니 블루 타워 입장 차례가 되었다. 샨이 물었다.

"단테스는?"

"음? 같이 온 거 아니었어?"

그때 단테스가 샨 뒤에서 뒤늦게 나타났다. 어딘가 잠시 들렀다가 온 모양이다. 그는 처음에 봤던 그 뱀 같은 미소로 명랑하게 답했다.

"아, 중간에 길을 잃었네요."

천하의 단테스가 뒤뜰에서 길을 잃을 리 없다는 건 샨도 알고, 율케스도 알고, 카이도 알고 있었지만 아무도 그걸 말하지는 않았다.

지젤이 재촉했다.

"뭐하고 있어! 빨리!"

넷은 뛰다시피 워프 게이트에 몸을 던졌다.

차원과 차원이, 맞물린다. 이제는 샨에게 익숙한 감각이다. 잠시 후에 푸른색 하늘이 모습을 드러낸다.

'아카데미도 꽤 크다고 생각했는데…….'

아카데미가 몇 채는 들어갈 법한 거대한 황궁이 모습을 드러냈다.

수백 개의 신상들이 계단마다 일렬로 늘어서 있었다. 하나하나에 모두 신성력이 깃들어 있다.

에녹 교수님이 말했다.

"황궁 안에서는 마법을 사용하는 게 금지되어 있다. 뭐, 실제로 마력 자체를 굳혀 버렸지만."

공기가 묵직하게 울린다. 시험 삼아 작게 얼음마법을 영창했는데 전혀 마법이 반응하지 않는다.

'엘의 공간보다는 약하지만 이것도 상당히 고위 결계인걸.'

카이가 샨에게 검지를 들었다.

"마마, 나는 가능해."

"응, 아마 에녹 교수님도 가능할 거야. 그래도 사용하진 마. 역적으로 몰리는 수가 있으니까."

카이가 뺨을 부풀렸다. 율케스가 말했다.

"이제 티스를 만나러 가면 되나."

누가 들으면 옆집에 친구 보러 가는 줄 알겠다. 샨은 율케스의 옆구리를 툭 쳤다.

황성의 중앙 홀은 어마어마하게 컸다.

과장을 좀 보태서 지평선이 보일 정도로 넓은 무도회장에는 제국의 모든 귀족들이 모여 있었다.

새로운 황제의 대관식이다. 이런 날에 참석하지 않는다

면 즉위에 반감을 갖고 있는 걸로 비칠 수도 있는 일이다.

사정이 그렇다 보니 아무리 작은 영지의 영주라도 직접 와서 대관식에 참석하고, 병환 같은 피치 못할 사정으로 올 수 없는 경우에는 최소한 정통 후계자라도 보내기 마련이었다.

물론 이렇게 해도 결례라는 소리를 피할 수가 없다. 그래도 이상한 오해를 받는 것보다는 낫다. 역모라든가.

티메리스 이타카르 디 와처 헤이스팅스 황제 폐하께서는 제국의 전통인 형제들 간의 골육상쟁을 슬기롭게 이겨내었고, 가슴 아픈 현실에 눈물을 흘리며 즉위한 것으로 되어 있다.

류인 황자께서 병환으로 돌아가시면서 그를 지지하던 세력 중 상당수를 티스에게 보내 지원한 것이 컸다고도 되어 있다.

우리가 아는 그 '류인'이 없는 세계는 이렇게 돌아가는구나, 샨은 신기해하면서도 작게 웃음을 지었다. 그렇게도 황위를 싫어했으면서 결국 받아들이기는 했구나.

그토록 제국을 싫어했던 주제에 결국은 이곳을 선택했다. 그것도 본인의 의지로.

'적어도 생존이나 명예욕 때문은 아니야. 사치를 부리

기 위해서도 아니고.'

그렇다면 티스는 무엇을 위해 황제의 자리에 오르고자 하는 걸까.

중앙 홀의 스테인드글라스에는 제국을 상징하는 빛의 신이 아로새겨져 있었다.

황좌의 뒤로 빛이 비치며 역광이 져서 왕의 얼굴이 잘 보이지 않게 만들었다. 그에 비해 뒤통수로 내려오는 빛은 꽤 밝아서 그냥 보면 마치 신의 후광처럼 보이게끔 설계가 되어 있다.

원래라면 이런 중앙 홀에 아카데미 학생이 들어올 수는 없었다. 이 자리에 올 수 있는 사람은 각 영지의 핵심자들 뿐이다. 그러나 이번에 세계를 멸망의 위기에서 구한 게 드래곤 스콜라이고, 우리의 황제 폐하께서도 드래곤 스콜라의 학생으로 신분을 위장하여 세계를 위기에서 구해냈다는 드라마틱한 제국사가 만들어졌기에 모든 학생들을 안으로 초대했다.

아마 이 이야기는 이제 영웅담이 되어서 제국이 멸망하는 그날까지 수백 배는 부풀려진 채 전달될 거다.

실제로도 이미 역사가들이 기록한 이야기에는 인도자인 샤인과 기사인 율케스, 그리고 신분을 감춘 티메리스 폐하께서 용감무쌍하게 마수를 무찔렀다는 날조 아닌 날조가 버젓이 실려 있지 않나.

그 기록의 80%는 폐하께서 얼마나 멋지고 고결하게 세계를 지켰는지에 대한 이야기고, 남은 자리를 샨과 율케스가 친우라는 이름으로 겨우 몇 줄 차지했을 뿐이다.

에녹 교수와 라온 교수님은 아예 언급도 안 했고.

'인생 다 그런 거지.'

샨 입장에서야 주목받으면 곤란해지는 처지라 오히려 반갑다. 뭔가 물어봐도 기억 안 난다는 것 외에 할 말도 없고.

"그러고 보니 율케스는 졸업하면 어떻게 돼?"

"글쎄다."

이 학교를 다니기 위해 아버지와 했던 약속이 있지 않았나. 샨은 내심 걱정이 되었다. 이것만은 어떻게든 도와주고 싶었다. 그때 율케스가 한마디 덧붙였다.

"친위기사를 제안하더군."

샨의 눈이 커진다.

"그렇다면……."

"아버지와의 약속은 자연히 깨지는 거지. 아무리 란츠크네 가문이라고 해도 황명을 거역할 수는 없으니까."

역시 권력이 최고시다. 샨은 두 주먹을 불끈 쥐었다.

"받아들일 거야?"

"티스가 하는 거 보고."

율케스는 무슨 동네 친구가 과자 사 달라고 하는 부탁이라도 받은 양 담담하게 답했다.

"티스가 어떻게 해야 받아줄 건데?"

"잘."

진지하게 생각하고 있는 거 맞지? 샨은 울상이 된 눈으로 율케스를 올려다보았다.

율케스는 그런 샨의 머리를 꾹 눌렀다.

그때 문이 열리더니 호위기사단이 들어왔다. 그리고 국정을 돌보는 대신들도 하나둘 들어왔다.

무도회와는 달리 한 명 한 명 이름을 호명하지는 않았다. 그저 문지기들이 명단을 체크하고 들여보내 준다.

"조금은 어수선하네."

그때 익숙한 목소리가 들렸다.

"명화나 책 같은 데서 봐 왔던 풍경들과는 많이 다를 거다."

에론 형이다. 그는 구겨진 자국 하나 없는 셔츠를 빈틈없이 갖춰 입고 인기척도 내지 않은 채 그 자리에 서 있었다.

"아, 형."

"실무는 늘 어수선해. 역사서에서 보는 것처럼 모든 관료들이 질서정연하게 앉아서 회의를 하고, 모두 함께 조용히 줄 서서 이런 행사에 협조 좀 해 줬으면 하지만 그럴 리가 없지. 세금 납부도 울면서 하는 귀족 나부랭이들이 줄이라도 제대로 서겠나."

이야, 날 서 있다. 지금 에론 형은 마치 면도날처럼 날카롭기 그지없었다.

샨이 식은땀을 흘렸다.

"혀, 형…… 무슨 일 있어?"

누가 횡령이라도 한 걸까. 대체 무슨 정무가 이 남자를 지치게 했는지 샨은 걱정이 되기 시작했다. 에론 형이 말했다.

"네 막내 형."

"아르고 형?"

"그 자식이 크라켄 뒷다리를 먹으라고 보냈다. 냉동도 안 한 걸. 보아하니 오늘 안에 바로 조리하지 않으면 상하겠더군."

"아, 응."

그의 목소리가 분노로 작게 떨렸다.

"그 귀한 재료를 무슨 생각으로 그냥 보냈는지 궁금하

군. 오늘 연회가 빨리 끝나길 바랄 뿐이다. 그렇지 않으면 귀한 음식 재료가 상한 음식물 쓰레기로 변하는 걸 볼 수 있을 테니."

"그것 참 안타깝네."

"파이다, 샨. 크라켄 파이. 최고의 스태미나 음식이지. 너한테 보낼 생각이었다. 하지만 하필이면 대관식 날인 오늘 날짜에 딱 맞춰서 냉동도 안 한 식재료를 보냈다는 건, 나에 대한 선전포고로 받아들이는 수밖에."

이야, 둘째 형과 셋째 형의 감정의 골이 오늘도 깊어 가는 걸 느낄 수 있었다.

샨은 식은땀을 흘리며 에론 형의 등을 두드렸다.

"괘, 괜찮을 거야. 하루 정도는 진짜 괜찮을 거야."

"먹고 죽지야 않겠지. 하지만 한번 죽은 신선도는 돌아오지 않는다."

그는 원수라도 베어 넘길 것 같은 기세로 차갑게 뇌까리더니 샨의 이마에 입을 맞추었다.

"귀족들 중엔 괴짜가 많으니 조심하렴."

"응, 형. 아 참, 알테리온 소드는?"

"계속 내가 가지고 있기로 했다. 가주 직책은 리오 형에게 맡길 생각이다만, 아마 나는 다른 역할을 하겠지."

"다른 역할?"

"그냥 널 지키기 위해서 하는 부차적인 일이 있단다."

"아버지가 했던 일이야?"

"그래, 비슷한 일이야. 그래도 죽어 가는 크라켄 다리를 되살려 파이로 만드는 것보다는 쉬운 일."

"리오 형은?"

"안 와. 어차피 실권은 내가 쥐고 있으니, 알테리온 가의 얼굴은 내가 대신한다. 그 형에게 이런 음모의 숲은 어울리지 않으니까."

그는 그리 말하고는 성큼성큼 걸어갔다. 그의 뒤로 부하들이 각종 귀족들에게서 받은 여러 전갈들을 들고 쫓아갔다.

이런 상황에서까지 일이라니 기가 막히지만 상황은 이해가 갔다.

지금 제국은 갑작스러운 재앙 때문에 몸살을 앓고 있었다. 전쟁은 군부에서 치르지만 뒤처리는 재무부에서 처리한다. 그리고 천재지변은 군부와 재무부와 행정부가 같이 처리해야 한다.

아론 교수님이 잔뜩 들떠서 샨에게 인사했다.

"이번 황제 폐하는 재미있어."

"네?"

"대관식 전에 관습적으로 치러지던 24가지 행사를 죄다 취소해 버렸으니까. 그렇게 지루한 게 싫은 걸까나, 우리의 황제 폐하 씨는."

이야, 역모로 몰려도 할 말 없을 이야기를 아무렇게나 하고 있다. 그래도 누구도 그를 제지하지 않는다. 그는 과거 선황폐하의 제1 친위기사이자, 현재 황궁 총괄 기사단장을 맡고 있는 자니까.

누구도 그의 충성을 의심하는 자가 없었다. 그는 티스의 권력 중추이자 황제의 검이 되었으니까.

그가 말을 이었다.

"그래도 지금 같은 시국에서 본인 체면 차리려고 호화롭게 식을 꾸미겠다는 놈이라면 궁둥짝을 차 주려고 했는데 그럴 놈은 아니지, 그 녀석은."

그는 호탕하게 웃으며 성큼성큼 앞으로 걸어갔다.

에녹 교수님은 창가에 기대서 지루하다는 표정으로 창밖을 바라보았고, 라온 교수님은 에녹 교수님 곁에서 수다를 떨기 바빴다.

멀찍이 크롬이 보인다. 크롬은 귀족들의 숲에 둘러싸여 있다.

크롬이 샨에게 눈짓을 한다.

크롬 옆에 있는 네반 경은 뭔가 샨에게 다가오고 싶어 했지만 호위기사로서의 일을 하느라 움직이질 못한다.

그리고 황제 폐하께서 곧 입장하신다는 소리가 홀을 울렸다.

5.

문이 열린다.

귀족 모두가 그에게 허리를 굽힌다. 폐하의 용안은 허락 없이는 함부로 볼 수가 없었다.

만인지상의 자리.

샨은 티스를 바라보고 싶었지만, 그것조차 허락되지 않았다. 기사들이 걸어온다. 그 가운데 티스로 보이는 사람의 신발이 샨의 눈 밑을 지나간다.

인사를 하고 싶었다. 잘 있었냐고, 네가 보고 싶었다고 하고 싶었다. 편지도 많이 보내고 싶었다. 하지만 아무것도 할 수 없었다. 그는 황제이고, 샨은 아직 졸업도 하지 못한 학생이었으니까. 세계를 구했다는 그 명분만 가지고는 그의 곁에 있을 수가 없기에.

폐하의 곁에는 지금도 수없이 많은 용사들이 있었으니까. 그의 주변에는 수많은 눈과 귀가 있었으니까. 알테리온가의 막내아들이 권력을 탐하고 있다는 오해를 살 수는 없었으니까. 가뜩이나 바쁠 티스를 더 난처하게 하고 싶진 않았으니까.

수많은 이유들이 머릿속을 맴돌았다.

"모두 고개를 들라."

그의 말에 샨은 천천히 고개를 들었다. 그곳에는 티메리스 황제는 어디 가고, 왕관을 비스듬하게 쓴 놈팡이가 하나 서 있었다. 일단 자주색과 흰색의 조화는 무척이나 어울렸으나 이게 위엄이 있는 예복이냐고 하면 그건 또 아니다.

아무리 잘 봐줘도 귀족가 제바로밖에 안 보이는 모습이었다. 티스가 방긋 웃었다.

"여기까지 먼 길을 와 주셔서 고맙소. 원래라면 대신관께서 내 머리에 왕관을 씌워 주고 내가 십몇 번째인가 백십몇 번째인가 하는 황제라고 선포해 주셔야 할 텐데, 피치 못할 상황 때문에 그게 불가능하게 되었거든."

웅성거리는 소리가 울린다. 티스가 왕홀을 흔들었다.

"아, 내가 죽였어."

그 한마디에 웅성거리는 소리는 더욱더 커져 갔다. 티스가 웃음을 터뜨렸다.

"농담이오. 경들 표정이 가관이로군. 대신관께서는 극심한 고열로 인해 고생하고 계시오. 억지로라도 나온다 하기에 그냥 자리보전하시라 했소."

카이가 샨에게 속삭였다.

"그러면 대역을 쓸 수도 있지 않아?"

샨이 고개를 저었다.

"대신관이 아니라 그 아래 신분이 황제에게 왕관을 씌워 주는 거야. 애초에 상상도 못 할 일이고, 그렇게 되면 정통성 자체가 의심받게 돼."

그렇다고 해도 그런 경우 대관식을 미루거나 활력제라도 먹여서 식을 집행하게 하는 등 다른 방도를 찾지 황제본인이 직접 관을 쓰고 오지는 않는다. 샨은 티스의 얼굴을 보았다. 빛이 들어오는 방향이었기에 좀처럼 표정을 알수 없었다. 그러나 어렴풋이 보이는 입가의 미소만으로 샨은 티스의 속내를 깨달았다.

'아, 파벌을 보려 했구나.'

그를 죽였다고 말함으로써 대신관 쪽의 파벌을 밝히려

했다. 이 수많은 사람들의 동요한 표정을 읽고, 그 사람들이 일일이 어떤 감정을 갖고 있는지 간파하는 것은 보통 사람은 상상도 못 할 일이다. 그러나 티스라면 불가능한 것도 아니었다.

'의심 가는 사람은 미리 추려 놓고 그 사람들을 흔들어 본 거지. 당황하는지, 분노를 하는지, 의아해하는지.'

어쩐지 그 대신관이라는 사람, 오래 살긴 글렀다는 생각이 들었다. 즉위하자마자 파벌을 색출하고자 한다는 건 보통 좋은 이유에서는 아닐 테니까.

'벌써부터 일하네.'

티스의 황위 계승 다툼을 직간접적으로 곁에서 지켜본 터라 샨은 이런 일에도 담담할 수 있었다. 비록 제왕의 자리는 고독하고 끊임없이 크고 작은 피를 손에 묻혀야 하는 일이라지만, 그래도 그때보다는 훨씬 낫다.

'왠지 티스는 좋은 황제가 될 것 같아.'

숙적이나 신하들에게는 최악의 황제가 되겠지만.

6.

대관식 아닌 대관식이 끝나고는 각 귀족들의 작위 수여
식이 있었다.

현 황자를 지지한 일파들의 잔치 같은 거였는데, 의외로
그 자리에서 단테스가 작위를 받았다.

'단테스? 단테스가 뭔가 한 게 있었나?'

티스와 단테스의 밀월 관계에 대해서는 상상도 한 적이
없었다. 오히려 티스는 샨이 단테스와 있는 것을 누구보다
못마땅하게 여기지 않았나.

'그러고 보니 정령왕과 계약해서 도시를 수호했으니 그
런 건가.'

단테스에게 내려진 건 백작 위의 자리다. 단테스 알파도
백작.

전례를 깨부순 이례적인 승계다. 율케스도 자작 위를 받
았지만, 샨은 미리 받지 않겠노라 한사코 거절했기에 훈장
과 하사품 외에는 아무것도 받지 않았다.

고급스러운 상자 안에 들어 있어 내용물은 보지 못했으
나 돌아가면 열어 볼 생각이었다.

'어째서 단테스지?'

황제 폐하와 함께 세계를 지켰던 율케스보다도 높은 포
상이다.

샨을 포함한 모든 사람들이 작게 웅성거렸다.

본격적으로 연회가 시작되었다. 티스의 주변에는 수많은 레이디들이 이제나 저제나 기회가 생길까 얼쩡거렸고, 각 지역의 맹주들은 어떻게든 제 딸을 이 젊은 황제 폐하께 들이밀기 위해서 애를 썼다.

그럴 만도 했다. 현재 티스에게는 마땅한 정혼자가 없었다.

황후 자리가 공석이라는 뜻이다. 덕분에 이번만큼은 이례적으로 크롬이 한가해졌다.

크롬은 샴페인 잔을 흔들며 구석에 서 있는 샨에게 다가갔다.

"여어, 거렁뱅이."

"왜? 부자 도련님."

샨이 이마를 살짝 찌푸린다. 크롬은 살짝 웃었다.

"잘 지냈어? 기억을 잃었다던데 나까지 잊어버린 건 아니겠지?"

"잊어버린 건 최근 기억뿐이야. 못 들었어?"

"마법 관련해서는 다 잊었다며."

샨은 천연덕스럽게 답했다.

"아아, 덕분에 엄청 힘들어."

참 신기하다. 거짓말에 서툰 샨도 크롬 앞에서만큼은 거짓말이 너무나도 잘 나온다. 이미 한번 선을 넘어서일까. 그냥 거칠 게 없다.

크롬은 살짝 이마를 찌푸린다.

"쪼잔한 티스 자식, 우리 쪽은 전혀 포상 못 받았어."

샨이 고개를 끄덕였다.

"그러게. 도시를 지킨 건 단테스나 크롬이나 같은데 말이야. 왜 단테스만 상을 받은 걸까."

"실질적으로는 좀 달라."

"뭐가?"

크롬이 눈을 감았다.

"단테스는 처음부터 티스를 지지했어."

"뭐?"

"당시 귀족 작위도 못 가진 마피아였던 알파도 가문이 지지할 수 있는 세력이야 몇 없지. 단테스는 예전부터 작위를 갖고 싶어 했어. 물론 그건 알파도의 뜻이기도 했지만, 지금은 뭐 굳이 그런 구분 할 거 없으니까."

샨이 고개를 저었다.

"아니야. 티스는 처음부터 단테스를 멀리하라고 나한테

충고까지 했어."

"당연하지. 둘 사이의 밀월 관계를 알게 되면 너까지 위험해질 테니까."

티스는 샨과 단테스가 단둘이 있는 것을 싫어했다. 괜히 가운데에 끼어들거나 일부러 단테스보고 마피아 새끼라고 부르기까지 하며 그를 밀어냈다.

샨은 문득 옛날 처음으로 티스의 비밀을 뒤쫓던 때를 떠올렸다.

비 오던 날이었다. 티스가 그 여인에게 찔리는 꿈을 꿨고, 샨은 불길한 꿈과 기이한 육감만으로 티스를 찾아 밖으로 나왔다. 그곳에는 단테스가 있었다. 단테스는 담배를 피우고 있었다.

그때의 단테스가 어땠지? 갓 나온 모습이었던가? 아니면 오랫동안 비를 맞은 모습이었던가. 기억이 나지 않는다.

"잘 생각해 봐, 샨. 이건 너나 율케스만이 그 실마리를 갖고 있을 테니까."

단테스는 샨을 도와줬다. 티스가 그렇게 당하는 꿈을 꾸었다는 말에 반신반의하면서도 결국 샨을 도왔다. 물론, 대가로 이비엔을 만나서 알테리온가의 전설에 대해 말해 주기로 했다만, 나쁘지 않은 거래였다.

덕분에 티스를 살릴 수 있었으니까.

그 후에도 티스는 몇 번이나 단테스와 뭔가 이야기한 게 없는지, 아니면 뭔가 거래나 계약 같은 거 한 게 없는지 집요하게 물었다.

그건 단테스가 수상한 사람이라 생각했기 때문이 아닌가.

샨과 단테스 사이에 별다른 게 없다는 걸 알게 되자 얼마 뒤 티스는 조금은 경계를 풀었다. 그러나 그 뒤로도 티스를 찾으러 갈 때 우연치 않게 단테스를 본 적이 몇 번이나 있었다.

샨이 고개를 저었다.

"아니야. 단테스는 몰라도 티스는 그런 걸 숨길 사람이……."

……맞다. 그건 샨 자신이 가장 잘 알고 있었다.

티스는 제 손으로 친혈육의 목을 잘라 돌아올 때조차도 주변에 아무 말도 하지 않았다. 그런 사람이었다. 그런 녀석이었다. 늘 웃는 주제에 진짜 표정을 짓는 일은 극히 드물었다.

크롬이 말했다.

"말했잖아. 그딴 놈을 왜 친구로 사귀냐고. 나도 그랬고, 에녹 교수님도 그랬지. 네 형인 에론 경도 그랬을 거고. 아론 교수도 그랬고, 다들 네게 말했을걸?"

마지막 조각이 맞춰지는 소리가 울렸다.

샨이 말했다.

"단테스는 검은 돈이 많아."

"티스는 왕국의 보물을 환전할 곳이 필요했지."

"티스는 몇 번이나 뒷골목에서 자주 목격되곤 했어. 하지만 두 사람이 단둘이 있는 건 본 적이 거의 없어."

"뒷골목은 알파도의 영역이야."

"나는……."

"너는 티스의 다른 지지 세력을 본 일도 없었을걸."

검은 매가 오가는 것만 몇 번 봤을 뿐, 그나마도 언제부턴가는 제대로 본 적이 없었다. 언제부터일까. 황자들의 숫자가 열 명 아래로 줄었을 때부터?

크롬이 말했다.

"그래도 너는 티스를 신뢰해?"

크롬이 네반 경에게서 새 잔을 받아 샨에게 건넨다. 샨은 자연스레 잔을 받아 들고는 한참이나 생각에 잠긴다. 샴페인의 기포가 애처롭다.

"응. 티스가 무언가를 숨길 때면 늘 뭔가를 지켜야 할 때였던 적이 많았으니까."

상대는 가장 더럽다는 알파도 가문이다. 알게 되면 가장 위험해지는 건 샨 자신이다.

지금이야 신뢰가 생기고 그럭저럭 우정이라 할 수 있는 형태가 되었지만, 당시만 해도 단테스가 샨을 봐줄지 안 봐줄지는 알 수 없었다.

뒤에 알테리온 가문이 버티고 있으니 쉽게 손이야 대지 않겠다만 손을 대지 않고도 사람이 어떻게 죽는지 제국 역사 내내 봐 오지 않았던가.

'거기다 그때는 내 주변 사람들이 에론 형의 광기에 대해 몰랐을 때고.'

동생을 끔찍이 여긴다는 것만 알고 있지, 그게 어느 수준인지 가늠할 만한 정도는 아니었다.

잠깐 교수로 온 이후로는 그가 얼마나 동생을 귀엽게 여기는지 전교생 앞에서 똑똑히 보여 줄 수 있었다. 동생의 쿠키에 손을 댔다는 것, 그리고 시비를 걸었을지도 모른다는 추측만으로 사람 손가락을 그 자리에서 잘라 버릴 수 있는 사람이 바로 에론이었다.

샨이 말했다.

"나는 티스를 믿어. 비록 그 방법만큼은 내가 동의할 수 없는 게 많았지만, 그래도 그 마음만은 믿고 있어."

위험하다 싶으면 샨의 뒤통수를 쳐서라도 말린다거나
에론 편에 붙어서 공격, 무력화시킨다는 보통 사람 상식의
범주를 넘어선 일을 저지르곤 했다. 그래도 그 마음만은
알고 있었다.

크롬이 말했다.

"너는 티스 쪽 사람이 될 건가."

"그거 누군가가 집요하게 물어보던데 나는 생각도 한
적이 없어. 그 전에 내가 작위를 받거나 관리로서 살아가
는 것도 아직 상상이 안 되고."

샨은 잔을 입에 가져간다. 크롬이 물었다.

"그러면?"

샨은 샴페인을 입에 대신 그저 크롬에게 빙그레 웃
어 보였다.

"언젠가 아카데미의 교수가 되고 싶단 생각을 해. 너는
졸업하면 영지를 이어받으려나?"

"응, 그리고 샤이린 양을 찾아야지."

쿨럭!

샨은 술 한 모금도 마시지 않고 사레들린 듯 기침을 내
뱉었다.

"차, 찾아?"

"정 자신을 원하면 압도적으로 강해지라 하셔서 그리하였으니 이제 반대할 이유도 없지."

저 멀리 크롬과 닮은, 그러나 머리가 하얗게 센 남성이 이쪽을 힐끗 바라보았다. 그는 크롬을 한 번, 샨을 한 번 바라보더니 다시 무심히 눈을 돌렸다.

"너 만약에 내가 샤이린……."

"이제 그런 거짓말 억지로 안 해도 돼. 아버지가 허락했으니까."

샨은 한숨을 푸욱 쉬었다. 이놈은 끝까지 모르는 걸까, 모르는 척하는 걸까.

아니, 모르는 게 맞을 거다. 신은 크롬에게 모든 걸 다 주셨지만 사람 보는 눈만큼은 허락지 않으셨으니까.

"그래. 잘 찾아봐라."

샨은 그렇게 말하고는 잔을 내려놓고 테라스로 향했다.

등 뒤로 네반 경이 절망에 차서 신음을 뱉었지만 샨은 신경 쓰지 않았다.

'요즘 뭐 힘드신 일이 있나.'

샨은 테라스에 몸을 기댄다. 카이는 음식이 있는 쪽으로 가서 고기를 흡입 중이다. 황궁 음식이니 극상의 맛이겠지. 그러나 정작 샨은 입맛이 쓰다. 크롬 때문이리라.

그때 인기척이 느껴져서 옆을 돌아본다.

이서릴이었다.

"안녕, 꼬맹이."

그녀는 한쪽 다리가 트인 드레스를 입고는 샨을 향해 요염하게 웃어 보였다.

"오셨네요."

"나도 인간 쪽에선 신분이 여러 개 있으니까. 그리고 그 중 하나는 그럭저럭 알려진 신분이거든."

어떤 신분일까. 그러고 보면 지난번 세븐 드래곤즈 북스 경매 때도 경매장에 입장하기 위해서는 그만한 명성과 자본이 필요했다. 그때 문득 그녀는 샨이 상상도 못 할 말을 내뱉었다.

"세계가 개편되고 많이 혼란스러웠지?"

"기억하고 계시네요."

"엄연히 말하자면 나도 신룡, 아크 드래곤 중의 하나니까. 인간계가 아닌 용신계에 속한 존재라고? 거기다가 이제는 춤추는 천칭의 관할이고."

"카이는……."

"언젠가는 모든 용을 용신계로 보낼 모양이야. 그때는 나도 이곳을 떠나야겠지."

그녀는 속눈썹을 내리깔고 웃었다.

"그리고 그때에도 넌 살아 있을 거란다."

"지켜보기로 한 게 제 약속이니까요."

샨의 담담한 목소리에 그녀는 심장이 뛰었다. 젊은 남성, 그것도 아직 스무 살도 채 되지 않았으면서 노인의 눈을 하고 있는 이 아름답고 앳된 남성이 그녀의 가슴을 술렁이게 했다.

"그래."

납치하고 싶다. 납치해서 삼시 세끼 맛있는 밥만 먹이고 나만 보게 하고 싶다.

그녀의 불길한 집념이 느껴졌는지 카이가 달려와 샨의 목을 끌어안았다.

"마…… 마마…… 못…… 줘."

돼지 넓적다리를 입에 물고 이서릴을 노려보는 모습이 가관이다. 그 광경에 이서릴이 푸흡 웃음을 터뜨렸다.

"마스터 잘 돌봐라, 애새끼. 언젠가 내가 낚아챌 테니까."

카이는 씹지도 않은 넓적다리 살을 마시다시피 삼키고는 입가에 묻은 양념 소스를 소매로 쓱 훔쳤다.

"됐거든? 절대로 싫거든!"

"그래그래."

그녀가 샨을 향해 샴페인 잔을 흔들었다.

"그러면 긴 인생 실컷 즐기도록 해. 이야기할 시간은 이제 많으니까."

"마마는 내 거야!"

카이는 고래고래 소리를 질렀다. 샨은 흥분한 카이를 말리느라 고생했다.

7.

달이 뜨고 연회가 무르익었다.

참석자들 중에서 지친 사람들은 시종의 안내를 받아 침실로 향했다. 이 넓은 황궁에 재워 줄 방은 얼마든지 있었다. 개중에는 아직까지 단 한 번도 사용한 적 없는 방도 있었다. 물론 게이트가 연결되어 있는 동안 아카데미 학생들에게는 별 필요 없는 일이었다. 게이트만 넘으면 기숙사였으니까.

그럼에도 황궁에 머물 수 있는 이 기회를 놓치고 싶은 이는 그리 많지 않았다.

샨은 한숨을 몰아쉬며 정원 한적한 곳으로 나왔다. 카이의 위장은 끝이 없는지 아직도 먹고 있는 중이다. 지금쯤 황실 요리사는 만들어도 만들어도 남김없이 비워지는 접시를 보며 통한의 눈물을 흘리고 있으리라.

풀벌레 소리가 연회의 웃음소리를 묻는다. 적막을 걸으며 샨은 작게 숨을 토했다.

'힘들다.'

이 정도의 연회는 샨의 생애에 처음이었다. 가만히 서 있는 것만으로도 기가 빨리는 기분이었다. 잘 손질된 정원 사이로 책장이 넘어가는 소리가 들렸다.

샨은 그곳을 향해 걸어간다. 그곳에는 물이 빠진 잿빛 머리칼의 소년이 앉아 있었다.

"넬."

낡고 구겨진 교복 차림이었다. 이제는 이런 연회 때 입을 정장, 아니면 하다못해 더 좋은 교복 정도는 충분히 사 입을 수 있을 텐데도 그는 이 옷을 고집했다.

샨이 그의 옆에 앉았다. 넬의 손에서는 잉크 냄새가 났다.

"너도 지쳤나?"

"응. 조금. 넬은 여기서 뭐하고 있어?"

"시간 때우고 있지. 황궁 정원은 마법 등도 밝아서 책 읽기에는 그만이더군."

샨은 넬의 어깨에 턱을 기댄다.

"넬의 이상을 위해서라면 여기 모인 사람들과 친하게 지내야 하지 않아?"

"그건 일차원적인 생각이고."

"일차원적? 그럼 입체적인 생각이란 어떤 건데."

넬은 책에서 눈을 떼지 않았다.

"장소는 생겼지. 만날 수도 있어. 그러나 지금은 내가 가진 게 없지. 지위도, 명성도 없는 상태야. 이런 상황에서 어설프게 접근해 봐야 웃음거리가 될 뿐이야."

"그러면?"

넬은 드디어 책에서 눈을 뗐다.

"지금 단계에서는 최대한 기억에 남겨 둬서는 안 되지. 나를 기억하는 사람은 전혀 없도록."

샨이 생각에 잠기다가 입을 열었다.

"대신 앞으로 내세우는 건 단테스?"

"그래."

창문을 통해 연회장 안의 웃음소리가 들렸다. 저 웃음소리에 단테스의 목소리가 섞여 있는 것 같았다.

정령왕의 계약자. 거기다가 현 황제 폐하의 총애가 어디에 있는지는 모두가 알고 있었다.

"너는 계속 단테스와 함께 움직일 거야?"

그 말에 넬이 고개를 저었다.

"그럴 리가. 나도 하고 싶은 게 있는걸."

그게 무엇인지 샨은 어렴풋이 알 수 있었다.

"그 '아이'는 잘 지내?"

넬의 조카. 유일한 피붙이. 넬이 살아가는 목적 중의 하나.

"응. 근데 단테스를 자꾸 따르고 있어서 고민이다. 안전가옥에서 제대로 된 교육을 받게 된 점은 다행이지만, 이런 식으로 계속 살 수는 없으니까."

"알파도에서 손을 터는 건 쉽지 않을 거야. 넬은 유용하니까."

샨의 말에 넬의 눈이 살짝 커졌다. 이윽고 그게 싫지는 않았는지 그는 작게 중얼거렸다.

'변했구나.' 라고.

"응. 많은 일을 겪고 있으니까."

"학교는 변하기 위해 있는 거지. 샨."

"응?"

그가 샨에게 손을 내밀었다.

"너는 내 첫 친구야. 나를 이렇게까지 변하게 해 준 건

너였어. 아마 네가 없었다면 나는 지금과는 굉장히 다른
삶을 살고 있었겠지."

샨은 고개를 저었다. 지금의 삶을 만든 것은 넬 자신이
었다. 샨 자신은 그저 그냥 계기에 지나지 않았다. 넬은 말
을 이었다.

"고마워. 그리고 언제나 나는 네 친구로 남아 있겠다는
것도 말하고 싶었어."

뭔가 하고 싶은 말이 많았는데 목소리가 나오질 않았다.
샨은 넬의 손을 붙잡고 몸을 일으켰다.

"슬슬 끝나 갈 텐데 돌아가자."

둘은 연회장 쪽으로 천천히 걸어갔다. 마법 이야기나 책
이야기를 하면서.

연회장에 도착하니 슬슬 파장 분위기였다.

그런 분위기에서 샨 역시 돌아가려던 찰나 연푸른 드레
스를 입은 소녀가 샨에게 다가왔다.

"지젤."

"응. 너 내게 뭔가 잊은 거 없어?"

"……."

말문을 잃은 샨에게 그녀가 쓰게 웃었다.

"마지막까지 너는 내게 춤을 청하지 않는구나."

"미안해."

"그래서 청해 줄 거야?"

"……."

"나빴다. 이렇게 무안을 주다니."

그녀가 금방이라도 울 것 같았기에 샨은 그녀에게 다가가 손을 내밀었다.

"한 곡 함께하시겠습니까. 레이디."

지젤은 고개를 끄덕이며 그만 울음을 터뜨렸다.

8.

곡은 이어지고 지젤이 샨의 어깨에 팔을 둘렀다.

여자치곤 큰 편인데도 그리 크다 느껴지지 않은 건, 그녀의 신발 굽이 그만큼 낮았기 때문이었다. 언제부터인가 지젤은 높은 굽의 신을 신지 않았다.

같이 있을 때 샨이 작아 보이지 않게 가장 낮은 굽만 골라 신고는 했다. 샨의 어깨에 대고 지젤이 속삭였다.

"생각보다 잘 추네."

"티스에게 배웠거든."

"우리의 황제 폐하 말이지?"

그 말에 샨과 지젤 모두 웃음을 터뜨렸다. 그렇게 한참을 추다가 이윽고 지젤이 말했다.

"샨, 나 널 좋아해. 너도 이미 눈치챈 모양이지만."

샨이 고개를 끄덕였다.

"고마워. 하지만 미안해."

"넌 언제나 미안하다는 말밖에 안 하는구나."

그녀는 샨의 어깨에 대고 눈가를 훔쳤다.

"그런데 이런 말을 들었는데도 네가 좋아. 어떻게 해야 할지 모르겠어."

"내가 만약 네 눈에 안 닿는 곳에 있는다면 네가 조금이나마 편할까?"

시린 심장을 부여잡으며 그녀가 빽 소리 질렀다.

"바보야. 그건 싫어!"

"미안해. 정말 미안해."

"사과는 그만해. 애초에 내 멋대로 좋아하게 된 걸 왜 네가 사과하는데."

"그러면……."

"그냥 춤춰 줘. 이 곡이 끝날 때까지만이라도 같이 있어

줘."

지젤의 어깨 뒤로 카이가 눈을 부라리고 있었다. 샨은 입만 벙긋했다.

'이해해 줘.'

카이는 뺨을 빵빵하게 부풀렸다. 그러나 끼어드는 것까지는 하고 싶지 않은지 그 자리에 서서 팔짱만 끼고 둘을 노려보았다.

음악은 계속되고 두 사람의 춤도 이어졌다. 지젤이 속삭였다.

"이대로 시간이 멈췄으면 좋겠어."

지젤은 더는 울지 않았다. 그저 샨의 어깨를 꽉 끌어안고 있을 뿐이었다. 마침내 음악이 끝났다. 신사의 자리에서 샨이, 숙녀의 자리에서 지젤이 서로를 마주 본다. 지젤이 치마를 들어 올려 예를 갖춘다. 샨은 그런 지젤의 호흡에 맞춰서 살짝 허리를 굽혀 인사했다.

지젤이 슬프게 웃었다.

"안녕. 내 첫사랑. 노래는 끝났지만 그래도 아직도 좋아해."

샨이 뭔가 말하려 하자 그녀가 샨의 말을 끊었다.

"하지만 친구로 돌아가자. 네가 내 마음을 모르고, 나도 내 마음을 모르는 척했던 그때로."

그 말에 이번만큼은 샨도 그녀에게 사과할 수 없었다.

9.

연회가 파하고 모두 돌아갔다. 율케스는 뭔가 자신의 형 율리츠와 대화할 게 있다면서 혼자 만나러 갔다. 멀리서 본 율리츠는 전과 다름없이 단정한 모습을 하고 있었다. 그는 샨에게 목례를 했고, 샨 역시 그에게 목례했다. 그의 옆에서 율키르가 건들거리며 샨에게 손을 흔들었다.

샨은 그걸 끝으로 카이와 함께 게이트를 넘어갔다.

텅 빈 기숙사에는 바람 소리만 울렸다. 대부분 황궁에서 잠을 잘 모양이었다. 그래도 샨은 여기가 편하다. 왜일까. 언제부터일까. 이곳이 집보다도 안락하게 느껴지기 시작한 건.

기숙사 문을 여는데 낯익은 사람 둘이서 대작하고 있었다.

"여어."

티스였다. 우리의 황제 폐하께서는 왕관과 예복은 어디

다 버렸는지 평상시 입었던 넓은 소매의 사복 차림으로 앉아서 라온 교수님과 대작을 하고 있다.

샨이 이마를 꾹꾹 눌렀다.

"이렇게 나와 있어도 돼?"

"걱정 마. 지금 내 침실에 있는 건 나와 똑같은 환영 마법이니까. 요즘 마법 기술 좋더라고."

샨은 문득 류인 황자가 떠올랐지만 내색하진 않았다.

"호위는?"

"숨어 있어. 이제 앞으로 혼자 다니는 건 상상도 못 해."

기척이 전혀 느껴지지 않았다. 과거 류인 황자 때는 그래도 누군가가 있다는 감각은 있었지만 지금은 아무것도 느껴지지 않는다.

"이게 폐하의 호위대들인가?"

"그런 셈이지."

대수롭지 않다는 듯 대꾸하고는 몸을 일으켰다. 티스가 밖을 향해 턱짓했다.

"넌 나랑 어디 좀 가자."

샨은 티스를 쫓아 종종걸음으로 나아갔다. 어떤 공터에 도착하자 티스가 말했다.

"날자. 야, 나도 카이 등에 올라나 타 보자."

"그렇게 말하는데?"

샨의 말에 카이가 입을 삐죽거렸다. 그러나 카이도 요즘 본체로 난 적이 거의 없었기에 싫다는 소리는 하지 않았다. 카이가 거대한 드래곤의 모습으로 변하자 티스의 눈이 커진다.

"예전에도 봤지만 지금이 훨씬 더 크네."

은빛 비늘이 눈부시게 빛났다. 카이가 날개를 펼치자 모두를 감쌀 만큼 넓었다. 샨과 티스가 안장 위에 올라타자 카이는 그대로 날갯짓을 했다.

땅이 멀어진다. 기분 좋은 고양감이 밀려왔다. 샨이 물었다.

"어디로 가?"

티스가 손가락으로 한 방향을 가리킨다. 카이는 그쪽으로 힘껏 날아갔다.

10.

빠르다. 지평선이라고 생각했던 그곳이 카이의 날갯짓

한 번이면 저만치 멀어진다. 티스가 말했다.

"앞으로 얼마나 더 이 자유를 즐길 수 있을까."

샨이 답했다.

"어쩔 수 없지."

"그래도 학교랑 비밀 게이트는 연결해 놨어. 나 언제든 네 기숙사에 쳐들어갈 거다."

샨이 엑, 하는 표정으로 티스를 바라보았다.

"언제? 어떻게!"

"언제긴, 내가 왜 우리 학교에 대형 이동 포털을 설치했다고 생각해? 그쪽에 이목이 집중되는 사이에 반영구적인 게이트 하나 만들어 놨지. 어차피 비밀이 많은 학교 아니냐. 이 정도 비밀 하나 더 추가되는 것쯤이야."

그래도 다른 학생들보다 드래곤 스콜라에 대해 많은 부분을 알고 있다고 자부하는 샨이지만, 여전히 이 학교에 대해서는 모르는 부분이 많았다.

샨은 멍하니 생각에 잠겼다. 그런 샨을 티스는 빙그레 웃으며 바라본다.

"샨."

"응?"

"내가 황제가 돼도 우리는 친구지?"

샨은 무슨 당연한 걸 묻느냐는 듯 고개를 끄덕였다. 티스가 한마디 덧붙였다.

"내가 너에게 숨기는 게 많고, 때로는 널 속여도 우리는 친구일까?"

"나쁜 의도에서 그런다면 더 이상 친구는 아니겠지."

"그런 게 아니라면?"

샨이 눈을 내리깔았다. 카이의 비늘을 절대로 쓸어내렸다.

"괜찮아. 그래도 친구야. 우리는……."

샨의 결론에 티스는 안심했다.

"그러면 우리는 계속 친구겠네."

"장담하는 거야? 나쁜 의도로 한 일은 없을 거라고."

"응, 장담해. 너니까 장담해."

티스와 짧지 않은 기간을 함께해 왔다. 그리고 그 친구가 황제가 되었다. 보통이라면 겪을 수가 없는 일이겠지만, 샨 생각에는 앞으로도 티스를 대하는 게 크게 다를 것 같지는 않았다. 그래도 마음에 걸리는 점이 있어 샨이 말했다.

"그러고 보니 우편 보내는 게 어렵더라. 우편 용을 써서 황제 폐하 앞으로 보낼 수도 없고."

"그건 나도 생각이 있어."

티스가 팔찌를 꺼냈다. 그러고는 샨의 손목에 채운다. 차가운 금속성 느낌에 샨의 눈이 커졌다. 어디선가 많이 본 디자인이다.

"이거 혹시 고대 유물 중의 하나고 안에 톱날이 달려 있어서 억지로 빼려고 하면 손목이 날아간다거나, 내가 위급할 때 네 마력을 빌려 쓰게 되면 중독이 돼서 결국 영원히 네 종이 된다거나 그런 물건 아니야?"

티스의 눈이 커졌다.

"네가 그걸 어떻게 알아?"

"그걸 왜 나한테 채우는 건데!"

"아, 아냐아냐. 이건 개조한 거야. 그냥 통신 마법이랑 순간 이동 마법만 걸려 있어서 위급할 때는 네가 나 있는 곳으로 올 수 있어. 그 반대도 가능하고. 거기다가 순간 회복 마법도 걸려 있고. 음성 전달 마법도 걸어 놔서 목소리도 전할 수 있게 하는 대신에 마력을 빌린다거나 하는 기능은 뺐어. 어차피 넌 카이가 있잖아."

그러면 그렇지. 샨은 안도의 한숨을 내쉬었다.

티스가 명랑하게 손가락을 흔들었다.

"아, 그래도 억지로는 못 벗는다. 손목은 안 날리는데 전기 충격은 주게 되어 있어."

"야, 이 인간아!"

샨은 티스의 멱살을 붙잡아 흔들었다. 흔들리면서도 티스가 꿋꿋이 말했다.

"으억, 억! 그만 흔들어. 하지만 말이지, 너는 어쨌거나 위험한 길을 갈 거잖아! 계속계속 위험해질 거고, 내가 이거 꼭 차고 있으라고 해도 어차피 여차하면 안 차고 다닐 거잖아?"

"그렇다고 친구에게 주는 선물에 해제 불가, 전기충격장치까지 만들 건 없잖아!"

"그건 이걸 억지로 푸는 사람에게 전기 충격이 날아가도록 한 거니까 어쩔 수 없지. 자기 손으로 억지로 풀면 본인한테 가는 거고, 다른 사람이 억지로 푸는 거면 걔가 뒤집어쓰는 거고!"

그게 티스식 안전장치다. 티스가 말했다.

"내가 그래도 이제 황제잖아! 황제씩이나 돼 가지고 친구가 어디에 있는지, 뭘 하고 있는지, 무슨 위험이 닥쳤는지도 모르는 건 싫단 말이다!"

그게 티스의 의무다. 막상 듣고 나니 이해가 되는 것도 같다가 문득 이상한 걸 깨달았다.

"그럼 율케스는?"

"걔는 자기 앞길 알아서 잘 가려. 거기다가 나중에는 내 호위기사 시킬 거야. 네가 문제야, 네가!"

아아, 티스야. 망할 놈의 티스야.

그때 티스가 말했다.

"네가 언젠가 말했잖아. 세상에서 가장 힘든 직업이 티스 친구라고. 그래서 복리후생 좀 증진시키겠다는 거야."

샨의 눈이 살짝 커진다. 티스가 말했다.

"음? 이 이야기를 어디서 했더라……? 기억이 안 나네. 아무튼 간에 조심하도록 해. 내가 오죽하면 이러겠냐. 이런 물건이 어디 흔한 줄 알아?"

샨은 작게 한숨을 쉬었다.

"그래, 알았어."

비뚤어진 애정이다.

티스의 애정은 늘 그렇다. 어딘가 나사 하나가 늘 빠져 있다. 확실하게 문제를 해결할 수 있는 방법을 찾지만, 그 안에서 샨의 인권이나, 약간의 신뢰 문제? 그리고 윤리적인 가치관 같은 건 결여되어 있다.

"네가 마수를 물리치는 대신에 보통 사람보다 오래 살 수 있게 되었다고 에녹 교수님이 이야기해 주긴 했는데, 아예 안 다치는 건 또 아니잖아. 목이 날아가도 살 수 있는 건 또 아니고."

생각해 보니 그렇다. 분명 엘이 영원히 살 수 있는 저주를 주었다만 영원히 살 수 있다고만 했지, 심장이 터지고 목이 날아가고 살이 썩어도 살아 있을지는 모르겠다. 목이 한번 날아갔는데 설마하니 무슨 플라나리아마냥 거기서 새 목이 돋아나거나 하진 않을 거 같았다. 그걸 알기 위해서 실험해 보고 싶지도 않고. 상상만 해도 무서웠다.

"잘 살아서 나 늙어 가는 거 율케스랑 둘이서 지켜봐라."

샨은 웃음을 터뜨렸다.

11.

티스가 데려온 목적지는 아버지의 묘소였다. 장례식을 치른 후에 딱 한 번 와 보고, 그 이후로는 오지 않았다. 샨은 아버지의 묘에 삽조차 뜨지 못했다.

어머니의 묘소 옆에 아버지의 묘소가 있었다. 뭐 그리 급히 가셨냐고 리오 형이 울었을 때가 아직도 눈앞에 선연하다.

샨은 아버지의 무덤을 볼 용기가 나질 않았다. 다시 찾아갈 수도 없었다. 어쩌면 아버지를 살릴 수도 있었다. 다른 이들의 피를 치렀다면, 아니 어쩌면 리오 형을 희생했다면.

샨은 무덤 앞에 서서 물었다.

"왜 이곳에 데려오려고 했던 거야?"

"너 아버지 돌아가신 이후로는 계속 기운이 없었잖아."

그래 보였던 걸까. 틀린 말은 아니었다. 세계가 개편되었다고 해도 티스는 티스구나, 샨은 생각한다. 눈치 하나는 여전히 귀신같다.

샨이 물었다.

"티스, 만약 내가 아버지를 살릴 수 있었다면, 그런데도 살리지 않았다면 어쩔 거야?"

"나쁜 의도에서 그랬다면 더 이상 샨이 아니겠지."

방금 전, 샨이 했던 대답을 그대로 바꿔 티스가 돌려주었다. 샨은 멍하니 무덤을 바라보았다. 이윽고 샨이 웃었다. 그리고 울었다.

"아버지는 앞으로 나아가라 하셨어."

"그래."

"나는 모든 아들이 아버지에게 하는 걸 하겠다고 했어. 아버지를 묻어 드리고, 잊지 않을 거고, 자주 찾아뵙겠다고. 하지만 그 말을 따르기는커녕 두려워서 도서관 속에 처박혀 살았지."

"그래."

티스는 샨의 젖은 머리를 쓸었다. 무슨 말인지 알 수 없으면서, 티스는 그저 눈치와 육감만으로 조금은 짐작한다.

"누구나 마음의 정리를 할 시간은 필요해. 좀 더 자신에게 너그러워지자, 샨 알테리온."

그는 술병을 땄다. 그러고는 무덤에 술을 부었다.

"이제 찾아왔으니 된 거 아니야? 오늘은 실컷 슬퍼하고, 내일은 맛있는 걸 먹어."

그 순간, 참아 왔던 감정들이 밀려왔다. 마치 둑을 터뜨리듯 한번 터진 감정은 계속해서 새어 나왔다. 샨은 아버지의 무덤을 향해 말했다.

"미안해요. 아버지, 정말 미안해요. 나는…… 나는 살릴 수 없었어요."

줄곧 하고 싶었던 말을 샨은 토하듯 게워 낸다.

"무슨 선택을 해야 했는지 아직도 모르겠어요. 이게 옳은 선택인지조차도 알 수 없었어요, 아버지."

분명 이 선택이 옳다 하시리라. 그것이 아버지의 인생이었기에, 라이너스 알테리온이 향한 길이기에. 그렇기에 자신의 심장을 내주고 리오에게 인류가 나아갈 길을 주었으니까. 그러나 샨은 그랬기에, 더더욱 비명을 지르고 만다.

"조금만 더 망설이지 그랬어요! 왜 그걸 기다리지 않았어요. 조금만 더 참지 그랬어요! 조금만 더 자기 몸을 챙겼어도 좋았잖아요! 왜, 왜, 왜!"

왜 당신이 죽어야 했나요.

샨은 마지막 질문을, 그러나 답이 뻔한 그 질문을 속으로 삼킨다.

죽은 자는 말이 없지만 샨은 그 대답을 알고 있었다.

그때 발걸음 소리가 들린다. 규칙적인 소리를 봐서는 보통 기백을 가진 자가 아니었다. 티스는 간단한 수신호로 호위대를 진정시킨다.

"드래곤이 날아왔다기에…… 어, 샨."

아버지가 서 있었다.

샨은 눈물을 손등으로 훔친다. 아버지가 웃었다.

"뭐야, 이제 오는 거냐?"

기적일까? 왜 아버지가 이곳에 계시는 걸까. 샨은 눈을 다시 비빈다. 구름에 가려졌던 달이 다시 빛난다.

"리오…… 형."

아버지가 아니었다. 그곳에는 아버지와 꼭 닮은 누군가

가 서 있었다.

평소 짐승 가죽이나 둘러쓰던 몰골이 아니라 제대로 된 경장 차림이다. 샨은 그게 아버지가 입었던 옷이라는 것을 깨닫는다.

"형, 그 옷……."

"우리 집안 형편에 사치를 어떻게 하겠냐. 나랑 꼭 맞더라고. 아버지도 유언에 물건 다 태우라는 소리는 안 하셨으니까 그냥 물려 입었지, 뭐."

그는 아버지와 똑같은 소리로 웃음을 터뜨린다.

샨도 역시 같이 웃었다. 문득 리오 형은 샨 옆에 서 있는 사람이 누군지 알아본다.

"어, 어…… 샨, 너 티……스…… 아니, 티메리스 폐…… 폐하."

그동안 그렇게 구박했던 티스가 황제가 되어 서 있다. 여기서 예를 표하지 않는 것은 불충. 리오 형은 여기는 밖이니까 한쪽 무릎만 꿇는 게 맞는지, 아니면 바닥에 이마를 대는 게 맞는 건지 헷갈린다.

티스가 예를 표하는 것을 막는다.

"지금은 티메리스 황제가 아니라 그냥 티스니까."

리오는 그걸 또 쉽게 받아들인다.

"하하하, 그런가? 좋아, 내려가자. 아르고가 멧돼지 벌꿀 구이 해 놨어."

"아르고 형?"

샨이 고개를 갸우뚱하자 리오가 답했다.

"그래. 아버지 돌아가시고 서류나 이런저런 장부를 내가 정리하게 됐잖아. 얼굴마담은 에론이 맡고 있지만 정식 가주는 어쨌든 나니까."

아무래도 황실에서 일하고 있는 신분이고 사교장에도 익숙하다 보니 외부 활동은 에론 형이 도맡아 하고 있는 모양이었다. 이미 에론 형은 황실에서도 저명한 인사이기도 하고, 선대 폐하와 지금의 티메리스 폐하를 직접 모시고 있으니 그 부분에 토를 달 수 있는 이는 없었다.

"그래도 인수인계는 아르고가 도와주고 있지. 아버지는 말이지, 그렇게 급하게 갈 거면서 나한테 검 외에는 뭐 하나 가르쳐 준 게 없었다. 너무하지 않냐."

저 멀리 아르고 형이 보인다. 갑작스러운 드래곤의 방문에 아르고 형도 나온 모양이다.

아르고는 샨을 알아보고 손을 흔들었다.

티스를 보더니 살짝 얼굴이 굳었다가 이윽고 예를 표하지 않고 그냥 손만 흔든다. 리오와 샨의 행동을 보고 대충 눈치를 챈 모양이다.

샨은 뒤를 돌아 무덤을 본다. 그리고 이번에는 아버지를 등에 진 형을 본다.

세대와 세대가 이어지는 작은 기적에 놀라다가 웃음 짓고, 눈물짓는다.

문득 엘의 목소리가 울렸다.

[그걸로 만족하니? 샨, 너는 그걸로 행복해?]

샨은 숨을 들이쉬었다. 공기는 맑았고, 물은 위에서 아래로 흘렀다.

어제와 같고, 오늘과 같고, 내일과 같은 세계가 이어졌다.

친구들을 지켰고, 아버지는 지키지 못했다. 그러나 샨은 선택했다. 그리고 그 선택에 후회는 없었다.

샨이 답했다.

"응, 행복해."

눈물을 닦으며 누구보다 밝은 웃음으로.

어제와 같고, 내일과 같은 세계에서 모두가 행복하기를.

〈신룡의 주인 끝〉

작가의 말

드디어 신룡의 주인이 완결되었습니다. 너무 힘들었어요. 그리고 즐겁기도 했습니다.

　처음부터 기존 남성향 판타지 시장에는 맞지 않는 책을 집필하게 되었고, 부수 하락으로 인한 조기종결 위기부터 웹툰은 국내에서 받아주는 사람이 없었죠.

　나중에는 출간 자체가 불가능한 상황까지 와서 일 년간 긴 공백 기간까지 거쳐야 하는 상황에 봉착했습니다. 아, 정말 힘들었어요. 의료 보험비를 못 내서 통장까지 압류되었을 때는 이제는 끝인가 했습니다.

그러던 와중 일본 쪽에서 웹툰 제의를 받게 되었고, NHN은 NHN인데 네이버가 아닌 NHN Japan으로 가서 일본 코미코에 연재할 수 있게 되었고 역으로 한국 코미코에서도 연재할 수 있게 되었습니다. 한일 모든 독자분들께 웹툰을 선보일 수 있어 행복합니다.

소설책 또한 몇 번의 증판을 거쳐 대표작이 되었고, 이북으로 보다 편히 많은 독자님들을 만날 수 있게 되었습니다.

감사드립니다. 고맙습니다. 여기까지 올 수 있었던 건, 그리고 신룡의 주인이 무사히 완결을 낼 수 있었던 건 모두 독자님들 덕분입니다.

아직도 이 이야기를 완결 냈다는 것도 얼떨떨합니다. 보통 7권 즈음에서 완결을 내던 것이 11권에서 끝나다니, 이렇게 긴 시리즈는 처음이네요. 그래도 앞서 다른 소설이 그렇듯 끝내야 할 순간에 제대로 끝내는 것도 작가의 일이라는 생각이 듭니다.

이제 남은 것은 1권부터 마지막 권까지 한번 쭉 읽어 보며 전체 수정을 할 생각이고—추가 집필 없이 문장 퇴고만 할 예정입니다— 그 후에 신수의 주인, 더스크하울러 2부를 진행하게 되겠네요.

신룡의 주인 2부에 대한 요청이 뜨겁습니다. 그러나 저에게는 먼 이야기이기만 합니다.

더스크하울러의 경우에도 2부는 없을 거라 생각했고, 더불어 한동안 게임판타지는 쓸 일이 없을 거라 했는데 이렇게 2부를 집필하는 와중이라 앞으로 뭐가 어찌 될지 저도 모르겠습니다. 그러나 당장은 신수의 주인, 더스크하울러 2부 마감이라는 강대한 적을 상대하는 데 집중하도록 하겠습니다. 이번에는 죽을지도 모르겠군요.

신수의 주인은 카카오페이지에 웹툰으로 공개되고 있는 이야기이며, 샨의 선조인 카이 알테리온이 알테리온 소드를 만들기까지의 액션 판타지입니다. 사실 쓰기는 로맨스 판타지라고 썼으나 편집부에서는 정진정명 정통 액션 판타지로 넣겠다는 입장입니다.

사랑을 이루기 위해서는 맨손으로 바위 좀 부수고, 칼질한 번에 바다를 갈라야 진정한 이 시대의 로맨스 여주인공이라는 철학을 담아 만들었습니다. 또한 그녀의 하트를 쟁취하기 위해 신, 드래곤, 사신, 마왕을 포함한 수많은 남성들의 납치, 협박, 공갈을 통한 이 시대의 다크 사이드 러브

스토리를 그려냈습니다. 그렇습니다. 이제 착한 사랑의 시대는 지났습니다. 늘 이 에피소드 피날레는 전투로 시작해서 전투로 끝납니다.

그래도 카이는 강대한 적(?)들 앞에서도 살아남습니다. 그녀는 이 시대의 로맨스 여주인공이니까요. 그녀는 매 에피소드마다 어디 한 곳 불구가 되는 일 없이 생존합니다. 로맨스 주인공의 팔다리는 소중하니까요.

더스크하울러 2부는 1부를 이어서 자이하의 본격적인 가상현실 게임의 프로게이머 생활을 그렸습니다. 일상물 컨셉으로 시트콤처럼 잔잔하게 써 나가고 있습니다. 물론 그 안에는 자이하의 지옥 같은 삶과 악마 같은 나인과 방관하는 모리 님이 곁들여 있지만 그런 것 또한 이 시대의 치유물이라는 마음으로 그려 나가고 있습니다. 치유물이긴 하지만 자이하는 여전히 스트레스성 위궤양으로 고생하고 있습니다.

이 병환을 고쳐 나가는 과정이야말로 진정한 치유물에 다다르는 게 아닌가 싶어 열심히 집필을 하고 있습니다. 또한 주인공은 한번쯤 모든 것을 잃어 보고, 그것을 되찾으며 자신을 돌아보고 타인을 돌아보며 깨달음을 얻습니다. 물론 그 과정에서 하울러 길드원분들은 자이하의 위궤양을 촉진시키는 데 일조하고 있습니다. 자이하 군은 이것을 이겨 내야겠죠.

이 작품은 치유물이니까요.

그렇습니다. 살인적인 스케줄 속에서 과로로 죽을 것 같지만 안 죽고 살아 있습니다. 이 두 작품의 마감을 무사히 완료하고 독자님들에게 보여 드릴 수 있을지는 모르겠지만 그래도 싸워 보고자 합니다.

더 좋은 글로 더욱더 재미를 가지고 맞이할 수 있기를 기대하며.

사랑합니다. 원하시는 바 모두 성취하시고.

좋은 하루 보내세요.

가을의 모서리에서.

태선 올림.

Etc.

세 여신 이야기

세 여신이 마지막으로 페이지를 덮었다. 과거의 여신이
말했다.

"어때, 내 이야기가?"

미래가 이마를 찌푸렸다.

"내 이야기가 훨씬 재미있는 것 같은데? 과거, 네 이야
기는 늘 그래. 누군가가 무언가를 원하고 그리고 결국 그
무언가를 이루지. 그 와중에 무언가를 포기하고 또 다른
것을 얻게 돼."

과거가 말했다.

"이야기는 욕망이라네, 이 자매야. 그러는 미래, 너는 약탈이라고 하지 않았어?"

두 여신 사이에서 현재의 여신이 손을 뻗어 중재를 한다.

"자, 그러면 이번에는 내 차례인가?"

그녀는 눈을 감으며 마치 시를 읊듯 이야기를 자아냈다. 그녀가 말할 때마다 물레가 이어진다. 그녀들 앞에서 시간이란 마치 천과 같은 것. 자아내고 이어가고, 잘라내는 그녀들은 방대한 시간 속을 거닌다.

과거가 말했다.

"말해 보거라. 현재여, 네가 하고 싶은 이야기란 뭐지?"

"은의 시대를 넘어 금의 시대로 내려가도록 하지. 세계가 정체되지 않고, 허구가 아니던 시대의 이야기로. 아직 용신계가 만들어지지 않았던 그 시절. 알테리온가에서 가장 강한 이가 있었지."

"샤인의 선조 중 가장 강한 이를 주인공으로 내세우는 건가?"

그녀가 검지를 들어 입술에 가져간다.

"힘이 강하다는 뜻은 아니라네. 그런 건 누구라도 볼 수 있지. 이자는 누구든 선택만 하면 본인 손으로 강자로 만들어 줄 수 있지."

"호오, 용사든 악당이든 선택만 하면 된단 말인가?"

"그래. 여성이며 대장장이이며, 신도 죽일 수 있는 검을 만드는 자이지. 검과 같은 성정을 가지고, 검처럼 살아가는 한 여인이지. 성질은 불과 같고, 끈기는 무쇠와 같지. 그런 그녀에게 어느 정혼자가 찾아오게 된다네."

세 여신이 입을 맞춰 말했다.

"이 이야기는 이루어지리니."

"우리는 과거이자 현재, 현재는 미래가 되고 미래는 다시 과거로."

"죽었다 살아나는 달과 같이 우리의 예언은 이루어지리라."

세 여신은 서로를 바라본다. 그러고는 마침내 깔깔거리며 사라졌다.

깊은 어둠 속, 물레가 굴러간다.

DREAMBOOKS★

DREAMBOOKS

DREAMBOOKS★

DREAMBOOKS★